Nova und Avon
MEIN BÖSER, BÖSER ZWILLING

Band 1: Mein böser, böser Zwilling

Weitere verflucht gefährliche
Bände sind in Vorbereitung.

Tanja Voosen

Mein Böser, Böser Zwilling

CARLSEN

Für meine Familie.
Für Amelie, Fabian und Carina –
mit euch würde ich sogar gegen meine
böse Doppelgängerin bestehen können.
Und für alle, die an echte Magie glauben.

1

MIT einem Mal hatte Nova Stark die seltsame Vorahnung, dass der Tag nicht gut enden würde.

Sie hätte einfach zu Hause bleiben sollen.

Dort wirbelten zwar ihre völlig verrückten Eltern herum – aber immerhin wartete da auch ihr Wellensittich Wally, der Nova immer zuhörte und beistand (nicht, dass er eine Wahl hatte, er lebte schließlich in einem Käfig und konnte Novas Zimmer nicht einfach so verlassen). Doch, zu Hause fühlte sich Nova trotz allem einigermaßen sicher.

Auf dem Schulgelände hingegen gab es eine Menge Dinge, die Nova verunsicherten.

Es war Sonntagvormittag und wie an fast jedem Wochenende trat die Fußball-Schulmannschaft der Richmond School gegen ein anderes Team aus der Gegend an. Heute war es nur ein Freundschaftsspiel, aber das machte kaum einen Unterschied zu einem richtigen Turnier. Nova wusste, dass die Spiele immer sehr gut besucht waren – montags gab es auf dem Pausenhof kein anderes Thema als das Spiel vom Vortag. An diesem Märztag aber schienen die ersten Sonnenstrahlen besonders viele Leute zum Spielfeld zu locken.

Nova sah jede Menge bekannter Gesichter. Ihr halber Year-9-Jahrgang tummelte sich auf der Tribüne. Nova biss sich auf die Lippen. Eigentlich hätte sie sich zwischen die anderen aus ihrer Klasse drängeln sollen, um ihre Mannschaft anzufeuern. Sie würden sich vielleicht über den ein oder anderen Spielzug austauschen oder einfach hin und wieder verträumt aufseufzen, wenn Fitz, der beste Stürmer des Teams, mal wieder an die Spitze schoss und dabei eine unverschämt gute Figur machte.

Von der Tribüne her drang ein Grölen. Novas Bauch zog sich zusammen. Es ging nicht. Sie war viel zu nervös. Es gelang ihr nicht, tief durchzuatmen und einfach mal hinüberzuschlendern. Wieso musste sie auch jede Situation wie eine Matheaufgabe analysieren? Große Veranstaltung plus viele Zuschauer plus lautes Geschrei ergab Stress im Quadrat!

Die Sache war die: Nova hatte keine Freunde. Keinen einzigen Freund, um genau zu sein – es sei denn, man zählte Wellensittiche dazu.

Manchmal kam ihr der schreckliche Gedanke, dass genau

das ihr Schicksal sein würde: eine Laufbahn als Vogelflüsterin, als merkwürdige Frau, die Vögel besser versteht als Menschen. Wenn sie wenigstens selbst ein paar Flügel hätte, um sich aus peinlichen Situationen retten zu können – die zog sie nämlich leider an wie ein Magnet ...

An diesem Sonntag wollte Nova Blamagen jeder Art, so gut es ging, vermeiden. Sie hatte beschlossen, den Versuch zu wagen und aus ihrem Schneckenhaus herauszukommen. Immer nur zu Hause zu sitzen, brachte sie einer richtigen Freundin schließlich kein Stück näher.

Es war nicht so, dass Nova in der Schule eine Außenseiterin war, aber sie fühlte sich auch nicht wirklich zugehörig. Es war, als wäre sie ein hässlicher Kieselstein zwischen einer Handvoll Muscheln, die zusammen am Strand lagen – sie störte zwar nicht weiter, aber letzten Endes wurden doch nur die Muscheln aufgesammelt, weil sie in der Überzahl waren und gut zusammenpassten. Die Kieselsteine blieben einfach liegen. Kieselsteine waren grau und langweilig.

Mit anderen Worten: Nova bemühte sich, aber sie schaffte es einfach nicht, dazuzugehören. Dabei wollte sie nicht mehr, als einfach normal zu sein. Und normale dreizehnjährige Mädchen hatten nun mal beste Freundinnen ...

„Na, Lady, eingeschlafen? Du stehst hier im Weg." Ein bulliger Typ rempelte Nova unsanft zur Seite und ein paar

Jungs trabten grinsend hinterher. Nova zuckte zusammen. Auch damit musste sie endlich aufhören! Löcher in die Luft starren war eindeutig uncool ...

Nova drückte sich weiter an den Wegesrand, der zu den Umkleiden führte. Das Gelände der Richmond School war recht weitläufig und neben den vielen alten Gebäuden, in denen der Unterricht stattfand, gab es eine große Grünanlage mit Fußballfeld, Laufbahn und anderen Sportplätzen. Von ihrem Platz unter der alten Eiche aus blickte sie hinüber zu den Zuschauertribünen. Es waren nur noch wenige Sitze frei. Neben Schülern verschiedener Stufen waren auch einige Eltern anwesend. Das Spiel war beinahe vorbei und es war noch kein einziges Tor gefallen, die Fans wirkten entsprechend schlapp. Novas Blick blieb an einem Jungen hängen, der gerade wegnickte und dabei seinen Becher fallen ließ. Sein Getränk spritzte auf die Schuhe seiner Sitznachbarin, die sofort losschimpfte. Und während er noch versuchte, den Grund für ihr Gemecker zu verstehen, passierte endlich etwas.

Ein Pfiff ertönte, eine Welle von Jubel und Applaus ging durch die Zuschauer auf der Richmond-Seite. Ein paar von ihnen sprangen auf und grölten.

Nova reckte den Hals. Na prima. Jetzt hatte sie vor lauter Grübeln das Tor verpasst. Nova stöhnte. Allmählich war sie es leid. Sie stand wie ein Volltrottel auf diesem Weg herum, seit sie angekommen war. Es war Zeit, endlich …

In dem Moment tauchte wie aus dem Nichts eine schwarze Katze auf. Das seidig glänzende Tier sprang über den Weg, drehte sich zu Nova um und gab einen zischenden Laut von sich. Nova erschrak fast zu Tode. Die Katze starrte sie aus zwei grünen Augen an und fauchte.

Gruselig. Unwillkürlich wich Nova zurück.

Die Katze fauchte wieder.

„Ksch!", machte Nova und klatschte vorsichtig in die Hände. „Gehst du weg!" Sie klatschte noch mal, diesmal lauter, und noch mal, bis die Katze endlich im Gebüsch verschwand. Nova schüttelte sich. Unheimlich!

Okay, das war genug. Abhauen. Oder?

Ein letztes Mal blickte sie hinüber zur Tribüne. Ob jemand aus der Mathe-AG da war?

„Ach du Scheiße. Wen haben wir denn hier?", erklang in dem Moment eine schneidende Stimme hinter ihr. „Du stehst total im Weg."

Nova schloss für eine Schocksekunde die Augen.

Viola Alcott höchstpersönlich.

Schulzicke Nummer eins und Schwester des unglaublich süßen Fitz. Nur war Viola leider das genaue Gegenteil von süß.

Mutlos wandte Nova sich Viola zu.

Blaue Augen funkelten sie an. Nova stand natürlich kein bisschen im Weg, der breit genug für fünf Violas war, und Violas gemeinem Grinsen nach zu urteilen, wusste diese das auch. Die Blondine warf ihr Haar zurück, in das sie zwei Zöpfchen geflochten hatte. Aufgrund ihrer hohen Schuhe war sie noch größer als sonst und sah jetzt auf Nova herab, als wartete sie auf eine Entschuldigung. Die Augenbrauen abfällig hochgezogen, der Mund eine schmale Linie – die typische Viola-Alcott-Mischung aus Ablehnung, Mitleid und Verachtung.

Begegnungen dieser Art kannte Nova zur Genüge. Viola, die nur ein Jahr älter als sie war, benahm sich immer wie die Queen höchstpersönlich. Mit selbstverständlichem Hochmut gab sie in ihrem Umfeld den Ton an, wies die einen zurecht und machte die anderen nieder, so als flösse in ihren Adern tatsächlich blaues Blut, das sie zur grausamen Herrscherin bestimmte.

Es schien, als hätte Violas Mum ihrer Tochter als Kind zu viel Selbstbewusstsein in die Frühstücksflakes gemischt. Nur schade, dass Nova nicht auch mal eine Portion davon abbekommen hatte. Dann würde sie jetzt sicher nicht mit offenem Mund dastehen wie ein Fisch, der auf dem Trockenen liegt, und nach Worten ringen.

„Mund zu!", feuerte Viola weiter. „Du stehst immer noch im Weg! Und was machst du eigentlich hier? Du hast doch sowieso keine Freunde."

Nova schluckte schwer. Inzwischen schlug ihr das Herz bis zum Hals und ihre Beine fühlten sich wackelig an, als wären sie aus Pudding. „Ich ...", fing sie mit belegter Stimme an.

„Vielleicht bist du gekommen, um hinterher alles aufzuräumen? Ja, das könnte stimmen. Putz-AG passt doch zu Losern. Eingeladen hat dich bestimmt niemand", fuhr Viola schnippisch fort. Sie taxierte Nova noch immer mit einem finsteren Blick.

Für Nova fühlte es sich fast so an, als könne Viola sie dadurch hypnotisieren und festhalten. Ihre Beine bewegten sich jedenfalls keinen Zentimeter, als ihr Gehirn den Befehl gab, so schnell wie möglich abzuhauen.

„Ich ...", begann Nova wieder.

„Was glotzt du mich denn so dämlich an?" Viola verschränkte die Arme vor der Brust.

Nova biss sich auf die Lippen. *Du* bist dämlich, dachte Nova. Eine dämliche, dumme Kuh, die an ihren fiesen Sprüchen ersticken sollte! Sie öffnete den Mund: „Jetzt lass mich einfach ..." Nova räusperte sich, um ihre belegte Stimme frei zu bekommen, da schnitt ihr Viola schon wieder das Wort ab. Die Beleidigungen schienen ihr wie auswendig gelernt über die Lippen zu kommen.

„Hast du einen Frosch verschluckt? Klingt zumindest so. Bist kurz vor dem Abkratzen, was? Ich sag dir gleich, wenn du umfällst, kann ich dir nicht helfen, meine Nägel sind frisch lackiert. Also mach dich vom Acker und zieh die Sterbender-Schwan-Nummer woanders ab. Hier interessiert es eh keinen, ob du da bist oder nicht. Dann ist auch endlich der Weg frei!"

Mach du doch den Weg frei!, dachte Nova wütend und ihr wurde ganz heiß in der Brust – als etwas Seltsames passierte: Ehe Viola den nächsten Satz aussprechen konnte, klappte ihr Mund zu und sie gab ein ersticktes Geräusch von sich. Nova riss erschrocken die Augen auf. Es schien, als würde Viola ihre Lippen nicht mehr auseinanderbekommen! Ihre Wangen liefen rot an, sie sah aus wie ein aufgeblähter Kugelfisch, der kurz vorm Platzen steht.

„Äh ... kann ich irgendwas tun?", fragte Nova hilflos.

Ein Fauchen ließ Nova zusammenzucken – nun war auch noch die Tollwut-Katze zurück! Sie hatte sich wenige Schritte entfernt auf den Weg gesetzt und fixierte Nova und Viola. Als sie ein weiteres Mal fauchte, riss Viola den Mund wieder auf. Gierig sog sie die Luft ein und starrte Nova panisch an.

Nova konnte den Blick nicht von Viola lösen. Abgefahren!

„Alles klar bei euch?"

Die Katze verschwand mit einem Satz in der Hecke.

Dafür hatten sich ein paar Schüler aus ihrem Jahrgang hinter ihnen aufgebaut, angeführt von Leo Morris, Kapitän der Schulmannschaft und wahrscheinlich der beliebteste Junge der Schule. Oh nein, wie lange hatten sie schon mitgehört?

Anscheinend war das Spiel aus. Die Schüler der Richmond School strömten über das Rasenfeld.

Nova und Viola tauschten einen schnellen Blick.

„Alles klar, Vi?", fragte Leo noch mal. Und ihr verstörter Blick wurde weich. Sie warf das Haar zurück und zwang sich, liebreizend zu lächeln.

Bei Viola Alcott und ihren Freundinnen gab es nur zwei Themen: Shoppen – und süße Jungs. Und wenn jemand süß war, dann Leo Morris. Er hatte jede Menge Grübchen, wenn er verwegen den Mund verzog, und das lange schwarze Haar, das ihm in die Stirn fiel, ließ ihn irgendwie wild und rebellisch aussehen.

Klar, er ist süß, dachte Nova unwillkürlich, aber nichts im Vergleich zu Fitz.

„Wo habt ihr denn meinen Bruder gelassen?", fragte Viola jetzt auch prompt, als könne sie Gedanken lesen. Hinter

Leo hatten sich der Großteil der Schulmannschaft sowie einige ihrer treuen Fans versammelt, unter anderem Emma, eine von Violas grässlichen Freundinnen – oder sollte man sagen, eine ihrer treuen Untergebenen?

Fast war Nova froh, dass Viola ihre Stimme wiedergefunden hatte. Sie würdigte Nova nun keines Blickes mehr, sondern schritt wie die königliche Hoheit höchstpersönlich an ihr vorbei – der Weg war also doch breit genug!

„Fitz kommt jeden Moment", antwortete Leo lässig.

„Die Jungs gehen jetzt ins *Eight Ball*", mischte sich Emma ein, „den Sieg feiern. Kommen wir mit?"

Das *Eight Ball* war ein beliebtes Café in der Nähe der Schule, wo man Billard oder Kicker spielen oder einfach nur abhängen konnte, um die besten Smoothies der Stadt zu genießen. Zumindest hatte Nova das in der Schule gehört – sie selbst war noch nie dort gewesen und hätte sich auch niemals allein dorthin gewagt.

„Hallo? Natürlich sind wir dabei!", rief Viola euphorisch. „Party! Mit dir und mit meinem Bruder im Team war es ja wohl so was von klar, dass wir gewinnen."

Viola war näher an Leo getreten, warf wieder ihr Haar zurück (musste man davon nicht irgendwann schreckliche Nackenschmerzen bekommen?) – und legte den Arm um Leos Schulter.

Nova grinste in sich hinein, als sie sah, dass Leo verwirrt die Stirn runzelte.

Was tat sie eigentlich noch hier? Violas Flirtdesaster war ihre Chance, unbemerkt abzudampfen! Nova schob sich gerade unauffällig an den anderen vorbei, als es passierte.

Sie hatte es geahnt: Der Tag würde nicht gut enden. Und das Unglück nahm seinen Lauf.

Nova machte den Fehler, einen letzten neugierigen Blick über die Schulter zu werfen (hatte Viola sich Leo schon um den Hals geworfen und gestand ihm ihre unsterbliche Liebe?). Dabei übersah sie eine Unebenheit im Boden. Sie stolperte, geriet ins Straucheln, streckte automatisch die Arme aus, um sich abzufangen, und schlug im selben Atemzug ihrem Gegenüber den Trinkbecher aus der Hand. Ehe Nova sich's versah, kniete sie auf allen vieren am Boden, hatte den Becher auf dem Kopf und sein gesamter Inhalt lief ihr über Haare, Gesicht und T-Shirt. Dass das Zeug klebte, merkte sie sofort, als sie versuchte, sich ein paar triefende Haarsträhnen aus dem Gesicht zu streifen.

Himbeer-Banane-Milchshake. Mit Minze.

Völlig belämmert wanderte Novas Blick nach oben.

Und ihr Herz setzte aus. Über ihr stand Fitz. Seine Augen waren so blau, dass sie für Nova aussahen wie ein Stück Himmel an einem Sommertag. Fitz' blonder Wuschelkopf war heute noch zerzauster und wilder als sonst. Sein Fußballtrikot mit der Nummer acht klebte ihm verschwitzt an der Brust. Nova spürte, wie ihr das Blut in den Kopf schoss. „Ist dir was passiert?", fragte er und starrte Nova verdutzt an.

„Ich – ähm – also ... Ich wollte ..."

„Oh mein Gott, seht nur! Also, wenn du hättest duschen wollen, in den Umkleiden kann man das umsonst, Nova", kam es in der Sekunde von Viola. „Obwohl dein Outfit jetzt definitiv besser aussieht als vorher."

Hastig stemmte Nova sich vom Boden hoch. Ihr Puls raste. Panisch blickte sie zwischen Viola, Fitz und den anderen hin und her. Alle Augen hatten sich auf sie gerichtet. Die Runde grinste breit und wartete gespannt, was als Nächstes passierte.

„Ist denn alles okay bei dir?", fragte Fitz erneut. Nova sah wieder ihn an und öffnete den Mund. Fitz – ausgerechnet Fitz! Auch verschwitzt und abgekämpft sah er noch zum Niederknien aus.

Was hätte sie vor ein paar Minuten nicht alles dafür gegeben, einmal mit ihm zu reden – aber doch nicht *so!* Auf keinen Fall so, wenn sie klebte und einen Tomatenkopf hatte und ihr wie immer die Stimme versagte, um sich gegen Viola zu wehren. Für eine Sekunde stiegen Tränen in ihr hoch, aber Nova schaffte es gerade noch, sie wieder hinunterzuschlucken.

„Da kannst du lange auf eine Antwort warten", kam es erneut von Viola. „Die ist schwer von Begriff."

Als ein paar der anwesenden Mädchen zu kichern begannen, war es um Novas Beherrschung geschehen. Es war eine dumme Idee gewesen herzukommen! Es war dumm gewesen zu glauben, sie könne mal eben so eine Freundin finden!

Sie war wütend auf Viola, aber vor allem war sie wütend auf sich selbst. Wieso konnte sie nicht auch schlagfertig sein? Über den Zwischenfall lachen, als sei gar nichts gewesen?

Nova setzte sich in Bewegung, um Fitz, Viola und die anderen stehenzulassen, aber sie kam nicht besonders weit. In ihrer Aufregung bemerkte sie nicht, dass Emma und Viola einen knappen Blick tauschten und Emma daraufhin Nova rasch ein Bein stellte.

Dieses Mal stürzte sie richtig.

Mit der Nase nach unten landete sie auf dem Sandboden. Für eine Sekunde wollte sie einfach nur noch liegen bleiben. Vielleicht würde sich der Boden unter ihr auftun und sie verschlucken, wenn sie nur fest genug daran dachte.

Das hier war noch tausend Mal schlimmer als die Musikstunde damals bei Mr Dempsy, der sie gezwungen hatte, „God save the queen" vorzusingen, obwohl er genau wusste, dass Nova vor Angst keinen geraden Ton herausbringen würde.

Es war schlimmer als der Tag im Einkaufszentrum, als ihre Mutter ihr durch den ganzen vollgestopften Laden zugerufen hatte, ob Nova nicht allmählich mal ihren ersten BH bräuchte.

Und definitiv noch schlimmer als der Abend, an dem die alte Mrs Bennett auf Nova aufgepasst hatte, um Nova vier Stunden lang auf dem Dudelsack vorzuspielen.

Novas Liste der schrecklichen Dinge war lang, aber dieser Moment hatte sich gerade auf Platz eins katapultiert, so viel stand fest.

Mit aller Kraft, die sie aufbringen konnte, rappelte sie sich hoch, aber da ging die Katastrophe schon weiter wie eine Lawine, die, geriet sie erst einmal ins Rollen, unaufhaltsam war. Sie stand kaum einen Herzschlag lang klebrig, schmutzig und völlig blamiert wieder auf beiden Beinen, da sah sie ihren Dad.

Mr Stark kam den Weg entlang und winkte ihr zu. „Nova! Hier bin ich!"

Nova sah es sofort: Er trug sein „Arbeitsoutfit", einen hässlichen Nadelstreifenanzug mit komischem Gangsterhut.

„Die Show wird immer besser!", hörte sie Viola lachen.
„Ist das nicht dieser Moderator?", fragte jemand.
„Genau! Von dieser bekloppten Sendung", sagte Emma. *„Mumpitz für Volltrottel* oder so ähnlich. Oder war es *Mysteriöse Möchtegern-Moderatoren?"*
„Eigentlich ist die Serie doch ziemlich beliebt."
Fitz hatte den letzten Satz gesagt und als Einziger nicht spöttisch dabei geklungen. Nova hätte sich gern dankbar umgedreht, aber sie schaffte es nicht. Sie fühlte förmlich Violas bohrende Blicke in ihrem Rücken.
Nova ging ihrem Dad entgegen, um ihn aufzuhalten.
„Hallo, mein Schatz!", begrüßte er sie munter. „Oh, was ist denn mit dir passiert, Nova? Ist das Milch in deinen Haaren?" Er musterte sie besorgt. „Hattest du einen Unfall?"
„Ja, so kann man das auch nennen!", rief Viola. „Unfall-Nova, Tollpatsch-Nova – mmh, nein, mir fällt bestimmt noch etwas Besseres ein. Vielleicht ..."
„Sind das deine Freunde?", fragte ihr Dad jetzt.
„Nein", brachte Nova panisch hervor.
„Willst du mich denn gar nicht vorstellen?"
„Dad!", flehte Nova. „Lass uns bitte, bitte gehen."
Ihr Dad hob den Arm, um der Gruppe Schüler zu winken. Nova schloss die Augen und sandte ein Stoßgebet zum Himmel. Natürlich half das nichts. Der größte Unterschied

zwischen Nova und ihrem Dad war die Tatsache, dass Mr Stark liebend gern im Mittelpunkt stand. Deshalb ließ er es sich auch nicht nehmen – nachdem er sich mit einem weiteren Blick vergewissert hatte, dass Nova nichts fehlte –, Viola und den anderen entgegenzutreten und „Hallo" zu sagen. Nur, dass „Hallo sagen" bei Monty Stark so viel bedeutete wie *Ich-erzähle-allen-von-meinem-Beruf-und-biete-ihnen-Autogramme-an*, denn er war mehr als stolz auf seinen Lebensweg.

„Ich bin Monty Stark, Novas Vater. Vielleicht kennt ihr mich aus meiner TV-Show *Montys Mysteriöse Mysterien*? Heute Abend läuft die neue Folge." Mr Stark zog ein paar Autogrammkarten und einen Stift aus der Jackentasche. „Ich hab immer ein paar dabei. Für den Fall der Fälle. Möchtet ihr eine, Kinder? Eines Tages sind die sicher richtig Geld wert."

Entsetzt sah Nova zu ihrem Vater hinüber. Am liebsten hätte sie wieder mit dem Gesicht im Dreck gelegen, um das alles nicht mitverfolgen zu müssen. Ihre Mitschüler starrten Mr Stark an, als wäre ihnen soeben ein Ufo begegnet. Leo schien sich köstlich zu amüsieren, Emma hatte schockiert den Mund aufgerissen und Violas Augen funkelten wieder auf diese unheilvolle Weise. Und Fitz? Der stand so weit hinten, dass Nova ihn zum Glück gar nicht mehr sah.

„Natürlich kennen wir Ihre Sendung. Sie ist wirklich großartig, Mr Stark", sagte Viola. Aus ihrer Stimme konnte man deutlich den Spott heraushören. Zumindest, wenn man wie Nova wusste, dass Viola selten etwas Nettes sagte. „Sie können uns gern mehr davon erzählen. Das alles interessiert uns brennend. Mag Nova die Serie auch so gern wie Sie? Haben Sie beide zusammen schon mal etwas Verrücktes erlebt?"

„Dad!", schrie Nova mit brennender Kehle und war selbst überrascht, wie fest ihre Stimme klang. „Komm endlich!"
Mr Stark kritzelte rasch seine Signatur auf ein paar Autogrammkarten und drückte sie Viola in die Hand. „Beim nächsten Mal. War nett, euch kennenzulernen." Mit einem breiten Lächeln wandte er sich ab und kam zu Nova zurück.

Nova hastete los in Richtung Parkplatz und ihr Vater hatte Mühe hinterherzukommen. Im Busch neben ihr raschelte es. Nanu, was war das denn? Nova blieb kurz stehen, bereute es aber sofort. Schon wieder die schwarze Katze! Sie wurde ja regelrecht verfolgt! Die Katze schob den Kopf durch die Blätter und starrte Nova unheilvoll an. Nova schüttelte es plötzlich am ganzen Körper. Ihr wurde kalt und sie hatte das Gefühl, sich nicht mehr bewegen zu können. Mr Stark hatte sie eingeholt und legte ihr eine

Hand auf die Schulter. Er strahlte über das ganze Gesicht. „Deine Freunde haben vor Aufregung ja kaum ein Wort herausbekommen, Nova. Ich glaube, die habe ich schwer beeindruckt."

Nova blinzelte, aber schon war die schwarze Katze wieder weg – und mit ihr das seltsame Gefühl, das Nova festgehalten hatte.

„Na klar, Dad", flüsterte sie beklommen.

Wenn es eine Sache gab, die heute garantiert keinem aus der Familie Stark gelungen war, dann war es, irgendjemanden zu beeindrucken.

2

SPÄTER am Abend saß Nova in ihrem Zimmer am Schreibtisch und erledigte die Hausaufgaben, während Wellensittich Wally ihr auf dem Kopf herumpickte. Sie hatte sich direkt nach dem Abendessen mit der Ausrede, dass sie für einen Test lernen müsse, nach oben verzogen. Die neue Folge von *MMM – Montys Mysteriöse Mysterien* konnte sie heute einfach nicht ertragen.

Novas Eltern verbrachten den Sonntagabend immer gemeinsam vor dem Fernseher und meistens kam auch Nova nicht darum herum, die Sendung ihres Vaters mit anzusehen. Das Schlimmste daran war die Diskussion danach: „Ist Telekinese nicht faszinierend, Nova?", bedrängte sie ihre Mutter. „Was denkst du darüber?"

Gerade knobelte Nova an den Matheaufgaben und zum ersten Mal an diesem Tag schaffte sie es zu relaxen. Sie hatte Mathe schon immer sehr gemocht, es war ihr ungeschlagenes Lieblingsfach. Zahlen, Gleichungen oder abstrakte Strukturen – Mathe war logisch, greifbar und berechenbar, etwas, was Nova bestens verstand und das für sie der Inbegriff von Normalität war. In der Mathematik gab es für jede Aufgabe eine Lösung. In Novas Leben war das überhaupt nicht so. Sie konnte sich stundenlang den Kopf zerbrechen – die Lösungsformel für ihren Kummer hatte sie bisher noch nicht gefunden.

Wallys lautes Zwitschern riss Nova aus der Konzentration. Sie hob die Hand und der kleine Wellensittich hopste auf ihren Zeigefinger. Er schaute sie aus seinen klugen Knopfaugen an und krächzte noch mal.

„Ich weiß ja, dass du für mich da bist", antwortete Nova, als habe er tatsächlich etwas gesagt. „Aber glaub's mir, dieser Tag war echt der totale Reinfall." Nova schnaubte bitter. „Wochenende halt. Und morgen geht es garantiert genauso weiter! Viola wird Dads dämliche Autogrammkarten überall herumzeigen und sich darüber lustig machen! Oh Mann, ich glaub, ich muss sterben."

Wally flatterte auf die Vorhangstange und glotzte Nova unverhohlen an. Nova seufzte und richtete den Blick wieder auf ihr Heft.

Ihr Vater, Monty Stark, hatte eigentlich Journalist werden wollen, weil er von Natur aus ein neugieriger Mensch war, der Nachrichten jeglicher Art liebte. Die guten, die schlechten, die langweiligen oder die aufregenden – sobald etwas passierte, verspürte ihr Dad den Drang, davon zu erzählen. Mit einem Journalisten als Vater hätte Nova auch recht gut leben können. Emmas Vater zum Beispiel arbeitete als Wettermann bei Channel 3 und niemand machte sich über ihn lustig.

Nur leider hatte Novas Dad mit einem Freund kurz vor Ende seines Studiums die irrwitzige Idee zu einer ganz besonderen TV-Serie gehabt: *Montys Mysteriöse Mysterien*, eine Sendung, die sich mit übernatürlichen und paranormalen Phänomenen beschäftigte.

Als Moderator stellte ihr Dad in jeder Folge ein neues Thema vor: Gedankenlesen, Hellsehen, Zeitreisen, Geister, Werwölfe oder Ufos – alles, was eine Gruselbibliothek so hergab, nahm Monty Stark unter die Lupe. Und jetzt kam der springende Punkt: *Novas Dad glaubte an diese Dinge!* Er war nicht nur davon überzeugt, dass es „mehr zwischen Himmel und Erde gibt, als die meisten Menschen wahrhaben wollen". Er meinte sogar, den „Auftrag zu spüren", den Ungläubigen mit seiner Serie die Augen zu öffnen.

Das war reichlich verrückt – aber das Verrückteste war, dass ein kleiner Sender diese Idee tatsächlich gekauft hatte. Und so ging Mr Stark kurz nach seinem Studium das erste Mal auf Sendung. Anfänglich ließen die Einschaltquoten zu wünschen übrig, aber irgendwann gab es einen regelrechten Boom und die Serie wurde zum echten Kult.

Nova kannte die Erfolgsstory in- und auswendig, weil ihr Dad es nicht leid wurde, sie in Interviews, an der Supermarktkasse oder am Frühstückstisch zu wiederholen. Natürlich war es ein toller Erfolg, klar – aber musste das ausgerechnet die Geschichte *ihres Vaters* sein?

Gekleidet in diesen lächerlichen Nadelstreifenanzug und mit zerfleddertem Hut stand Mr Stark überzeugt von allem, was er sagte, vor der Kamera und zeigte der Welt jeden Sonntag aufs Neue, wie durchgeknallt und verrückt er war. Seine Fans, absolute Freaks, liebten ihn dafür.

Nova teilte diese Begeisterung nicht. Okay, im Kino waren Zombies, Vampire & Co. super aufgehoben, aber wirklich daran glauben? Das konnte doch niemand ernst nehmen!

Nova lebte schon ihr ganzes Leben in Richmond. Als sie jünger gewesen war, hatte sie nicht verstanden, wieso die Nachbarn ihrem Dad komische Blicke zuwarfen oder sogar die Straßenseite wechselten, wenn er ihnen entgegenkam – aber inzwischen war sie dreizehn, so gut wie erwachsen und konnte die Nachbarn bestens verstehen.

Richmond war mit seinen knapp zehntausend Einwohnern zwar kein Dorf – aber doch klein genug, dass jeder in der Stadt Novas Familie kannte.

Und das lag nicht nur an Mr Stark. Novas Mum, Dr. Rebecca Stark, war Physikerin und Parapsychologin und leitete das ortsansässige *Darkwood Institut für Grenzwissenschaften*. Sie war mindestens genauso besessen von esoterischem Kram wie Novas Vater.

Ihr Job bestand darin, scheinbar übernatürliche Phänomene zu erforschen und wissenschaftlich zu hinterfragen, und ständig bastelte sie in ihrem Arbeitszimmer an irgendwelchen seltsamen Gerätschaften herum. Beim Abendessen redete sie sich dann den Mund über spirituelle Energien und mediale Messungen fusselig – oder sie erzählte von ihren neuesten Fällen. Das *Darkwood Institut* genoss in der spirituellen Szene nämlich einen hervorragenden Ruf und hatte sich zur ersten Anlaufstelle für sämtliche Spinner des Landes entwickelt. Wenn Novas Mum todernst darüber berichtete, wie bei irgendeiner alten Tante in Wales Türen von allein auf- und zugingen, wie sich Wasserhähne verselbstständigten und die Lady durch stetiges Tropfen in den Wahnsinn trieben, und wenn sie dann noch behauptete, ein Poltergeist würde dahinterstecken, konnte Nova nur lachen.

Wenn sie wenigstens in London leben würden, wo durchgeknallte Eltern nicht weiter auffielen! Aber nein, es musste natürlich das beschauliche Richmond sein.

Das Städtchen lag etwas abgeschieden und versteckt hinter einem üppigen Wald inmitten von sanften Hügeln und Schafweiden. Mit seinen alten Bauten, den vielen verschlungenen Gassen, den verwitterten Brücken, die sich über das Flüsschen beugten, und dem verwunschenen Richmond Castle wirkte alles an Novas Heimatort verträumt, märchenhaft und geheimnisvoll. Wenn an solch einem Ort von Geistern gesprochen wurde, brauchte es nicht viel Fantasie, um sich den Spuk lebhaft vorzustellen. Kein Wunder, dass die Stadt in den Sommermonaten zum Touristenmagnet wurde.

Und kein Besucher reiste ab, ohne einen Blick auf das berühmte Carmody-Haus in der Wood Lane zu werfen. Dort hatte Elaine Carmody gelebt, eine Schriftstellerin, die durch ihre kitschigen Liebesromanzen großen Ruhm erlangt hatte. Angeblich hatte sie ihr Haus ab ihrem dreiunddreißigsten Lebensjahr nicht mehr verlassen und sich alles Notwendige an die Türschwelle liefern lassen. Schließlich war sie so gestorben, wie sie gelebt hatte: abgeschieden von der Außenwelt und mutterseelenallein. Es gab jedoch Gerüchte, dass ihr in Wahrheit ein verschmähter Liebhaber aus ihrer Vergangenheit das Leben genommen habe. Und seither, sagte man, spuke ihr Geist im Haus umher und vertreibe alle Bewohner − bis Monty und Rebecca Stark kurz nach ihrer Heirat beschlossen hatten, dass sie genau dieses Haus liebten und dass sie genau hier ihr Kind großziehen wollten. Dass die Starks damit das Misstrauen der braven Bürger von Richmond erregten, war also seit ihrem Einzug so was von klar.

Das Carmody-Haus lag am Stadtrand, ein gutes Stück von der Altstadt und dem Marktplatz entfernt. Es war eine kleine Villa aus rotem Backstein mit dunkelgrünen Fensterläden und einer Steintreppe, die zur Haustür emporführte. Eine niedrige Steinmauer rahmte das Grundstück und den Garten ein, der aufgrund der Abneigung von Novas Eltern gegen Gartenarbeit etwas verwildert aussah.

Novas Zimmer befand sich unter dem Dach und war das größte im ganzen Haus. Nova liebte den gemütlichen Raum unter den Schrägen. Es war ihr Rückzugsort, ihre Zufluchtsstätte. Durch die großen Fenster konnte sie weit über die Nachbarhäuser hinwegblicken und Nova genoss die aufgeräumte Ordnung in ihrem kleinen Reich. Nur in einer Ecke standen ein paar Kistenstapel mit den schwülstigen Liebesromanen von Elaine Carmody, die ihre Eltern nie entfernt hatten. Im Lauf der Zeit waren sie zu Wallys bevorzugtem Landeplatz geworden.

„So, Wally, Feierabend", seufzte Nova jetzt und schlug ihr Matheheft zu. Erschöpft ließ sie sich aufs Bett plumpsen,

während der Vogel munter auf ihrer Stirn Platz nahm und an ihren Haaren herumpickte.
Müde schaute Nova durch das Dachfenster in die Sterne. Jetzt, wo sie keine Ablenkung mehr hatte, schweiften ihre Gedanken erneut zu dem Katastrophentag zurück. Sie rollte sich auf den Bauch und Wally flatterte empört hoch.
Nova vergrub das Gesicht tief im Kopfkissen.
Wie sollte sie sich für morgen wappnen?
Immer wieder blitzte Violas feixendes Abbild vor ihr auf. Emmas Gesicht. Leo.
Fitz.
Nova seufzte wieder.
Viola mit ihren endlos langen Beinen, ihrer blonden Mähne und den stylishen Klamotten sah einfach immer perfekt aus, wie einem Modemagazin entsprungen. Und vor allem stotterte sie nicht wie eine Bekloppte, wenn sie mit einem süßen Jungen sprach.
Im Gegensatz dazu war Nova mit ihren öden feldmausbraunen Haaren und grünen Augen absoluter Durchschnitt. Ihr Kleiderschrank war eine Ansammlung aus langweiligen Jeans und T-Shirts.
Nova setzte sich wieder auf und warf probeweise ihr Haar zurück, kam sich aber reichlich bescheuert dabei vor. Wally saß auf ihrer Nachttischlampe und zwitscherte.

„Hoffnungslos", murmelte sie frustriert. „Selbst wenn ich eine Rapunzelmähne hätte, wär ich immer noch nicht so cool wie Viola ..."
Wally kletterte durch die offene Tür in seinen Käfig und begann, sich in der kleinen Wasserschale zu baden.
„In den Umkleiden kann man umsonst duschen", schoss Nova Violas gehässige Stimme durch den Kopf. Sie stellte sich vor, wie schön es gewesen wäre, wenn ihr jemand den Rücken gestärkt hätte. Eine Freundin. Einfach nicht allein sein.
Was stimmte denn nicht mit ihr? War es ihr fransiges Haar? Spuckte sie vielleicht beim Sprechen? Waren es ihre Eltern? Oder war sie aufgrund ihrer Tollpatschigkeit auch so schon peinlich genug?
Novas Bauch krampfte sich zusammen. Was würde morgen passieren?
Die seltsame Vorahnung vom Nachmittag holte sie wieder ein. Und ließ sie auch nicht mehr los, als Nova eine halbe Stunde später versuchte einzuschlafen. Ihr Leben war einfach absoluter Mist.

3

NOVA hatte beim Frühstück mit ihren Eltern kaum etwas herunterbekommen und auch während der Fahrt im Schulbus ließ sie der peinliche Auftritt ihres Dads nicht los. Es war klar, dass Viola sich bei der erstbesten Gelegenheit auf sie stürzen würde wie ein hungriges Raubtier.
Zum Glück wurden Viola und Fitz immer mit dem Auto in die Schule gebracht – und noch mehr Glück war, dass Viola und Nova nur wenige gemeinsame Kurse hatten.
Der Schulbus fuhr durch das schmiedeeiserne Tor mit dem Wappen der Schule und röhrte die lange Auffahrt hinauf. Die Richmond School war eine Ansammlung von roten Backsteinbauten mit weißen Sprossenfenstern, umrahmt von weiten Rasenflächen und zahlreichen alten Bäumen. Ein schöner Park für die Pause – heute aber konnte es Nova kaum erwarten, sich ins Innere der Schule zu retten. Wie immer stoppte der Bus an der Haltebucht vor dem Hauptgebäude und öffnete zischend die Türen. Nova

sprang hinaus und hastete die Stufen zum Eingang hoch. Mit schnellen Schritten eilte sie den Gang zu ihrem Klassenzimmer hinunter. Gleich würde sie in Sicherheit sein. Ihre Laune hob sich: Der Montag begann mit einer Doppelstunde Mathematik. Zwei ganze Schulstunden voller Zahlen, Geometrie und Logik. Konnte es einen besseren Start in die Woche geben? Nova lächelte in sich hinein.

Die Tür zu ihrem Klassenzimmer stand schon offen. Mr Bennett war immer überpünktlich.

„Morgen, Mr Bennett!", rief Nova freundlich, als sie den Raum betrat. Ihr Lehrer stand an der altmodischen Kreidetafel und wischte die Aufschrift der letzten Woche weg. Er musste sich ziemlich strecken dabei.

Nova mochte den kleinen alten Mann mit der Hornbrille und dem immer gleichen Strickpullover. Er schien meist etwas zerstreut – aber wenn es um Mathe ging, war er voll und ganz da.

„Ach, guten Morgen, Miss Stark. Würde es Ihnen etwas ausmachen, die Tafel zu putzen?", fragte er. „Da kam den Kollegen am Freitag wohl etwas dazwischen."

Wie jede Woche, dachte Nova. Ob die anderen sie als Streberin abstempeln würden, wenn sie gleich hereinkamen? Egal. Wer Mathe so liebte wie sie, dem konnte sie keine Bitte abschlagen.

Nova ließ sich vom Lehrer den Schwamm in die Hand drücken. Sie trat ans Waschbecken und drehte den Wasserhahn auf und sofort schoss das Wasser in solch einem harten Strahl heraus, dass es überallhin spritzte. Innerhalb von wenigen Sekunden fühlte sich Nova frisch geduscht.

„Ach du liebes bisschen!" Mr Bennett eilte herbei und stellte den Wasserhahn ab.

Nova seufzte frustriert. Sie tastete nach einem Papiertuch, aber ausgerechnet heute war der Wandbehälter leer. Ihre Laune sackte wieder in den Keller.

„Vielleicht möchten Sie kurz auf die Toilette?" Ihr Lehrer sah sie mitleidig an.

„Bevor es klingelt, bin ich wieder zurück", versprach sie niedergeschlagen und lief zur Tür hinaus. Das war jetzt schon das zweite Mal innerhalb von zwölf Stunden, dass sie sich wie ein begossener Pudel vorkam.

Eilig lief sie in das Mädchenklo am anderen Ende des Ganges und schaute in den Spiegel. Na ja, so schlimm war es gar nicht. Ihre Haarspitzen waren etwas nass, aber geschminkt war sie zum Glück eh nie, also konnte auch keine Wimperntusche verlaufen – und die tropfenden Ärmel konnte sie einfach hochkrempeln.

Nova musterte ihr Spiegelbild ein weiteres Mal und seufzte wieder. Statt Spiegeln sollte in der Schule an jeder Ecke ein kleiner Glaskasten mit Notfall-Schokoriegeln hängen, den man bei Bedarf einschlagen konnte. Schokolade war zwar kein Heilmittel gegen Tollpatschigkeit, half aber gegen miese Laune. War es nicht sogar wissenschaftlich bewiesen, dass Schokolade glücklich macht?

Gedrückt verließ Nova die Toilette und hörte im selben Moment eine ihr nur allzu vertraute Stimme.

„Habt ihr die Schuhe von Katie gesehen?", keifte Viola. „Die sind eine Beleidigung für meine Augen! Wie soll die Welt so jemals ein besserer Ort werden?"

Starr drehte Nova ihren Kopf in die Richtung, aus der Violas Gezeter gekommen war. Zusammen mit ihren beiden besten Freundinnen Emma und Caillie stolzierte sie den Flur hinunter, als würde ihr die ganze Schule gehören. Direkt auf Nova zu.

In dem Moment erblickte Viola sie.

Bitte geh weiter! Geh einfach weiter, dachte Nova.

Viola blieb genau vor Nova stehen und verschränkte abweisend die Arme vor der Brust, während ihre Miene bei Novas Anblick zu einer Maske aus Hohn wurde.

„Du stehst schon wieder im Weg." Dann wanderten ihre Augen an Nova herunter. „Anscheinend hast du meinen Tipp befolgt und in der Schule geduscht", meinte Viola schnippisch. „Ist deine Familie arm oder so was?"

Nova sah sich Hilfe suchend nach beiden Seiten um, aber die anderen Schüler waren viel zu beschäftigt damit, zum Unterricht zu eilen.

Viola hob eine Hand und wedelte Nova damit wild vor dem Gesicht herum, die schreckensstarr dastand wie das Kaninchen vor der Schlange. „Hallo! Ist da oben jemand zu Hause?"

„Vielleicht hat sie einen Geist gesehen", scherzte Emma. „Du hast doch ihren Dad erlebt, Viola. Der ist total durchgeknallt!"

„Der Psycho mit den Autogrammkarten?" Die Wikipedia des Bösen in Violas Hirn ratterte auf Hochtouren. Ihre Augen funkelten. „Ach, stehst du deshalb hier rum?", zog Viola sie auf. „Willst du auch Autogrammkarten verteilen? Denkst du, irgendjemand interessiert sich für dich, nur weil dein Vater eine total dämliche TV-Serie hat oder was?"

Novas Bauch krampfte sich zusammen. Sie hielt ihren Vater selbst für verrückt, aber so etwas aus dem Mund von jemand anderem zu hören, tat weh.

„Lasst mich einfach …", begann Nova, doch unter den Blicken der drei Mädchen verstummte sie sofort. Sie war es gewohnt, dass ihr die Worte im Hals stecken blieben, aber heute war es besonders schlimm.

„Bescheuert." Viola grinste. „Superbescheuert. Nova."

Ihre Augen blitzten. „Supernova. Das gefällt mir. Du bist doch bestimmt genauso ‚super' wie dein Papi, stimmt's?"
Nova tastete nach der Wand in ihrem Rücken, als könne sie sich daran aus ihrer Lage ziehen. Doch als Viola, Emma und Caillie brüllend vor Lachen in das Mädchenklo gingen und es zeitgleich zur ersten Stunde läutete, sackte Nova vor Schreck fast zu Boden. Sie schnappte nach Luft, während ihr Kopf schwirrte.
Durch die geschlossene Tür drang gedämpft Violas hysterisches Gegacker.
Mit Scheuklappenblick stürmte Nova zurück zum Klassenraum von Mr Bennett. Nicht mal Mr Bennetts Formeln konnten sie mehr trösten. Während der Mathelehrer Gleichungen an die Tafeln schrieb, glitt Novas Blick hinaus zum Hof. Ein Windstoß fegte ein paar Blätter durcheinander. Wie von unsichtbarer Hand getragen, verschwanden die Blätter aus ihrem Sichtfeld. Sie ertappte sich dabei, wie ihre Gedanken von ihrem Lieblingsfach zu einem seltsamen Wunsch wanderten: Unsichtbar sein wie der Wind, das wär's doch …

4

IN der Mittagspause versteckte sich Nova an einem Tisch in der hinteren Ecke der Cafeteria, weit weg von Viola und ihren Hyänen.

Nun hatten sie also auch noch ihren Namen in den Dreck gezogen. Dabei – ganz insgeheim – mochte Nova ihren Namen eigentlich. Irgendwie klang er schön. Aber das sah Viola natürlich anders.

Während Nova in ihrem Gemüseauflauf herumstocherte, stieg der Ärger in ihr hoch. Als ob Viola mit ihrem Barbiegehirn wusste, was eine Supernova war! Sie hatten mal in Physik darüber gesprochen: Eine Supernova war ein Stern, der glühend hell wurde und dann – KABUMM! – in tausend Lichter explodierte!

Vielleicht, dachte Nova, explodiere ich auch mal. Irgendwann. Und dann hält Viola endlich den Mund.

Da kam Fitz herein, wie immer umringt von einer Horde Jungs und Mädchen. Lässig strich er sich das blonde Haar zurück und steuerte selbstbewusst seinen Stammtisch an. Hin und wieder schenkte er jemandem ein strahlendes Lächeln, wobei seine blauen Augen selbstbewusst funkelten und für den ein oder anderen verträumten Seufzer seitens der Mädchen sorgten. Er war so verdammt cool! Alles, was er tat, war cool. Okay, er war ja auch schon fast fünfzehn, aber trotzdem: Nova hätte es nicht gewundert, wenn die Direktorin Fitz irgendwann einen Preis dafür überreicht hätte, dass er nur atmete und gut aussah und den Coolness-Faktor der Schule anhob.

Einer von Fitz' Freunden hatte ihm ein Essenstablett mitgebracht und stellte es nun vor ihn auf den Tisch. Fitz sagte daraufhin etwas und plötzlich fingen alle an zu lachen. Ja, lustig war er auch noch und jeder war gerne in seiner Nähe.

Ob es so etwas wie umgekehrte Einsamkeit gab?, fragte sich Nova. Ob es Fitz manchmal störte, dass seine Mitschüler immer an ihm klebten?

In der letzten Unterrichtsstunde hatten sie Englisch bei Miss Moore. Wie jeder in der Klasse hatte auch Nova gehörigen Respekt vor der Lehrerin. Sie hätte einem Film mit dem Titel „Lehrerin des Grauens" entsprungen sein können: mit einer schwarzen Brille auf der Nase, die dunklen

Haare zu einem strengen Zopf im Nacken zusammengebunden, mit grauem Bleistiftrock und grauem Blazer. Ihr Blick war kühl und unbeirrbar und konnte einem regelrecht Schauer über den Rücken jagen, wenn man zu lange davon gefangen gehalten wurde. Nicht mal der Klassenclown Alfie brachte noch einen Witz über die Lippen, wenn Miss Moore ihn zurechtwies.

Auch heute saßen alle Schüler aufmerksam da, während die Lehrerin durch die Reihen ging. „Ich möchte, dass ihr einen Aufsatz schreibt", verkündete sie und fuhr fort: „Zu Ehren des bevorstehenden Stadtfestes in ein paar Monaten wird jeder von euch einen Artikel über besondere Orte in Richmond verfassen. Er soll mindestens fünf Seiten umfassen und in zwei Wochen abgegeben werden. Die Themen teile ich euch zu."

Das leise Murren erstarb sofort wieder, als Miss Moore sich räusperte. Die Lehrerin ging durch die erste Pultreihe und blieb vor Novas Tisch stehen. „Miss Stark, ich dachte zuerst an Ihr Zuhause, aber die Geschichte des Carmody-Hauses ist ja hinreichend bekannt ... Dann hatte ich eine bessere Idee: der Jahrmarkt. Er war jetzt viele Wochen über eine der größten Attraktionen unserer Stadt, und bevor er seine Zelte abreißt, wäre es interessant, etwas über diesen Ort zu erfahren. Ihr Thema."

Nova saß so unruhig auf ihrem Platz, dass sie fast vom Stuhl gerutscht wäre. Sie biss sich auf die Unterlippe und öffnete dann den Mund. „Der Jahrmarkt?", fragte sie ungläubig.

Miss Moore nickte knapp. „Ihr Vater ist doch Experte für allerlei verrücktes Zeug und auch Ihre Mutter scheint ein Faible für diese Dinge zu haben. Es würde für Sie als Thema also bestens passen – ein Ort voller Trubel und außergewöhnlicher Menschen, nicht wahr?"

Bestens passen? Nova klappte der Unterkiefer herunter. Wie unfair! Am liebsten wäre sie aufgesprungen und hätte Miss Moore ihre dämliche Brille von der Nase gerissen. Wen interessierte denn dieses doofe Stadtfest?

In ihrem Inneren begann es vor Wut zu brodeln. Wieder einmal waren ihre Eltern an allem schuld. Sogar eine Respektsperson wie Miss Moore machte sich über die Familie Stark lustig. Gab es nicht irgendwie eine App, mit der man sich adoptieren lassen konnte?

„Bestens. Dann sind wir uns ja einig", sagte Miss Moore und wendete sich ab. Nova bildete sich ein, ein kurzes Schmunzeln zu sehen. Lachte ihre Lehrerin sie aus?

„Emma? Du berichtest über den alten Feuerturm. Ein historischer Ort ..." Miss Moore begann die anderen Themen auszuteilen.

Nova hörte kaum noch zu. Sie war damit beschäftigt, ihre Hände unter dem Pult zu Fäusten zu ballen und sich schwarzzuärgern. Ihren Wunsch vom Normalsein konnte sie sich abschminken. Normal gab es für sie einfach nicht!

5

Als Nova am Nachmittag nach Hause kam, wollte sie sich nur noch in ihrem Zimmer verkriechen. Doch weit gefehlt – kaum hatte sie die Haustür aufgeschlossen, schoss ihr Dad aus der Küche. Er strahlte bis über beide Ohren.
„Willst du gute Neuigkeiten hören?"
Nova wollte wirklich gute Neuigkeiten hören, aber sie bezweifelte, dass sie und ihr Dad das Gleiche darunter verstanden ...
„Bekomme ich ein Pony zum Geburtstag?", fragte sie sarkastisch.
„Du wünschst dir ein Pony zum Geburtstag?" Ihr Vater runzelte irritiert die Stirn. „Das wusste ich nicht."
„Das war auch ein Scherz, Dad", antwortete Nova. „Und falls du es vergessen haben solltest: Mein Geburtstag ist erst im November."
„Gute Güte!", rief er erleichtert aus. „Sei nicht traurig, dass du noch ein wenig auf dein Pony warten musst. Denn", er

zwinkerte ihr zu, „ich habe ein tolles Geschenk für dich, Nova! Ein vamp-tastisches Geschenk!"

Es musste wirklich schlimm um ihren Vater stehen. In seiner Show verwendete er manchmal seltsame Ausdrücke wie „Spuk sei Dank" oder „gruselgut" – im echten Leben war das immer ein Zeichen dafür, dass er völlig aus dem Häuschen war. Das wiederum bedeutete, dass die Neuigkeiten Nova auf gar keinen Fall gefallen würden.

„Komm mit ins Wohnzimmer! Du solltest dich besser hinsetzen." Er fasste Novas Arm, zog sie einmal quer durch die Küche und verfrachtete sie dann auf das Sofa, wo ihre Mum bereits wartete.

Nova mochte das Wohnzimmer nicht sonderlich. Gewöhnliche Familien hatten dort einen Fernseher, schöne Urlaubsbilder oder Stillleben an den Wänden hängen und vielleicht ein paar Bücherregale. Das Wohnzimmer der Starks glich einem kleinen Museum. Jeder Winkel war vollgestopft mit seltsamem, angeblich übernatürlichem Zeug. Einen Fernseher hatten sie natürlich – wo sollten ihre Eltern auch sonst *Montys Mysteriöse Mysterien* schauen? –, aber alles andere konnte man kaum als modern bezeichnen. Da war zum Beispiel der grässliche versilberte Kronleuchter an der Decke, der bei geöffnetem Fenster immer klirrte und klimperte wegen all der kleinen Kristalle daran.

Nova fand, er sah aus, als hätte jemand seine Einzelteile aus einem Kaugummiautomaten gezogen.

Eine klobige Standuhr hatte in der Ecke neben der Tür Platz gefunden und Nova glaubte hin und wieder, ein komisches Kratzen aus ihrem Inneren zu hören. Das Teil war einfach nur gruselig.

Überhaupt – die Uhren. An der Wand hingen unzählige davon, eine hässlicher als die andere. Allesamt waren sie irgendwann stehengeblieben, als sie angeblich Übernatürliches wahrgenommen hatten. Und Novas Mutter schien darauf zu warten, dass eine von ihnen wie in einem Disneyfilm zum Leben erwachte und zu erzählen begann.

Es gab so viel scheußlichen Krimskrams: die dicke handbemalte Vase, die aussah wie ein Totenschädel, eine Kommode, zu der es keinen Schlüssel gab, allerhand alte Figuren, ein Schrumpfkopf, eine getrocknete Affenhand.

Das ganze Haus war bis obenhin vollgestopft mit magischem Krempel und alten Möbeln, als würden sie in einem durchgeknallten Antiquitätenladen leben.

Nova schämte sich deswegen. Das war vielleicht das einzig Gute daran, dass sie keine Freunde hatte: Zumindest sah niemand ihr Zuhause.

„Alles okay, Nova? Du siehst so bedrückt aus." Ihre Mutter schenkte ihr ein Lächeln. „Wie war die Schule?"

„Bestens", äffte Nova Miss Moores Tonfall nach.
„Gut, ihr sitzt", ging Mr Stark dazwischen. „Ich verkünde jetzt die Neuigkeiten – haltet euch fest! Der Sender hat beschlossen, dass wir demnächst eine ... Homestory drehen werden! Als Sonderepisode. Das bedeutet – ganz genau, Schatz –, wir werden hier bei uns zu Hause drehen! Dadurch wollen wir den Fans mehr Einblick in mein Leben gewähren und ihnen ermöglichen, meine Familie kennenzulernen."
Mrs Stark klatschte in die Hände. „Das ist ja superaufregend!", rief sie verzückt, fiel Mr Stark um den Hals und drückte ihm einen langen Kuss auf die Lippen.
Dann strahlten die beiden erwartungsvoll ihre Tochter an. Nova brauchte einen Moment, bis die Neuigkeiten zu ihr durchsickerten. Eine Homestory bei ihnen zu Hause? Ein Fernsehteam würde ihr Zuhause filmen? Und Nova sollte in die Kamera grinsen und sagen, wie superduper es war, mit den größten Spinnern der Welt zusammenzuleben?
Nein.
Nein, nein, nein!
„Du bist sprachlos", stellte ihr Vater fest. „Keine Sorge, Nova, genauso habe ich auch geschaut, als man mir die tollen Neuigkeiten mitgeteilt hat! Lass es sacken."
„Mein Leben ist vorbei", nuschelte Nova leise.

„Was meinst du, Schätzchen?", fragte ihre Mum.

„Ich muss Hausaufgaben machen!" Nova stand hastig vom Sofa auf und steuerte die Tür an. Nur weg hier. Das war alles zu viel.

Ihre Eltern sahen ihr verwundert hinterher. Nova spürte die Blicke in ihrem Rücken. Ihr schlechtes Gewissen meldete sich.

Bevor sie aus dem Wohnzimmer ging, drehte sich Nova noch einmal um. Sie atmete tief durch und bemühte sich, ihre Stimme fröhlich klingen zu lassen. Sie schaffte es sogar zu lächeln, als sie sagte: „Freut mich wirklich für dich, Dad."

„Für uns", verbesserte ihr Vater sie. „Das ist schließlich etwas Schönes, was uns alle betrifft."

„Genau", schloss Nova lahm. Sie hielt einen Daumen hoch und verließ das Wohnzimmer, ehe ihrer Maske das Lächeln aus dem Gesicht bröckelte. So schnell ihre Beine sie trugen, rannte sie in ihr Zimmer unter dem Dach. Unbeabsichtigt ließ sie die Tür knallen und schmiss ihren Rucksack auf den Boden. Tränen stiegen ihr in die Augen. „Was soll ich denn jetzt machen?"

Nova trat an Wallys Käfig und wartete auf eine Antwort. Aber der Wellensittich schaute sie nur ratlos an. Ihr Haustier schien genauso wenig eine zu haben wie sie selbst.

Sie musste raus hier. Der Englischaufsatz. Warum ging sie nicht direkt jetzt auf den Jahrmarkt? Um diese Uhrzeit hingen die meisten aus der Schule im *Eight Ball* ab, dann traf sie wenigstens niemanden. Wie erbärmlich war es denn bitte, allein auf den Jahrmarkt zu gehen?

In Windeseile schlüpfte Nova aus ihrer Schuluniform, die sich aus einem blauen Jackett und Rock sowie einer weißen Bluse zusammensetzte. Ihr Kleiderschrank bestand nur aus einfarbigen Klamotten wie Jeans, Shirts und Pullovern, aber was Schuhe anging, mochte Nova es etwas ausgefallener. Sie zog ihre grünen Glitzerballerinas aus dem Schrank. Ob sie die auch mal in die Schule anziehen sollte statt der langweiligen blauen Treter? Eigene Schuhe waren an der Schule erlaubt ...

Sie schnappte sich ihre kleine Umhängetasche, warf Notizblock, Stifte und ihr Handy hinein und eilte hinunter ins Erdgeschoss. „Ich geh noch mal weg!", rief sie ins Wohnzimmer. „Muss für einen Aufsatz recherchieren."

„Soll ich dich fahren?", fragte ihr Dad.

„Um Himmels willen, nein!", platzte es aus ihr heraus. Sie schlug sich eine Hand vor den Mund. „Ich meine, nein, danke, ich nehme den Bus. Bin bald wieder da."

„Triffst du dich mit deinen Freunden?", fragte ihre Mum lächelnd.

„Klar", murmelte Nova. „Bis später!"
Schnell hechtete sie in den Flur und zur Haustür hinaus, ehe ihre Eltern noch etwas fragen konnten. Nova hörte, wie ihr Dad lachend zur ihrer Mum sagte: „Die Nachricht eben hat sie echt durcheinandergebracht. Es ist schön, dass sie sich so freut."
Nova verdrehte die Augen. Auf einer Skala von Ich-raff-gar-nichts bis hin zu Ich-bin-ein-Genie lagen ihre Eltern unter dem Nullpunkt. Aber so was von.

6

DAS Carmody-Haus lag in einer ruhigen Gegend mit viel Grün und wenig Menschen. In Mr Michaels kleinem Eckladen konnte man das Nötigste kaufen, ein Elektrogeschäft war daneben, in das Nova noch nie einen Fuß gesetzt hatte. Und dann gab es den großen Park, der direkt in den Wald überging.

Nova rannte das letzte Stück die Hauptstraße hinunter und schlüpfte gerade rechtzeitig in die schwarze Linie 8. Der Bus fuhr durch die grüne Vorstadt, bis die Häuser allmählich dichter standen und sie schließlich durch das mittelalterliche Stadtzentrum röhrten. Am Rathaus stieg Nova in die rote Linie 3 um.

Obwohl der Jahrmarkt schon eine ganze Weile in der Stadt war, war Nova noch nicht dort gewesen. Ihre Eltern hatten am Eröffnungswochenende vorgeschlagen vorbeizuschauen, aber Nova hatte eine Ausrede gefunden – Mr und Mrs Stark waren in der Öffentlichkeit einfach zu peinlich.

Am großen Platz vor den Toren der Stadt kam der Bus zum Stehen.
Laute Musik und Schaustellerdurchsagen schallten Nova entgegen, als sich die Bustür öffnete. Nova stolperte hinaus. Unter dem Torbogen blieb sie stehen. Über ihrem Kopf hingen in goldenen Lettern die Worte „Fun Fair", rechts und links schwebten bunte Luftballons. Nova hatte nicht den blassesten Schimmer, wohin sie gehen sollte. Der Geruch von verbranntem Popcorn stieg ihr in die Nase.
„Geh mal zur Seite, Mädel", sagte ein junger Typ und rempelte sich an Nova vorbei.
Einem Impuls folgend, lief Nova nach rechts und mischte sich unter die Menschenmenge. Hier war echt die Hölle los. War das immer so voll? Hatte sich etwa ganz Richmond hier versammelt und alles andere dafür stehen und liegen lassen? Nova lief an Essensständen, Los- und Schießbuden vorbei und machte einen großen Bogen um die Schiffsschaukel und das Kettenkarussell.
Auf einmal stand sie vor der Geisterbahn. Die Fassade war aufgemacht wie ein altes Schloss, in dessen Fenstern verschiedene Kreaturen saßen: Dracula, Frankensteins Monster, ein Zombie, ein Geist. Unheimliche Musik drang aus den Lautsprechern.
Ihr Vater wäre begeistert gewesen.

„Möchten Sie eine Runde fahren, Miss?"

Ein Mann in einem schwarzen Anzug mit einer schrecklichen Brandnarbe im Gesicht machte einen Satz auf Nova zu.

Nova schreckte unvermittelt zurück, worauf der Mann ein kehliges Lachen von sich gab. Im selben Moment ratterte ein Waggon aus dem Dunkel und kam mit einem Zischen und Quietschen zum Stehen. Irgendwo ertönte ein Schreckensschrei.

Für eine Sekunde kam Nova sich vor wie in einem Horrorfilm. Ohne zu antworten, drehte sie sich um und rannte los. Direkt in andere Jahrmarktsbesucher hinein, die sich empört beschwerten, aber Nova rannte einfach weiter.

Und stolperte. Nova fiel – einem Fremden direkt in die Arme hinein.

„Wir haben eine Freiwillige gefunden!", rief ihr Retter schwungvoll aus. „Was für eine stürmische junge Dame!"

Nova blickte auf. Freiwillige?

Ein schlaksiger Mann mit spitzem Hut und Umhang hielt sie in den Armen. Seiner lächerlichen Aufmachung nach war er ein Zauberer.

„Wie ist dein Name?", fragte er lauthals.

Nova hatte von ihren Eltern eingetrichtert bekommen, niemals einem Fremden ihren Namen zu sagen. Ganz zu schweigen von einem Zauberer. Aber seine schwarz umrandeten Augen bohrten sich so unnachgiebig in sie hinein, dass Nova schließlich den erstbesten Namen nannte, der ihr einfiel.

„Elaine Carmody", platzte es aus Nova heraus und im nächsten Moment biss sie sich auf die Zunge. Es wusste doch jeder, dass das der Name der Geisterschriftstellerin war!

Der Zauberer anscheinend nicht. „Elaine Carmody!", wiederholte er. Der Zauberer verzog die dünnen Lippen zu einer Grimasse. „Was für ein außergewöhnlicher Name für ein außergewöhnliches junges Mädchen! Also, Elaine, du wirst meine Assistentin sein."

Assistentin? Der Zauberer packte Nova an den Schultern und drehte sie einmal um die eigene Achse, so dass sie mit dem Gesicht in eine Ansammlung von Menschen blickte. Oje! Wo war sie denn hier hineingeraten? Eine Vorstellung?

„Sie sind nicht wirklich ein Zauberer, oder?", fragte Nova befremdet. „Wissen Sie, ich kann nicht ..."

„Meine Damen und Herren, Applaus für Elaine!", überging der Zauberer sie gut gelaunt und verneigte sich. Er drehte sich zu Nova um und flüsterte: „Du musst einfach tun, was ich sage. Alles klar?"

„Nein", sagte Nova halblaut, aber der Zauberer zog sie schon nach vorne.

„Meine Damen und Herren!", rief er. „Ich werde Elaine Carmody nun verschwinden lassen!"

Ein lautes „Oooh!" ging durch die Menge. Nova presste die Lippen zusammen und unterdrückte ein Stöhnen. Na prima. Wobei, Verschwinden war gar nicht so schlecht. Das Beste, was ihr seit langem passiert war.

„Halte still, du mutiges Mädchen!", rief der Zauberer feierlich. Er begann Kreise um Nova zu ziehen und dabei unkontrolliert mit den Händen zu wedeln. Es sah total affig aus. Wie irgendein bekloppter Voodoozauber.

„Magicus Verschwindibus!"

Der Zauberer warf irgendetwas zu Boden und auf einmal stieg schwarzer Rauch zu Novas Füßen auf. Für einen Moment konnte wirklich niemand mehr das junge Mädchen sehen, denn alles um Nova herum wurde schwarz. Hustend blinzelte sie und sah um sich. Da! Ein Durchgang zwischen zwei Buden. Das war's. Nova war weg. Sie drehte sich einfach um und verschwand in der schmalen Gasse.

Hinter sich hörte sie die Zuschauer aufgeregt durcheinanderrufen. Und auch der Zauberer selbst schien verdutzt. Tja, so ist das mit dem Hokuspokus, dachte Nova und trat in die nächste Gasse ...

„Wen haben wir denn da? Wenn das nicht mal unsere Supernova ist!", erklang eine giftige Stimme. „Hat die kleine Streberin beschlossen, sofort auf den Jahrmarkt zu gehen und die Aufgabe von Miss Moore zu erfüllen? Sogar die hat erkannt, dass ein Freak wie du am besten zu anderen Freaks passt."

Nova musste sich nicht einmal umdrehen. Das konnte doch kein Zufall mehr sein! Hatte Viola einen eingebauten Nova-Peilsender?

Sie seufzte und wandte sich der Blondine zu. „Und was machst *du* hier?", fragte sie und hielt Ausschau nach Emma und Caillie. Die beiden Untergebenen der Queen waren nirgends zu sehen.

Viola schien Novas Blick zu bemerken, denn sie sagte: „Natürlich bin ich nicht allein hier. Im Gegensatz zu dir, Supernova. Deinem Aufzug nach zu urteilen, hast du wieder irgendetwas angestellt." Sie schleckte an ihrer Zuckerwatte und verzog den Mund zu einem fiesen Grinsen. „Was ist das für ein schwarzes Zeug in deinem Gesicht? Trägt man das jetzt so?"

Nova wischte sich über die Wange. Na prima. Anscheinend hatte der Rauch des Zauberers ordentlich gerußt ...

„Und deine Schuhe? Sind die aus dem Feenland?", fuhr Viola fort und sah verächtlich auf Novas grüne Ballerinas.

Ja und? Immerhin sah sie nicht aus wie Barbie! Jetzt, wo Nova Viola genauer musterte, fand sie sogar, dass Viola es ziemlich übertrieben hatte mit dem Kleidchen. Da wurde man ja farbenblind …

Viola deutet mit der Zuckerwatte auf Nova. „Allein vom Anstarren bekommst du auch keinen besseren Modegeschmack."

„Zumindest hab ich Hirnzellen", murmelte Nova und schlug sich eine Hand vor den Mund. Hatte sie das gerade laut gesagt?

„Du hältst dich wohl für besonders schlau", zischte Viola. „Deine Eltern sind vielleicht die absoluten Freaks, aber du bist noch schlimmer. Mit dir wollen nämlich nicht einmal die Geister etwas zu tun haben, du Loserin!"

Nova hatte genug. Wieso musste sich immer alles um ihre Eltern drehen?

„Ich glaube nicht an Geister!", stieß sie energisch aus. „Ich glaube absolut nicht an das Übernatürliche. Weder an Geister noch an Vampire oder …"

„Beweis es!", unterbrach Viola sie gereizt. „Wenn du willst, dass ich dir auch nur ein Wort abkaufe, musst du es beweisen, Supernova."

Nova hörte deutlich die Herausforderung in Violas Worten. Ihre Augen schleuderten Blitze.

Nova zuckte zurück. Mist. Es war nie gut, Viola Alcott zu widersprechen. War sie zu weit gegangen?

„Keine Sorge." Viola sah plötzlich zufrieden aus. „Ich hab schon eine Idee, wie du es beweisen kannst. Die Frage ist nur: Bist du mutig genug?"

Nova fühlte sich nicht mutig. Sie fühlte, wie ihr vor Aufregung wieder die Knie weich wurden, während ihr schneller Puls in ihren Ohren pochte, und zu ihrer eigenen Überraschung hörte sie sich sagen: „Egal was es ist. Ich mache es."

Viola schien über Novas Antwort überrascht. Und Nova selbst ging es nicht anders. Sie wusste nicht, woher dieser kleine Funke Rebellion in ihr gekommen war, aber er war da. Und Nova war mit einem Mal ein bisschen stolz. Sie streckte den Rücken durch und versuchte, so lässig wie möglich dazustehen. So lässig es eben ging, wenn das Gesicht voller Rußflecken war ...

„Na", schnaubte Viola feindselig, „dann mal los, Supernova. Mir nach."

7

NOVA sollte etwas stehlen. Das war Violas Bedingung. Aber nicht einfach irgendetwas, nein, etwas aus dem Zelt einer Wahrsagerin.
Verdammt.
Was hatte sich Nova da nur eingebrockt? Stehlen war falsch! Und allein die Vorstellung löste bei Nova Horrorvorstellungen aus: Man würde sie erwischen, in den Knast sperren bis ans Ende ihrer Tage ...
„Also, was jetzt? Hast du Schiss?", fragte Viola.
Sie standen auf der anderen Seite des Jahrmarkts neben einer Bude, die Kräuterbonbons verkaufte. Und um die Ecke, kaum sichtbar hinter einem Karussell, war ein kleines Zelt. Der Stoff, aus dem es gemacht war, war dunkel wie ein Nachthimmel, mit kleinen Sternen bedruckt. Ein fransiger Teppich führte zum Eingang und darüber hing ein goldener Bilderrahmen mit der Aufschrift:

Madame Esmeralda

Wahrsagen
Tarot
Teesatz
Engelbilder
Kraftpyramiden

„Das ist doch albern", versuchte Nova es ein letztes Mal. „Ich ..."
„Da bist du ja!" In dem Moment tauchten Emma und Caillie auf und stürzten sich auf Viola. Die Mädchen fielen sich in die Arme, als hätten sie sich Jahre nicht mehr gesehen, und schmatzten sich laute Küsschen auf die Wange.
„Was macht die denn hier?", fragte Emma und sah Nova an, als habe sie sich in eine Kakerlake verwandelt. „Ich dachte, der Zauberer hat die uns endgültig vom Hals geschafft."
„Wovon redest du bitte?", fragte Viola genervt.
Und – Nova konnte es nicht glauben – Emma zog ihr Handy hervor und hielt es Viola vor die Nase. „Ich hab ein Video gemacht, sieh mal!"
Die Mädchen steckten die Köpfe zusammen und lachten sich über Novas demütigenden Auftritt schlapp.

„Elaine Carmody, ich glaub's nicht. Du hast sie echt nicht mehr alle. Wenn die anderen das sehen ..." Viola rümpfte die Nase und schob Emma zur Seite, die entrüstet den Mund verzog. „Genug jetzt." Sie verschränkte die Arme vor der Brust und wandte sich Nova zu. „Hast du dich entschieden, Supernova?"

Dieser dämliche Spitzname! Wieso ließ sie sich von dieser Kuh überhaupt so in die Enge treiben? Sie würde sich jetzt einfach umdrehen und nach Hause ...

„Ich sag dir was", meinte Viola gönnerhaft. „Wenn du jetzt sofort da reingehst und der Wahrsagerin was klaust, dann löscht Emma das Video."

„Aber Viola!", protestierte Emma.

„Das Angebot steht noch drei Sekunden, Stark."

„Ich ... äh ...", stammelte Nova.

„Zwei."

Nova überlegte fieberhaft. Vielleicht konnte sie einfach ins Zelt gehen und die Wahrsagerin um Hilfe bitten? Das hier war schließlich ein Notfall. Ein Viola-Alcott-Notfall der schlimmsten Sorte.

„Eins ..."

„Ich mach's!", sagte Nova schnell. Was musste sie auch immer so viel grübeln!

„Bring irgendetwas Cooles mit", meinte Caillie.

„Da drinnen gibt es nichts Cooles", sagte Viola herablassend. „Das ist eine Wahrsagerin, Caillie."
Als Nova sich nicht in Bewegung setzte, gab Viola ihr einen Stoß. Mit wummerndem Herzen machte Nova kleine Schritte auf das Zelt zu. Noch immer suchte sie fieberhaft nach einer Lösung. Sie musste das wohl oder übel durchziehen.
Zögerlich streckte sie die Hand aus, um den Vorhang beiseitezuschieben.
Also gut.
Nova schloss die Augen und trat ein. Sie erwartete, dass sie jemand begrüßte, doch niemand sagte etwas. Nova blinzelte – und stellte erleichtert fest, dass das Zelt leer war! Froh stieß sie ihren angehaltenen Atem aus. Der Vorhang fiel hinter ihr zu.
Im Inneren des Zelts sah es genauso aus, wie man sich das bei einer Wahrsagerin eben vorstellt. In der Mitte stand ein kleiner Tisch, der in ein rotes Tuch mit Ornamenten gehüllt war. Darauf war eine glänzende Kristallkugel auf ein Samtkissen gebettet. Auf dem Boden um den Tisch herum lagen weitere Kissen.
Nova ließ den Blick schweifen. Ihre Eltern hätten das Zelt sicher gemütlich gefunden, für Nova wirkte es eher überfüllt. An der Seite stand eine antik aussehende Kommode,

dort eine verschnörkelte Truhe, dazwischen verschiedene Leuchten mit orientalischen Lampenschirmen voller Fransen und Perlen. Obwohl sie die Einrichtung ziemlich kitschig fand, hielt sie einen Moment inne, um die Atmosphäre auf sich wirken zu lassen. Das alles war schon irgendwie ... mystisch.

Was konnte sie nehmen, ohne dass es auffiel? Nova sah sich weiter um. Die Kristallkugel war definitiv zu schwer und auffällig. Die hässliche Glaspyramide? Da fiel ihr Blick auf ein Kartendeck, das in einer Ecke auf dem Boden lag. Es war wohl von der kleinen Kommode gefallen. Eine Karte, sagte sich Nova, nur eine einzige Karte. Das würde doch nicht sofort auffallen. Also los!

Nova bückte sich, griff hastig nach der Schachtel – und in der nächsten Sekunde flatterten sämtliche Karten heraus und verteilten sich im Raum. Oh nein!

Nova warf einen Blick zum Eingang, dann fiel sie auf die Knie und schob die Karten eilig zusammen. Das waren Tarotkarten, Nova kannte sie von ihren Eltern.

Und auf einmal kam ihr ein Gedanke: Wenn Nova eine der schlechten Karten nahm, dann konnte Madame Esmeralda ja niemandem mehr dieses Schlechte voraussagen! Das war die Idee! Sie würde somit etwas Gutes tun und brauchte kein schlechtes Gewissen zu haben.

Diebstahl ist Diebstahl, flüsterte eine unruhige Stimme in ihrem Kopf, aber Nova ignorierte sie. Welche Karte war negativ? Rasch fächerte sie die Karten auf. Ihr Blick fiel auf einen Turm, in den ein Blitz einschlug. Menschen fielen tief hinunter. Mann, war das gruselig! Weg damit. Rasch schob sie die Karte in ihre Jackentasche und packte den Stapel wieder zusammen, als sie hinter sich ein Geräusch hörte. Ein Fauchen, gefolgt von einem Wispern. Erschrocken drehte sie sich um und starrte zum Eingang. Eine schwarze Katze fegte durchs Zelt. Fast sah sie aus wie die Katze vom Sportplatz …

„Hast du mich erschreckt", stöhnte Nova.

Sie wandte den Blick wieder ab, um die Karten rasch so zu platzieren, wie sie das Deck vorgefunden hatte, und plötzlich trat das Gewand einer Frau in ihr Blickfeld.

Nova sprang auf. Ihr blieb fast das Herz stehen.

Es handelte sich um die alte Madame Esmeralda. Sie hatte lange schwarze Haare und einen weißen Turban auf dem Kopf. Ihr weites besticktes Gewand ließ sie viel fülliger wirken, als sie vermutlich war. Ihre dunkel umrandeten Augen bohrten sich gierig in Nova hinein.

Auf einmal schnellte die Hand der Alten vor. Finger voller goldener Ringe umklammerten überraschend fest Novas Handgelenk.

Nova wäre ohnehin nicht weggelaufen. Sie war vor Schreck wie erstarrt.

„Was machst du in meinem Zelt?" Ihre Worte klangen wie ein rauchiges Hauchen. „Ganz ohne Erlaubnis einzutreten!"

„Wo sind Sie denn so plötzlich hergekommen?", japste Nova heiser.

„Ich stelle hier die Fragen, Kindchen!", herrschte die Wahrsagerin Nova an und legte die Stirn in Falten. „Du bist mit schlechten Absichten in mein Zelt gekommen. Deine Aura ist ganz durcheinander."

Aura? Nova glotzte die Frau perplex an.

„Ich spüre eine große Unruhe in deinem Herzen." Madame Esmeralda gab ein schmatzendes Geräusch von sich, als würde sie Novas Gefühle in der Luft schmecken können. Nova lief ein Schauer über den Rücken. „Unruhe ... Und sehr viel Dunkelheit."

Woah, das war jetzt aber wohl etwas übertrieben! Nova war doch keine Schwerverbrecherin.

„Ich ... äh ... ich wollte mir etwas voraussagen lassen", meinte Nova mutig und hielt Madame Esmeraldas Blick stand. „Dann sind die Karten heruntergefallen ..."

„Die Karten!", schrie die alte Frau aufgebracht. „Sie sprechen immer die Wahrheit, sie kündigen Großes an!"

Nova war, als könne sie ein Knistern in der Luft spüren, das einen Schleier über ihre Ohren legte. Die Wahrsagerin fuhr in schaurigem Ton fort.
„Hast du eine der Karten an dich genommen?"
Nova schluckte schwer. „Nein. Hab ich nicht."
„Du lügst, kleines Mädchen", stellte Madame Esmeralda ohne Zögern fest. „Welche hast du genommen?"
„Ich habe keine Karte, ich wollte nur ..."
„Der Turm!", rief die Wahrsagerin aus. Sie schien so etwas wie Zimmerlautstärke nicht zu kennen. Entweder flüsterte sie wie eine alte Hexe oder schrie, als würde sie gleich in den Krieg ziehen. Nova versuchte, sich aus dem Griff der Alten zu lösen, aber die umfasste ihre Hand noch fester.
„Kennst du die Bedeutung des Turms?", fragte die Wahrsagerin und wisperte wieder. „Zerstörung. Unheil. Große Veränderungen. Es ist keine gute Karte."
Woher wusste die Alte, welche Karte in Novas Jackentasche steckte?
„Du wolltest mich bestehlen", krächzte Madame Esmeralda schrill.
„Es tut mir leid!", sprudelte es panisch aus Nova heraus. „Sie haben ja Recht! Es sollte eine Mutprobe sein, mehr nicht."
Doch ohne auf Novas Entschuldigung einzugehen, zerrte

Madame Esmeralda sie in eine Ecke des Zeltes. Mit ihrer freien Hand öffnete die Wahrsagerin die Truhe und holte einen Handspiegel heraus. Zuerst sah Nova seine Rückseite – voller Schnörkel und aufwendiger Muster –, dann drehte Madame Esmeralda den Spiegel um. „Ich sehe eine Lügnerin. Was siehst du?"
Nova sah ihr verängstigtes, verrußtes Gesicht und ihre wirren Haare. Sie sah genauso elend aus, wie sie sich fühlte. Ihre Augen huschten zur Alten. „Bitte, es tut mir wirklich leid!"
Abrupt ließ die Wahrsagerin Nova los und Nova rieb sich über das pochende Handgelenk. Madame Esmeralda hielt ihr den Spiegel auffordernd hin. Nova tat, was die Alte wollte, und nahm ihn unsicher entgegen. Die Wahrsagerin tippte mit einem ihrer spitzen Finger auf die Spiegeloberfläche und kurz glaubte Nova zu sehen, wie sich ihr Spiegelbild verzerrte und veränderte. Was war das?
„Dieser Spiegel sieht das wahre Ich der Menschen", erklärte Madame Esmeralda. „Du bist anders als dein wahres Ich. Dennoch tragt ihr das gleiche Chaos in euren Herzen." Sie sah Nova prüfend an. „Das ist wirklich außergewöhnlich. Sehr außergewöhnlich ..."
„Werden Sie jetzt die Polizei rufen?", fragte Nova besorgt. Das wirre Gerede der Wahrsagerin war gerade echt ihre

letzte Sorge. „Ich gebe Ihnen die Karte wieder, ich ..."
Nova hatte schon die Hand in der Tasche, da brachte Madame Esmeralda Nova mit einer Geste zum Schweigen. „Sieh in den Spiegel und sag mir, was du siehst!"
Was für ein Befehlston! Na gut! Wenn die Alte verrückte Spiele spielen wollte ... Folgsam konzentrierte sie sich auf ihr Spiegelbild. „Ich sehe mich selbst", sagte Nova ehrlich. „Dabei ist dort so viel mehr zu sehen als ein einziges Gesicht", sagte die Wahrsagerin und ihre Stimme klang mit einem Mal seltsam hohl und jahrhundertealt. „Ich verfluche dich!"
„Was?", fragte Nova erschrocken und der Spiegel glitt aus ihren Händen. Mit einem lauten Klirren zerbarst er am Boden in unzählige Scherben.
Die Wahrsagerin schrie auf und der Schrei ging Nova durch Mark und Bein. „Das Unglück ist ein Teil von dir! Es ist dein ständiger Begleiter und soll es auf immer und ewig bleiben! Ich verfluche dich, kleine Diebin!", kreischte die Alte. „Ich verfluche dich!"
Nova sprang auf. Jegliches schlechte Gewissen, das sie noch im Zelt der Wahrsagerin gehalten hatte, fiel mit einem Mal von ihr ab. Die Frau war komplett durchgeknallt, noch verrückter als ihre Eltern! Also tat Nova, was sie besonders gut konnte: Sie rannte davon.

AM Dienstagmorgen hatte Nova vom Moment des Erwachens an das Gefühl, als hinge eine dunkle Wolke über ihr. Die Ereignisse vom Vortag waren mit einem Schlag wieder da. Die Geisterbahn, der Zauberer, Viola und dann diese gruselige Wahrsagerin. Den ganzen Heimweg über hatte sie Bauchschmerzen gehabt, weil ihre Sorgen sie so quälten.

Nachdenklich stand Nova unter der Dusche und ließ sich heißes Wasser auf den Kopf prasseln. Viola und Co. hatte sie gar nicht mehr gesehen, als sie aus dem Zelt der Wahrsagerin gestürmt war. Wahrscheinlich war ihnen das Warten zu langweilig geworden. Oder hatten sie das gruselige Geschrei der Alten gehört? Hoffentlich hatte Emma wenigstens das peinliche Zauber-Video gelöscht …

Nova schlüpfte in ihren Bademantel, griff verschlafen nach der Bürste, schaltete den Föhn an und − au! − bekam einen elektrischen Schlag. Blöder Mist aber auch! Der zweite

Versuch lief nicht besser. Kaum war das Luftgebläse an, verfing sich eine ihrer Haarsträhnen im Ende des Föhns und das Gerät wurde glühend heiß. Nova versuchte, ihre Haarsträhne zu befreien, aber es gelang ihr nicht. Im Badezimmer breitete sich ein verbrannter Geruch aus. Bevor ihre Eltern dachten, sie wolle das ganze Haus abfackeln, riss Nova hektisch das Kabel aus der Steckdose und die Plastikverkleidung flog halb mit heraus. Doppelt verfluchter Mist, dachte sie mürrisch.
Nova friemelte ihre Haarsträhne doch noch mit viel Mühe und Not aus dem Föhn heraus. Danach fühlte sie sich, als habe ihr jemand ein ganzes Büschel vom Kopf gerissen. Schlecht gelaunt legte sie den Föhn zur Seite. Am besten band sie die Haare einfach zusammen. Sie öffnete den Spiegelschrank über dem Waschbecken, um einen Haargummi herauszuholen. Doch noch ehe sie irgendetwas angefasst hatte, krachte eines der Bretter herunter und eine Lawine aus Krimskrams flog ihr entgegen. Eine Dose Rasierschaum knallte ihr gegen den Kopf und der Becher mit ihrer Zahnbürste landete im offenen Klo. Nova riss erschrocken den Mund auf und starrte in die Toilette. Wieso war auch bitte schön der Klodeckel oben?
Sie fluchte laut. So viel Pech konnte ein Mädchen doch gar nicht haben!

Doch es kam noch schlimmer.

Nova sammelte die verstreuten Sachen ein und legte sie provisorisch in die Badewanne. Eine verstaubte Parfümflasche war beim Sturz zerbrochen und Nova schnitt sich an einer der Scherben in den Daumen, als sie die Splitter aufwischte. Sie verkniff es sich, schon wieder loszuschimpfen, und schnupperte angewidert. Was war das denn für ein Duft? Jetzt blutete sie nicht nur, sondern roch auch noch wie eine alte Oma ...

Genervt wollte Nova zurück in ihr Zimmer, doch die Badezimmertür blockierte. Eine große Teppichfalte lag im Weg. Was war denn das jetzt?

Nova stemmte sich dagegen und drückte mit aller Kraft – bis die Tür mit einem Ruck aufflog. Sie knallte so heftig gegen die Wand, dass mehrere der gerahmten Fotos auf den Boden krachten.

Nova stieß einen frustrierten Wutschrei aus. Noch mehr zerbrochenes Glas! Von wegen: Scherben bringen Glück! Was war denn heute los?

Auf einmal hielt Nova inne. Moment mal – Scherben! Sie hatte den Spiegel der Wahrsagerin zerbrochen, aber noch wichtiger: Madame Esmeralda hatte sie verflucht. Nova hatte die heiseren Worte der alten Frau genau im Ohr: *Ich verfluche dich!*

Konnte das wirklich sein? Nova schüttelte den Kopf. Es gab keine Flüche, keine Magie! Tollpatschigkeit war wie eine Krankheit und heute Morgen hatte es Nova eben besonders schlimm erwischt. Andere litten unter Heuschnupfen, sie warf Dinge um. Auf gar keinen Fall wollte Nova zulassen, dass irgendeine verrückte Fremde ihr solchen Unsinn in den Kopf pflanzte. Es gab keine Flüche – und basta! Hastig räumte sie die Scherben weg und lief schnurstracks hoch in ihr Zimmer. Ihr Wellensittich flatterte völlig überdreht in seinem Käfig hin und her und krächzte.
„Oh, sorry, Wally, ich hab dich ganz vergessen …" Er durfte sonst immer ein paar Runden in ihrem Zimmer drehen, solange sie sich für die Schule fertig machte. Dafür war es heute zu spät.
Nova hastete zu ihrem Kleiderschrank, um Pyjama gegen Schuluniform zu tauschen. Leider nahm die Pechsträhne weiter ihren Lauf. Ihr sprangen gleich zwei Knöpfe von der Bluse ab und dann fand sie den rechten Schuh nicht. Sollte sie die grünen Glitzerballerinas nehmen? Aber sie hatte keine Lust auf Violas Sprüche. Schließlich entschied sie sich für ein Paar ausgetretene Sneaker.
Eins war klar: Das Frühstück würde sie heute sausen lassen. Sonst landete ihr Gesicht garantiert in der Cornflakesschale oder ein Glas Orangensaft auf ihrem Rock.

Nova eilte ohne weitere Missgeschicke nach unten und wollte nur kurz den Kopf in die Küche stecken, um sich zu verabschieden, als sie das Gespräch ihrer Eltern aufschnappte.

„Vielleicht könnte Nova dann ein kleines Interview geben", sagte Mr Stark. „Das würde den Leuten vom Sender sicher gefallen. Bisher haben sie ja nur dich getroffen, Rebecca. Nova würde die jüngeren Zuschauer begeistern! Wir könnten ganz neue Fans gewinnen! Ach, das wäre einfach große Klasse!"

„Ich bin so stolz auf dich, Monty", antwortete Mrs Stark. „Eine Homestory eröffnet uns ganz neue Möglichkeiten. Wir haben so viele interessante magische Objekte hier herumstehen, dazu könnten wir ein paar Anekdoten erzählen! Aber, Darling, wir müssen unbedingt das Haus auf Vordermann bringen – besonders den Garten. Wir wollen doch einen guten Eindruck machen."

Ach, bei den Leuten vom Sender wollte ihre Mum also Eindruck schinden, aber was die Nachbarn von dem Urwald vor dem Haus hielten, war egal? Nova schüttelte den Kopf, auch wenn es keiner sah.

„Ich nehme mir einfach ein paar Tage frei." Mr Stark begann zu planen. „Es ging alles so schnell! Wir haben ja kaum zwei Wochen Zeit, ehe das Kamerateam anrückt.

Ich brauche auf jeden Fall deine und Novas Hilfe, damit es perfekt wird."

„Mit so viel positiver Energie klappt alles!"

Nova beobachtete, wie ihre Eltern sich einander verdächtig näherten. Ehe sie ein weiteres Knutschtrauma davontragen konnte, räusperte sie sich laut.

„Guten Morgen", sagte sie. „Ich muss jetzt leider sofort los, keine Zeit fürs Frühstück. Spät dran."

„Guten Morgen", sagte Novas Mutter. „Kannst du auch in ganzen Sätzen sprechen oder hast du etwa auch keine Zeit mehr, vernünftig mit deinen Eltern zu reden? So haben wir dich nicht erzogen, junge Dame!" Der strenge Ton sollte nur ein Spaß sein und Mrs Stark quiekte über ihren Witz wie ein Meerschweinchen.

Nova rang sich ein Lächeln ab. Ihre Mutter konnte genauso gut Witze machen wie Nova Spanisch: gar nicht. „Mein Bus kommt gleich. Ich muss los."

„Willst du wenigstens einen Smoothie mitnehmen? Habe ich gerade frisch gemacht", fragte ihre Mutter. „Mit allem, was gut ist – Sellerie, Tomaten und Roter Bete."

Nova verzog das Gesicht. „Viel zu gesund", murmelte sie. „Ich muss los, in fünf Minuten kommt der Bus!"

***

Nova ging zügig die lange Hauptstraße hinunter, bis ihr rechter Schuh kurz vor der Haltestelle mit jedem neuen Schritt seltsam zu kleben begann. Nova blieb stehen. Mist – Kaugummi! Sie versuchte, ihn am Bordstein abzustreifen, dabei flutschte ihr der Schuh vom Fuß und verhakte sich mit dem Schnürsenkel an einem Gullydeckel. Na prima. Noch zwei Minuten, ehe der Bus kam. Auf einem Fuß hüpfend, angelte Nova nach dem verlorenen Sneaker. Sie schaffte es, die Balance zu halten, und jubelte, als sie ihren Schuh in der Hand hielt. Hastig versuchte sie, wieder hineinzuschlüpfen, hüpfte dabei ein Stückchen nach hinten und schon war es ihre Jacke, die festhing – ausgerechnet am Gitter des Mülleimers der Haltestelle. In dem Moment kam der Bus angerollt. Nova sah ihm panisch entgegen, das Ungetüm hielt neben Nova an und sie riss mit einem Ruck ihre Jacke frei. Das allerdings hatte zur Folge, dass die untere Klappe des Mülleimers aufsprang und der gesamte Inhalt aus Verpackungen, Getränkedosen und anderem alten Zeug herauspolterte. Die Tür des Busses öffnete sich und Nova stand in einem See aus Müll.

Die Schüler, die am Fenster saßen, grinsten breit. Und schon wieder war Nova zur Lachnummer geworden.

Mit gesenktem Kopf stieg Nova ein. Die vorderen Plätze waren alle belegt, also musste sie ein Stück durch den Mit-

telgang gehen. Jemand zu ihrer Linken rümpfte die Nase, als sie vorbeiging. „Hier riecht es aber komisch."
„Nicht *es*, jemand!"
„Kein Wunder, wenn man im Müll spielt."
Nova gab ihr Bestes, um nicht hinzuhören, und versuchte, auf irgendeinem Sitz abzutauchen. Aber jedes Mal, wenn Nova sich setzen wollte, blockierte einer der Schüler den leeren Platz mit seinem Rucksack oder seiner Tasche. Schließlich nickte ihr ein Mädchen aus ihrem Jahrgang zu, das Nova flüchtig vom Sehen kannte, und deutete auf den Platz neben sich. Nova wollte sich bedanken, aber das Mädchen hatte Kopfhörer auf und hörte Musik. War ja klar, mit ihr wollte eben niemand reden.
Viola hatte Recht. Sie war eine Loserin.

9

NOVA ahnte zu diesem Zeitpunkt noch nicht, dass sich ihre Pechsträhne den Rest des Tages fortsetzen würde.
Der Schulbus hielt wie gewohnt in der Haltebucht vor der Schule, und als Nova ausstieg, geschah es wieder: Die Schnürsenkel ihres Sneakers lösten sich und Nova stolperte. Sie purzelte die Stufen aus dem Bus heraus und lag, alle viere von sich gestreckt, da.
„Alles okay?", fragte irgendjemand, aber schon riefen die Ersten hinter ihr im Bus: „He, wieso geht's denn nicht weiter?" Bevor der Stau noch schlimmer wurde, rappelte sich Nova schnell auf. Sie rieb sich den schmerzenden linken Ellbogen – den hatte es am schlimmsten erwischt – und beeilte sich, ins Hauptgebäude zu kommen. Sie spürte die Blicke in ihrem Rücken und hörte Gekicher.
Als Nova endlich vor ihrem Spind stand, wäre sie am liebsten in den Schulschrank hineingekrochen und hätte sich dort den Rest des Tages versteckt. Ihre Eltern hätten wahr-

scheinlich direkt eine Erklärung für so eine Pechsträhne gehabt: schlechtes Karma oder so was. Weil sie wegen der Homestory so wütend war. Oder weil sie gestern Abend etwas klauen wollte.

Aber das war keine *logische* Erklärung und Nova wollte unbedingt eine logische Erklärung finden. Neben der Logik gab es nämlich sonst nur Möglichkeiten wie ... Magie. Ein Fluch.

Nova holte das Biologiebuch heraus, warf den Spind zu und machte sich auf Richtung Klassenzimmer. Auch noch Biologie! Für Nova das allerschlimmste Fach – denn sie hatte es gemeinsam mit Viola ... Am Wasserspender machte sie Halt. Sie hatte noch gar nichts getrunken heute! Nova drückte den Wasserhahn nach unten und sofort spritzte ihr ein dünner irregeleiteter Strahl direkt ins rechte Auge. Oh mein Gott! Für einen Moment sah Nova nur noch verschwommen.

„Achtung, der Ball!", kam es von irgendwoher.

Die Warnung kam zu spät, denn der Ball, der angeflogen kam, traf Nova am Po und wild mit den Armen rudernd taumelte sie nach vorne. Prompt lag sie in den Armen eines Jungen mit blondem Wuschelkopf und funkelnden blauen Augen – es war Fitz Alcott.

„Wird das jetzt zur Gewohnheit?", fragte er.

Nova starrte ihn völlig von der Rolle an. Es war Zeit zu sterben! Das würde Nova weitere Peinlichkeiten ersparen. Da trafen sich Fitz' und Novas Blicke und Nova seufzte unmerklich, als sie in dem kristallklaren Blau seiner Augen versank. Fitz war einfach zu süß für diese Welt, ach, für das ganze Universum! Erwartungsvoll hob er eine Augenbraue, aber Nova war wie gebannt und lag mit Wolke-7-Blick selig in seinen Armen ...

Erst als Fitz sich räusperte, wurde Nova klar, was sie gerade für eine hirnlose Dummbeutelnummer abzog. Als habe Fitz sie verbrannt, nahm sie blitzschnell Abstand.

„Das tut mir so leid", brachte sie hervor, ehe die Wörter in ihrem Kopf wie bei einer Buchstabensuppe wieder durcheinanderschwammen und kein vernünftiger Satz mehr zustande kam.

Fitz hob den Ball auf. „Du bist Nova, oder?" Er sah sie neugierig an, aber Novas Hirn schaltete auf Durchzug. Fitz Alcott kannte ihren Namen? *Ihren Namen!* So oft, wie seine Schwester Nova hänselte, hatte er ihn bestimmt das ein oder andere Mal mitbekommen. Und da war sie auch schon. Mit höhnischem Grinsen baute sie sich hinter Fitz auf und öffnete den Mund, um loszulegen ...

„Wer hat diesen Ball geschossen?" Mr Masters, Violas und Novas Biologielehrer, wirbelte herbei. Nova war noch nie so froh gewesen, ihn zu sehen, auch wenn er beim Reden spuckte wie ein Lama. Violas Grinsen erstarb.

„Der Ball kam wie aus dem Nichts", behauptete Fitz, ohne mit der Wimper zu zucken.

„In den Fluren sind schnelles Laufen und das Werfen von Gegenständen verboten", leierte Mr Masters herunter.

Nova biss sich auf die Lippen. Alles, was Spaß machte, war verboten. Genau genommen war außer Atmen und Schritttempo alles tabu.

„Sie haben den Ball geworfen, Mr Alcott", beschuldigte der Lehrer Fitz – und kam damit der Wahrheit wahrscheinlich ziemlich nah. „Raus mit der Sprache!"

Fitz blieb cool. Verwirrt runzelte er die Stirn. „Aber, Mr Masters, wie hätte ich den Ball denn gleichzeitig werfen und auffangen können?", sagte Fitz unschuldig. „Ich bin zwar gut, aber so gut auch nicht."

Mr Masters kniff die Augen zusammen. „Reizen Sie mich nicht, Mr Alcott! Es ist untersagt ..." Das Klingeln der Schulglocke unterbrach den Lehrer, ehe er so richtig loswettern konnte. „In Ihre Klasse!"

Fitz zuckte lässig mit den Achseln und setzte ein freches Grinsen auf. „Was immer Sie wollen, Sir!" Er warf Nova einen kurzen Blick zu und ging dann mit dem Ball unterm Arm den Flur hinunter.

Nova konnte nicht anders, als ihm nachzusehen. Fitz hatte sich aus der Schlinge gezogen. Ein lockerer Spruch, ein verschmitztes Lächeln und weg war er! Fitz sollte Kurse wie „So entkommst du dem Lehrer des Wahnsinns" oder „Flotte Sprüche gegen Lehrer jeder Art" geben.

„In die Klasse, Miss Stark", befahl Mr Masters. „Das gilt auch für alle übrigen Schüler in diesem Gang!"

Wie eine Herde Schafe trieb Mr Masters seine Schüler den Flur entlang bis zum Biologieraum. Der Unterricht startete mit Verspätung. Mr Masters fackelte nicht lange und schien die verlorene Zeit aufholen zu wollen. Was für Nova schwierig war. Sie saß nämlich in der ersten Reihe, wie in so vielen Kursen. Und wenn der Lehrer schneller sprach, dann erhöhte sich auch die Intensität seines Lama-Spucklevels. Nova benutzte ihr Biologiebuch, so gut es ging, als Schild. Ihr Sitznachbar, ein blasser Weltraumnerd, mit dem Nova im ganzen Schuljahr kaum drei Worte gewechselt hatte, hatte einen richtigen Schutzwall um sich errichtet und dazu neben seinem Buch auch ein paar Hefte aufgestellt. Die beiden tauschten einen selbstmitleidigen Blick.

„Pssst!", zischte es hinter ihr.

Nova sah stur geradeaus. Denn hinter ihr saß Viola.

„Pssssssst!", ertönte es erneut. „Supernova."

Auf einmal landete ein Zettel auf ihrem Pult. Das Ganze war so auffällig, dass es Mr Masters nicht entging. Ehe Nova den Zettel verschwinden lassen konnte, trat der Lehrer heran und streckte die Hand nach dem Zettel aus.

„Sie kennen die Regeln, Miss Stark", ermahnte er sie missmutig. „Keine Briefe in meinem Unterricht."

Nova hatte nichts zu ihrer Verteidigung vorzubringen. Mr Masters schien wegen des Zwischenfalls im Flur besonders schlecht drauf zu sein, denn er beschloss, den Zettel auseinanderzufalten und laut vorzulesen. „Dann schauen wir mal, was so viel wichtiger ist als das interessante Thema der Reptilienfamilie." Der Lehrer überflog die Worte mit den Augen. „*Lass Fitz in Ruhe oder ich erzähle allen davon, was auf dem Jahrmarkt passiert ist, du Super-Feigling.* Wie erwartet hat das nichts mit Biologie zu tun. Wenn ich das nächste Mal jemanden mit einem Zettel erwische, gibt es für alle eine ganze Woche Nachsitzen. Also, wo waren wir stehen geblieben ...?"

Novas Finger begannen zu zittern. Sie konnte sich nicht mal mehr richtig aufregen. Nach den letzten vierundzwanzig Stunden voller Unglück war sie es nur noch leid, Violas Opfer zu sein. Und dann begann eine leise Stimme in ihrem Kopf zu flüstern: Was erwartest du? Du wurdest verflucht.

10

DIE Mittagspause verbrachte Nova auf der Mädchentoilette. Sie wollte allein sein und das Klo war der einzige Ort in der Schule, wo man es auch war. Und Klopapier war ein echt guter Zuhörer – wenn es niemanden sonst gab.
Einen Moment lang hatte sich Nova einfach nur mit angezogenen Beinen auf den Klodeckel gehockt und vor sich hingebrütet. Sie war einsam, fühlte sich bis auf die Knochen blamiert und hatte eine irre Wut gegen Viola und ihre ständigen Sticheleien im Bauch. Doch kaum war die erste Träne über ihre Wange gerollt, konnte Nova gar nicht mehr aufhören. Die Ärmel ihrer Schuluniform waren längst nass und zu ihren Füßen lagen unzählige Klopapierknäuel vom Naseputzen. Und irgendwann waren die Tränen ausgeweint. Sie hatte Hunger und Durst, aber die Angst vor weiteren Missgeschicken und vor Viola überwog. Lieber saß sie weiter allein vor sich hinschniefend im Klo herum, als sich auch nur in die Nähe der Cafeteria zu wagen.

Nova seufzte. Zu dumm, dass sie ihre Trinkflasche zu Hause vergessen hatte. Sie stand kurz vor dem Austrocknen. Wahrscheinlich würde sie einsam in diesem Klo sterben und niemand würde sie vermissen. Irgendwann nach Schulschluss würde dann eine Putzfrau in die Mädchentoilette gehen und eine vertrocknete kleine Knolle finden, die einmal Nova Stark gewesen war. Bei ihrem Pech würde sie sicher als Geist wiederkommen und bis in alle Ewigkeit hier in der Richmond School festhängen. In dieser blöden Schule, mit diesen blöden Leuten und den blöden Lehrern! Betrübt wanderten ihre Augen zu den Wänden der Kabine, die voller Schmierereien waren. *Patrick stinkt*, las Nova und hatte gleich Mitleid. In eine Ecke war ein fettes, spuckendes Tier mit Höckern gezeichnet, das verdächtig nach Mr Masters aussah. Fast musste Nova kichern. *Viola Alcott = SO beautiful* stand quer über der Tür in dicken pinken Buchstaben. Das i im Vornamen war ein kleines Herz. Nova verging der Anflug eines Lächelns sofort wieder. Sie kramte in ihrem Rucksack nach einem schwarzen Stift, zog die Kappe ab und begann den Satz durchzustreichen. Violas Namen von der Klowand zu löschen, verschaffte Nova ein klitzekleines bisschen Befriedigung. Ein winziger Sieg – und wahrscheinlich das Beste, worauf sie heute hoffen konnte.

Kurz zögerte sie. Sollte sie etwas Neues darüberschreiben? Etwas Gemeines? Aber dann war sie kein bisschen besser als Viola. Nova wollte einfach nur Frieden. Und eine Freundin.

Nova steckte entschieden die Kappe auf den Stift und wollte ihn zurückpacken, da kullerte ihr der Stift aus der Hand. Er landete zwischen den Klopapierknäueln und rollte unter der Kabinentür hindurch.

Was soll's?, dachte Nova, verließ ihren Platz und trat in den Raum hinaus. Sie bückte sich, um den Stift aufzuheben, aber als sich ihre Finger darum geschlossen hatten, blickte sie auf einmal auf zwei schwarze Lackschuhe. Nova legte den Kopf in den Nacken und sah auf. In diesen schwarzen Lackschuhen steckten zwei lange, dünne Beine und diese Beine gehörten niemand Geringerem als Miss Moore.

Zur Krönung des Tages erwischte sie also auch noch die strengste Lehrerin der Schule in der Toilette vor einer verschmierten Wand mit einem Stift in der Hand. Es war wohl am besten, sich gleich zu ergeben.

„Ich bin schuldig", sagte Nova. „Schimpfen Sie mich aus, sperren Sie mich ein ... Sie können mich auch vom Unterricht suspendieren. Mir egal." Dann sah sie zumindest Viola eine Weile nicht mehr, wäre das nicht wundervoll? Das drückende Gefühl in ihrem Inneren legte sich wieder wie

eine Faust um ihr Herz. Wenn sie jetzt anfing zu weinen, würde sie das ganze Klo fluten und dann hoffentlich in ihren salzigen Tränen ertrinken. „Mir ist nämlich alles egal!", stieß Nova aus und merkte, wie sich die Tränen in ihren Augen sammelten. „So ist das eben mit dummen Losern, denen ist alles egal!"
„Miss Stark", sagte Miss Moore und klang dabei überhaupt nicht so streng und barsch wie sonst. „Ich wollte Sie überhaupt nicht beschuldigen oder beschimpfen oder ... suspendieren? Ich wollte nur auf die Toilette gehen. Was ist denn vorgefallen?"
Nova sah Miss Moore unglücklich an. Die Worte der Lehrerin waren das, was einer Nettigkeit in den letzten Tagen am nächsten kam. Nova klammerte sich nur allzu gern an diesen dünnen Strohhalm.
„Der Tag ist wie verhext", fing Nova mit zugeschnürter Kehle an. Ihre Stimme zitterte leicht. „Ständig passieren ... Sachen. Alles läuft schief. Es ist einfach furchtbar!"
Miss Moore trat einen Schritt nach vorne und legte Nova sanft eine Hand auf die Schulter. Sie lächelte nicht, das tat Miss Moore nie, aber ihre Miene war freundlich und Nova hatte plötzlich den Eindruck, dass die Lehrerin sie verstand. Ganz ohne Worte. Für ein paar Augenblicke standen sie einfach so da.

Nova hatte das Gefühl, als würde sich ein wenig Ruhe über sie legen, und sie atmete tief durch. Miss Moore nahm ihre Hand wieder weg und seufzte leise.

„Soll ich Ihnen einen Rat geben?", fragte sie, wartete aber nicht Novas Antwort ab. „Jeder macht im Leben schwierige Zeiten durch. Man fühlt sich dann einsam, ist verzweifelt. Dabei sollte man immer bedenken, dass es Situationen gibt, aus denen man allein nicht mehr herauskommt. Verstehen Sie das?"

Nova zögerte kurz, dann nickte sie.

Miss Moores Augen hellten sich auf und sie erwiderte Novas zustimmendes Nicken. „Sehr gut", sagte die Lehrerin. „Dann gehen Sie los und befolgen Sie meinen Rat."

Nova sah zu, wie Miss Moore sich umdrehte und die Toilette wieder verließ. Bevor sie selbst nach draußen ging, wusch sie ihr Gesicht mit kaltem Wasser ab. Es musste ja nicht jeder sehen, dass sie sich die Augen aus dem Kopf geweint hatte.

Als Nova zur nächsten Stunde ging, fiel ihr etwas auf. Miss Moore hatte die Toilette gar nicht benutzt! Sie hatte mit Nova gesprochen und war wieder verschwunden. Hatte die Lehrerin etwa gesehen, dass Nova im Klo abgetaucht war, und wollte nach dem Rechten schauen? War ihr Herz doch nicht aus Eis, wie alle dachten?

Situationen, aus denen man allein nicht herauskommt, dachte Nova. Miss Moore hatte Recht: Sie brauchte Hilfe. Ob es nun Tollpatschigkeit war oder ein echter Fluch, einen weiteren rabenschwarzen Tag voller Pech würde Nova nicht ertragen.

Und wo findet man als dreizehnjähriges, eventuell verfluchtes, aber überhaupt nicht an das Übernatürliche glaubendes Mädchen am besten Hilfe?

Ist doch glasklar – natürlich im Internet!

11

HILFE im Internet zu finden, war leichter gesagt als getan. Nova saß schon eine geschlagene Stunde vor ihrem Laptop und gab immer wieder neue Suchbegriffe ein. Wahrsager. Tarot. Pech. Unglück. Fluch. Sie hatte damit angefangen, die Definitionen von verschiedenen Sachen zu googeln, ehe sie sich an Fragen heranwagte wie „Ich glaube, ich bin verhext" oder „Hilfe, ich wurde verflucht". Immer wieder landete Nova in dubiosen Foren oder auf amateurhaft gebauten Webseiten, die alles andere als seriös aussahen. Aber dieser ganze übernatürliche Kram war ja auch Quatsch! Schon verrückt: Da steckte sie so viel Energie in ihre Recherche, während sie Eltern hatte, die alles wussten, was man zu diesen Themen nur wissen konnte.

Aber sich Mr und Mrs Stark anzuvertrauen, kam für Nova nicht in Frage. Die beiden wären wahrscheinlich begeistert, eine verfluchte Tochter zu haben! Sie würden Nova ausquetschen wie eine Zitrone, Experimente mit ihr anstellen und ihr stundenlang Vorträge halten. Nein, danke! Nova wollte eine schnelle und einfache Lösung. Am besten eine, die man wie Medizin einnehmen konnte.

Sie seufzte und scrollte weiter die Suchergebnisse herunter. Wally flog munter über ihrem Kopf herum und gab ein glückliches Klackern von sich. Nova beneidete ihn. Als Wellensittich musste man sich absolut keine Gedanken um irgendetwas machen.

Ihr Blick blieb am Beitrag eines Mitglieds in einem Esoterikforum hängen. Unter dem Oberbegriff „Dunkle Magie" gab es allerhand verrückte Beiträge zum Thema „Flüche".

Hecate_25: Ich wurde vor ein paar Wochen verflucht, als ich einer alten Dame im Supermarkt die letzte Dose Bohnen vor der Nase weggeschnappt habe. Seitdem passiert mir ein Unglück nach dem anderen und jedes Mal, wenn ich Bohnen essen will, erkenne ich darin das Gesicht der alten Dame. Ich bin mir ziemlich sicher, dass Bohnen früher die Leibspeise von Satan gewesen sein müssen, wieso sonst sehe ich all diese Dinge? Eine Freundin meinte zu mir, ich solle unbedingt Bohnen im Garten anpflanzen, um den Fluch umzukehren. Ich hab solche Angst, dass die Pflanze hoch hinauswächst und ich letzten Endes dabei helfe, Satan eine Leiter in den Himmel zu bauen. Brauche dringend Ratschläge!

Ach du Scheiße! Nova lachte laut los.
Sie klickte das Fenster weg und öffnete den nächsten Link.
Es war ein Blog:

Fee-tastisch – Expertin für Magie jeder Art.
Aus Richmond, der Stadt der Magie

Richmond? Ausgerechnet ihre Stadt! Nova sah genauer hin. Der Blog unterschied sich von den Dutzenden Hilfeseiten und Foren, die sie bisher gesehen hatte. Die Seite war nicht überladen mit blinkenden Bildern von seltsamen Kreaturen oder abgedroschenen Weisheiten. Das schlichte Layout war in einem dunklen Grün gehalten. Am Rand gab es ein paar zarte Schnörkel, an der Seite ordentlich angeordnet kleine Icons: ein Brief, ein Hexenkessel, der Umriss eines Geistes, ein Blitz ...
Nova klickte probeweise auf eines der Symbole und gelangte zu einem Unterthema über Glücksbringer. Sie kehrte zur Startseite zurück und sah sich den letzten Post an. Er war zwei Tage alt. Darin erzählte die Bloggerin, die sich „Fee" nannte, wie sie einen Spaziergang durch den Wald gemacht und dabei angeblich ein seltsames Wesen gesehen hatte, eine Art Wichtelmännchen ...
Nova hob ungläubig die Augenbrauen. Aber zumindest drückte sich die Schreiberin nicht ganz so esoterisch verrückt aus ...

Nova hatte keine Lust mehr weiterzusuchen. Das war das Beste, was sie gefunden hatte – vielleicht konnte ihr diese Fee ja einen Tipp geben.

Nova klickte auf das Brief-Symbol und prompt öffnete sich unten rechts ein Chatfenster. Ein kleiner grüner Punkt blinkte auf: Fee war gerade online.

Nova wurde nervös. Sie hatte überlegt, dieser Expertin eine Mail zu schreiben. Aktiv mit ihr zu chatten, war noch mal etwas ganz anderes.

Ein Fenster blinkte auf:

Bitte wählen Sie einen Benutzernamen, z. B. Unicorn77.

Unicorn77? Garantiert nicht. Nova überlegte.

Wally saß inzwischen wieder in seinem Käfig und nahm genüsslich ein Bad in seiner Wasserschale. Er starrte kurz zu seiner Besitzerin hinüber, als wolle er ihr etwas mitteilen. Dann hatte Nova eine Idee.

Sie tippte „Bird13" als Benutzernamen ein.

Und legte los.

Bird13: Du bist also Expertin für Magie jeder Art?
Fee: Genau! Hier bist du an der richtigen Adresse. Freut mich, dass du den Blog gefunden hast.

Bird13: Ich glaube, ich kann eine Expertin brauchen. Wo soll ich nur anfangen?
Fee: Du brauchst Hilfe?
Bird13: So was von. Ich glaube, ich bin … verflucht worden.
Fee: Das kostet fünftausend Pfund.
Bird13: Tut mir leid, ich habe kein Geld.
Fee: Mach dich mal locker, Bird, das war nur ein Scherz. Ist es denn so schlimm? Erzähl!

Nova überlegte einen Moment, wie sie ihre Sorgen formulieren konnte. Sie kamen aus der gleichen Stadt. Nova musste aufpassen, nicht zu viel preiszugeben. Am besten ließ sie den Viola-Part aus.

Bird13: Ich habe einen Fehler gemacht und seitdem werde ich vom Pech verfolgt. Unfälle. Missgeschicke. Peinliche Situationen. Ich drehe noch durch.
Fee: Was genau hast du getan?

Nova kaute auf ihrer Unterlippe herum und zögerte so lange, dass Fee eine Nachricht hinterherschob.

Fee: Wenn du mir nicht sagst, was passiert ist, kann ich dir nicht helfen, Bird. Keine Angst, ich bin Expertin, schon vergessen? Deine Geheimnisse sind bei mir sicher. Fee-tastisches Ehrenwort!

Bird13: Ich habe eine Wahrsagerin verärgert.

Fee: Verärgert bedeutet ...?

Bird13: Ihr etwas gestohlen. Es war dumm. Und es tut mir leid. Aber da ist diese fiese Ziege in meinem Jahrgang und sie hat mich herausgefordert.

Mist! Jetzt hatte Nova doch zu viel verraten.

Fee: Wie lange ist das Ganze her?

Bird13: Das war gestern. Kannst du mir helfen?

Fee: Da bin ich mir sogar ganz sicher!

Novas Miene hellte sich vor Hoffnung auf.

Fee: Wie wäre es, wenn wir uns in einer halben Stunde vor der Stadtbibliothek treffen? Ich will mir ein genaues Bild von dir und deinem Problem machen.

Bird13: Was, wenn ich nicht in Richmond lebe?

Fee: Dann bist du hoffnungslos verloren!

Bird13: Schon gut. In einer halben Stunde vor der Stadtbibliothek. Wie erkenne ich dich?

Fee: Glaub mir, Bird. Mich kann man nicht übersehen.

Aufgeregt schloss Nova das Chatfenster und stand vom Schreibtisch auf. War das wirklich eine gute Idee? Was, wenn Fee in Wahrheit ein Serienmörder war, der nur darauf wartete, dass junge Mädchen auf seinen Blog stießen? Sich mit völlig Fremden zu treffen, war nie eine gute Idee. Die Bibliothek war ein öffentlicher Ort, sie würde nicht allein sein ...

Nachdenklich ging Nova im Zimmer auf und ab.

Es klopfte an der Tür und ihr Dad kam herein.

„Hey, Nova, hast du ein bisschen Zeit, mit deiner Mum und mir über die Homestory zu sprechen?", fragte er mit leuchtenden Augen. „Wir wollten Pizza bestellen und dann zusammen planen. Was meinst du?"

Nova versuchte, betrübt auszusehen. „Oh Dad, das tut mir sehr leid, aber ich muss in die Stadtbibliothek, was für die Schule nachsehen." Sie zuckte mit den Schultern. „Sorry ..."

„Kannst du das nicht verschieben?", fragte ihr Vater und lächelte sie verschwörerisch an. „Wir bestellen auch extra Oliven für dich, die magst du doch so."

Nova hätte ihrem Vater gern gesagt, dass er sich seine Oliven sonst wohin stecken konnte, solange er sie zwang, bei dieser blöden Homestory mitzumachen. Sie wusste aber auch, dass ein Streit nur zu Hausarrest führte, und dann konnte sie heute nirgendwo mehr hingehen. Gute Miene zum bösen Spiel machen – darin war Nova die absolute Expertin.

„Ich kann wirklich nicht, Dad", wehrte Nova ab.

„Na gut", sagte ihr Vater. „Deine Mutter und ich wollten gleich zusammen ein paar Sachen besorgen, um das Haus aufzupeppen. Wenn es später wird, dann rufst du auf jeden Fall an, damit wir dich holen können, okay? Eigentlich können wir dich gleich auch mitnehmen."

„Ich fahre mit dem Rad", sagte Nova stur. „Außerdem bin ich doch kein Kind mehr. Ich finde den Weg nach Hause auch im Dunkeln ganz gut, Dad."

„Wir machen uns aber Sorgen, wenn du allein unterwegs bist. Kommen deine Freunde auch zur Stadtbibliothek?"

„Ja, sicher", antwortete Nova sarkastisch.

„Soll ich dir ein paar Autogrammkarten mitgeben?", fragte ihr Vater, wartete aber Novas Antwort nicht ab. „Klar mach ich das! Da waren bestimmt eh schon ein paar traurig, weil ich keine Zeit mehr hatte, allen eins zu schreiben. Bin gleich wieder da!"

„Dad, nicht!", sagte Nova energisch, aber er war schon aus ihrem Zimmer verschwunden und polterte die Treppe hinunter. Nova stöhnte genervt auf. Was kam als Nächstes? Würde er Viola zum Essen einladen oder was?

„Wir könnten deine Freunde doch auch mal zum Essen einladen!", rief ihr Vater und stapfte schon wieder nach oben.

Nova schlug sich eine Hand gegen die Stirn. Nicht! Sein! Ernst!

„Sie schienen alle so nett zu sein!" Mr Stark hielt Nova etwas aus der Puste die Autogrammkarten entgegen. „Ich habe ein paar mehr geholt."

Widerwillig nahm Nova sie ihrem Vater ab. Und für so etwas hatten Bäume sterben müssen!

„Danke." Nova knirschte mit den Zähnen.

„Viel Erfolg beim Lernen, Nova!"

Nova packte Jacke und Tasche und flutschte an ihrem Vater vorbei. In Lichtgeschwindigkeit spurtete sie in die Garage, um ihr Fahrrad zu holen. Dann radelte sie zur Stadtbibliothek.

12

NOVA traf zehn Minuten zu spät bei der Bibliothek ein. Sie hatte den Weg unterschätzt und auf den letzten Metern einen richtigen Endspurt hinlegen müssen. Niemand war zu sehen. Wahrscheinlich war Fee schon reingegangen.
Nova schloss das Rad ab und eilte die Treppe zur großen Flügeltür hoch. Aufgeregt trat sie in die Eingangshalle. Weit und breit war kein Mensch zu sehen. Oh nein! Hoffentlich hatte ihre Verspätung nicht dazu geführt, dass Fee wieder gegangen war! Am Empfangstresen stand ein Schild mit der Aufschrift „Pause – bin in zwanzig Minuten wieder da!".
Und jetzt?
Nova sah sich um. Vielleicht hatte sich diese Fee ja auch in die Welt der Bücher gestürzt. Aber wohin? Die Stadtbibliothek war groß. Von der Halle gingen verschiedene Gänge ab, die in Archivräume oder zu den einzelnen Abteilungen führten.

In welche Abteilung würde eine „Expertin für Magie jeglicher Art" wohl gehen? Wahrscheinlich zu den Fantasyromanen. Nova suchte auf dem Schild hinter dem Empfangstresen nach der richtigen Abteilung.

Erster Stock. Während sie mit wackeligen Beinen die Treppe hinaufstieg, überkam sie unerwartet das merkwürdige Gefühl, auf der richtigen Spur zu sein. Nova trat durch eine weitere Tür und sah sich in der Abteilung um. Besonders viele Leute waren nicht da. Hier ein alter Mann, dort eine Frau mit Blazer. Sah nicht besonders magisch aus.

Wie alt war Fee überhaupt? Nova hatte keine Ahnung.

Hier oben standen die Regale kreuz und quer zueinander. Es gab kleine Sitznischen und verborgene Ecken. Reichlich unübersichtlich, wenn man jemanden suchte.

Nova beschloss, jeden Gang einzeln abzugehen. Doch wie sollte sie jemanden finden, von dem sie noch nicht einmal wusste, wie er aussah? So langsam kam Nova das Treffen wie eine Schnapsidee vor. Sie war kurz davor, wieder zu gehen, als sie bemerkte, dass in der hinteren Ecke des Raums etwas Seltsames vor sich ging.

Ein Mädchen stand auf einer Leiter, zog vom oberen Regalbrett einzelne Bücher heraus und ließ sie achtlos mit lautem Klonk! zu Boden fallen. Nova starrte sie irritiert an. Dann dämmerte es ihr – es war das Mädchen mit den

Kopfhörern! Nova hatte heute früh neben ihr im Bus gesessen! Wie hieß sie noch gleich ... Felicitas Banks!
War *das* etwa Fee? Nova machte einen Schritt rückwärts. Bitte nicht, flehte sie innerlich, obwohl sie es längst besser wusste.
Felicitas – Fee. Es passte perfekt. Und Felicitas Banks hatte nicht gerade den besten Ruf an der Schule, so viel stand fest. Wenn man das Wort „exzentrisch" im Wörterbuch nachschlug, fand man dort garantiert ein Foto von ihr. Sie war eine dieser freiwilligen Einzelgängerinnen. Eine, die es cool fand, nicht so zu sein wie die meisten.
Das bewies schon ihr Aufzug. Ihre langen schwarzen Haare waren am Hinterkopf zu einem Knäuel zusammengesteckt mit etwas, das stark nach Essstäbchen aussah. Sie trug ein weißes Shirt mit Aufdruck: ein sechseckiger Stern, umrandet von kleinen Symbolen. Dazu ausgefranste Shorts und eine Strumpfhose voller Löcher. An ihren Armen klimperten unzählige Armreifen. Fee sah aus, als wäre sie die Enkelin von Madame Esmeralda.
Klonk! Klonk! Klonk!
Weitere Bücher landeten auf dem Boden. Inzwischen hatte sich dort ein richtiger Haufen gebildet. Im Hintergrund hörte Nova, wie sich jemand über den Lärm zu beschweren begann. Gleich würde sie mächtig Ärger kriegen.

Nein, mit so einer Verrückten wollte Nova echt nichts zu tun haben. Ein weiterer Reinfall – nur weg hier.

Nova wirbelte auf dem Absatz herum und stieß dabei einen Karren voller Bücher um. Der hatte doch vor zwei Sekunden noch nicht dagestanden! Polternd kippte das Ding um und Nova landete zwischen den Büchern auf dem Boden. Wieso gab sie sich überhaupt Mühe, wie ein normaler Mensch auf zwei Beinen zu gehen? Am besten kroch sie gleich nur noch wie eine Schnecke herum ...

„Hast du dir wehgetan?"

Fee stand über ihr und hielt ihr eine Hand hin. Nova reagierte nicht sofort, weil sie damit beschäftigt war, dem Mädchen auf die Stirn zu starren. Dort hatte Fee sich ein drittes Auge hingemalt – wer tat so etwas?

Fee kräuselte die Nase und fasste sich an die Stirn.

„Ach so, das! Keine Angst, dieses Auge ist nur zu meinem Schutz. Es verleiht einem die Gabe, Dinge zu sehen, die man sonst nicht sieht", sagte Fee wie selbstverständlich und lächelte stolz. „Ich dachte, das wäre ganz praktisch, weil es hier in der Stadtbibliothek von Kobolden nur so wimmelt."

Nova musste sich beim Sturz den Kopf angeschlagen haben. Kobolde? Ernsthaft?

„Steh erst mal auf." Wieder reichte Fee ihr die Hand. „Du bist doch Bird13, oder? Ich hab ein echt gutes Gespür für

Leute und du siehst wirklich so aus, als hättest du einen Geist gesehen."

Nova ließ sich aufhelfen. „Geister gibt es nicht."

„Hier nicht, das stimmt." Fee nickte und trat näher an Nova heran. „Eine Bibliothek ist ihnen zu gemütlich. Vielleicht liegt es auch an den Wörtern. Viele der Bücher hier sind sehr alt und mächtig."

Was faselte die da? Nova hatte auf einmal das Gefühl, ihrem Vater gegenüberzustehen. Der klang auch immer so überzeugt, wenn er von seinen Hobbys sprach.

„Ach so, ich hab mich noch gar nicht richtig vorgestellt." Fee verbeugte sich dramatisch. „Ich bin Felicitas von Feetastisch und Expertin für Magie jeder Art. Und für alles Übernatürliche. Außerdem bin ich ganz gut darin, Rätsel zu knacken, und ich kann ziemlich beeindruckende Regentänze – willst du mal sehen?"

Nova packte sie am Arm. „Lieber nicht!"

„Ja, du hast Recht. Die armen Bücher."

Das war zwar nicht der Grund, warum Nova Fee am Tanzen hindern wollte, aber das behielt Nova für sich.

„Wie heißt du denn richtig?", plapperte Fee weiter. „Und steht die dreizehn in deinem Chatnamen für dein Alter? Ich bin nämlich schon vierzehn. Du kommst mir übrigens bekannt vor. Sehr bekannt."

Oh no. Nova wartete ab.

Und Fee begann zu strahlen. „Ach, ich weiß! Von heute morgen, oder? Mann, das war vielleicht eine Nummer, die du da an der Bushaltestelle abgezogen hast. Hast du etwas im Mülleimer gesucht? Ich hab mal gelesen, dass man dort hin und wieder Schleim von Trollen findet. Die ernähren sich gern von Müll."

„Du hast echt eine blühende Fantasie", sagte Nova und blickte wieder zu dem Auge auf Fees Stirn. „Ich glaub, ich muss hier raus."

„Wow, der Fluch scheint dich schlimm erwischt zu haben, wenn du so grummelig bist", murmelte Fee. „Ich führe nur noch zu Ende, was ich angefangen habe, und dann gibt es eine Krisensitzung, einverstanden?"

„Was hast du denn angefangen?", fragte Nova. Obwohl sich alles in ihr gegen Fees Hokuspokus sträubte, fand sie das Mädchen auch irgendwie interessant. Außerdem behandelte Fee Nova freundlich und Freundlichkeit war für Nova eindeutig Mangelware.

Fee deutete auf ein Regal. „Ich hab doch eben gesagt, dass Kobolde oft in der Nähe von Büchern leben", erklärte Fee sachlich. „Die haben hier irgendwo ein Nest. Ich weiß es!" Nova beschloss, das Spiel mitzuspielen. „Und weiter?", fragte sie.

„Wenn ich ihr Nest finde, dann finde ich auch ihre Goldtaler. Und so ein Kobold-Goldtaler ist der ultimative Glücksbringer. Vielleicht können wir damit sogar deinen Fluch umkehren, wer weiß?", sagte Fee todernst. „Laute Geräusche mögen die kleinen Kerlchen gar nicht. Wenn ich genug Lärm mache, kommen sie bestimmt raus." Sie kletterte wieder die Leiter hinauf.
„Das ist keine gute Idee, Fee", sagte Nova.
Klonk! Schon fiel wieder ein Buch zu Boden.
„Fee", bat Nova. „Du bist viel zu laut."
„Wohl eher zu leise", meinte Fee. „Ich könnte etwas singen, aber das klingt echt schlimm bei mir. Magst du?"
„Du willst, dass ich singe?", fragte Nova ungläubig.
„Irgendwas von One Direction wäre auch okay!"
Klonk! Klonk! Klonk!
„Fee, hör auf damit!", zischte Nova. Es waren kaum noch Bücher in den ersten Regalreihen übrig. Jeder Blinde konnte sehen, dass da oben außer Staub rein gar nichts war. Fee schien das nicht zu interessieren.
„Fee!", versuchte Nova es ein letztes Mal, aber es war zu spät.
Jemand räusperte sich hinter ihnen. „Was um Himmels willen ist denn hier los? Habt ihr dieses Chaos angerichtet? Was fällt euch eigentlich ein?"

Nova duckte sich unter dem verärgerten Blick der Bibliothekarin weg.

„Sag deiner Freundin, sie soll sofort damit aufhören!" Wütend stemmte die mollige Dame die Hände in die Hüften und funkelte Nova böse an.

„Das habe ich schon", verteidigte Nova sich. Und Fee ist nicht meine Freundin, dachte sie mürrisch.

„Wenn du nicht bei drei von der Leiter bist und mir erklärst, was du hier veranstaltest", drohte die Bibliothekarin jetzt Fee und hob warnend den Finger, „dann zerre ich dich höchstpersönlich an deinen Haaren herunter, du freche kleine Göre!"

„Ihre Manieren haben Sie aber auch im Lotto gewonnen", erwiderte Fee ungerührt und blieb, wo sie war. Sie sah zu der Bibliothekarin hinunter und grinste, als wäre sie im Recht.

„Ich höre wohl nicht richtig!", empörte sich die Bibliothekarin und schnaufte wütend. „Ihr Mädchen beseitigt jetzt sofort dieses schreckliche Chaos!"

Anstatt etwas zu sagen, blickte Fee Nova an, nahm eine Hand von der Leiter und gab ihr ein Zeichen. Fee deutete hinter Nova und nickte heftig. Wollte sie etwa, dass Nova wegrannte?

Nova zögerte.

Fee wiederholte ihre Geste. Aber was würde dann aus Fee werden? Nova fand den Gedanken unfair, sie hier zurückzulassen.

„Lauf schon!", rief Fee energisch und sauste im nächsten Moment die Leiter hinunter. Sie sprang auf einen Stuhl, dann auf den Tisch und stieß dabei eine Leselampe um. Ehe Nova verstand, was gerade passierte, machte Fee einen großen Satz und landete neben ihr. Wow! Das war ja ein megaspionmäßiger Stunt gewesen! Nova konnte nicht anders, als Fee zu bewundern.

Die packte nun Novas Hand und zog sie fest mit sich. Nova stolperte hinterher. Die beiden Mädchen erreichten das Treppenhaus. Die wütenden Rufe der Bibliothekarin folgten ihnen wie ein Echo.

„Schneller!", drängte Fee. „Lauf, lauf!"

Sie stürmten nach draußen. Es war inzwischen dunkler geworden und die Straßenlaternen hatten sich eingeschaltet. Ein frisches Lüftchen schlug den Mädchen entgegen.

„Bist du mit dem Fahrrad hier?", fragte Fee.

„Ja", antwortete Nova hastig.

„Gut, ich auch", sagte Fee. „Dann los ... ähm ...?"

„Ich heiße Nova", sagte Nova.

„Nova", wiederholte Fee und lächelte sie an. „Wir müssen wegradeln, ehe der alte Besen uns folgt!"

„Du bist echt verrückt", sagte Nova atemlos.

Fee lachte aus vollem Hals. „Das war doch total lustig! Hast du ihr Gesicht gesehen? Immer diese Unwissenden! Die würde nicht mal etwas verstehen, wenn ich jedes Wort einzeln buchstabiere."

„Und was machen wir jetzt?"

„Wir fahren zu dir", bestimmte Fee. „Fahr voraus."

Nova zögerte nicht. Sie wollte so schnell wie möglich weg, um keinen Ärger zu bekommen. Und im Grunde konnte der Tag nur besser werden.

13

FEE staunte nicht schlecht, als sie das Haus der Starks betrat. Nova hatte schon erwartet, dass es Fee hier gefallen würde, aber nicht das. Fee tickte vollkommen aus. Sie schien sich rundum wohlzufühlen und lief in alle Räume, um herauszufinden, was es zu entdecken gab. Das ganze alte Zeug, das Nova so hasste, löste bei Fee einen Begeisterungssturm nach dem anderen aus. Wie ein kleines Kind fasste sie alles an und gab staunende Laute von sich.
Doch als Fee das Wohnzimmer entdeckte, war es um sie geschehen. Fasziniert blieb sie vor der Wand mit den vielen Uhren stehen. Nova wartete darauf, dass Fee etwas sagen würde, aber das andere Mädchen schwieg.
„Wollen wir jetzt vielleicht ... reden?", fragte Nova zaghaft. Doch Fee beachtete sie nicht. Fasziniert lauschte sie dem rhythmischen Ticken der Uhren und nickte sanft im Takt. Dann erst drehte sie sich zu Nova um. „Dein Haus ist der Wahnsinn!", sagte Fee begeistert. „Ich wette, zu diesen

ganzen Sachen gibt es lauter abgefahrene Geschichten. Erzählst du mir eine?"
„Der Fluch", erinnerte Nova Fee.
„Stimmt ja", murmelte die. „Dann ein anderes Mal."
Nova stutzte. Sie sagte das, als würde sie nun regelmäßig bei Nova herumhängen. Das konnte sich Fee gleich wieder aus dem Kopf schlagen! Nova wollte sich gar nicht erst ausmalen, was passierte, wenn Fee auf ihre Eltern traf. Die würden Fee wahrscheinlich direkt adoptieren und dann gab es kein Entkommen mehr vor langweiligen Gesprächen über übernatürlichen Schwachsinn ... Fee musste unbedingt weg sein, bevor ihre Eltern heimkamen.
„Sollen wir in mein Zimmer gehen?", fragte Nova.
Fee nickte eifrig. „Klar. Gerne."
Nova ging voraus und Fee folgte ihr die Treppe hinauf. Als sie in Novas Zimmer trat, blieb sie abrupt im Türrahmen stehen. Ihre Augen wanderten über die weiß gestrichenen Einbauschränke, die nach Farbe sortierten Bücher, den großen aufgeräumten Schreibtisch, die blütenweiße Leinenbettwäsche. „Sieht das hier immer so aus?", fragte Fee. Sie schien enttäuscht.
„Aufgeräumt?", fragte Nova stolz.
„Langweilig", meinte Fee direkt. „Hier fehlt irgendwie total die Farbe und wo ist all dein Zeug?"

„Im Schrank", erklärte Nova. „So etwas nennt man Ordnung. Schon mal davon gehört?"

„So sieht es bei mir nur aus, wenn meine Mum mich zwingt aufzuräumen, weil meine Großeltern kommen", sagte Fee verständnislos.

„Ich mag es eben so", sagte Nova beleidigt.

„Okay, okay! Jedem das Seine." Fee zuckte mit den Achseln. Dann warf sie ihre Tasche auf den Boden und ging zu Wallys Käfig. „Kann der sprechen?"

„Er ist ein Wellensittich, kein Papagei."

„Aber fliegen kann er doch, oder?"

„Eigentlich geht er lieber zu Fuß."

Fee blickte über ihre Schulter. „Ha! Du hast ja doch Humor. Jetzt hör auf, so muffelig zu gucken. Fangen wir mal mit unserer Lagebesprechung an." Fee ließ sich auf den Boden plumpsen und kreuzte die Beine übereinander. Nova seufzte und machte es ihr nach. „Bist du wirklich Expertin, Fee?", fragte sie.

„Ich verschlinge alles, was mit übernatürlichen Dingen zu tun hat", bestätigte Fee. „Den Blog habe ich schon eine ganze Weile, um mein Wissen zu teilen, und bisher hat das immer geklappt. Klar, allwissend bin ich nicht, aber ich gebe mein Bestes."

„Hast du schon mal einen Fluch aufgelöst?"

„Was wird das, ein Vorstellungsgespräch?", erwiderte Fee und verzog den Mund. „Ich dachte, ich soll dir helfen."
„Sorry, war nur ein echt blöder Tag."
„In meiner Lieblingsserie hat der Moderator letztes Mal gesagt, dass die Menschen immer mega damit beschäftigt sind, darüber zu jammern, was sie nicht haben, statt das zu schätzen, was sie haben." Sie nickte zur Bestätigung. „Deshalb sind auch so viele negative Energien im Umlauf. Und die ziehen Geister und Flüche und andere dunkle Kräfte magisch an! Positiv denken hilft schon eine Menge."
Nova runzelte die Stirn. Klang wie der Spruch aus einem Glückskeks, wenn man sie fragte. Fee hatte nicht nur eine seltsame Art, die Dinge zu sehen, sie redete auch seltsam. Es war wohl doch hoffnungslos.
„M–M–M...*Mooontyyys Mysteriöse Mysteeerieeen ...*", sang Fee die Titelmelodie der TV-Show von Mr Stark.
Nova riss geschockt Augen und Mund auf und starrte Fee an. „Das ist deine Lieblingsserie?", fragte sie baff.
„Heißt das, du kennst sie?", fragte Fee fröhlich.
„Ich ... ich muss mal aufs Klo!" Es war nicht die beste Ausrede, aber Nova musste tatsächlich mal und ihr Gehirn weigerte sich wie immer, coole Lügen zu erfinden.
Als sie einen Moment später – sie hatte ihren Aufenthalt ganz ohne Unfälle überstanden – wieder zurück ins Zim-

mer kam, saß Fee noch immer auf dem Boden. In den Händen hielt sie Autogrammkarten von Mr Stark.
„Wo hast du die denn her?", rief Fee.
Das Mädchen hatte echt ein lautes Organ.
„Wow, das sind so viele!" Fees Augen glitzerten richtig. „Ich bin mit dem Fuß aus Versehen gegen deine Tasche gekommen, da sind sie rausgefallen. Du bist also auch Fan?"
Nova rieb sich verlegen den Nacken. „Also ..." Irgendwann würde Fee es sowieso rausfinden. „Monty Stark, der Moderator von MMM, ist mein Dad, Fee."
Fee machte Augen, groß wie Tischtennisbälle. „Das. Ist. Das. Coolste. Was. Ich. Je. Gehört. Habe!", presste Fee heraus und schnappte nach Luft. „Ich glaub, ich sterbe. Kann ich eine davon haben? Nova, bitte, bitte, bitte! Ich würde alles für ein Autogramm tun!"
„Du kannst sie alle haben", murmelte Nova.
Ehe sie sich's versah, war Fee aufgesprungen und fiel ihr um den Hals. Sie kreischte Nova ins Ohr und drückte sie so fest an sich, dass Nova für einen Moment keine Luft mehr bekam. Fee zappelte weiter, bis Nova richtig durchgeschüttelt war.
Es dauerte eine ganze Weile, bis sich Fee wieder beruhigt hatte und sie endlich über Novas Fluch sprachen. Fee wusste schnell, was zu tun war.

„Das Wichtigste, was du über echte Flüche wissen musst: Man kann sie nicht einfach so umkehren", erklärte Fee. „Man muss immer die Quelle ausmachen, um den Fluch umzukehren, und es klingt so, als müssten wir auf alle Fälle mit der Wahrsagerin sprechen."
Nova erschauerte bei dem Gedanken.
„Vielleicht hat der zerbrochene Spiegel den Fluch herbeigeführt, vielleicht aber auch das, was die Wahrsagerin gesagt hat", philosophierte Fee weiter. „Wir werden sie wohl oder übel fragen müssen. Denn sie hat dir das eingebrockt und deshalb werden wir sie auch ausquetschen wie eine Zitrone."
„Das sagst du so einfach", antwortete Nova. „Die Alte war unheimlich und total krass, Fee!"
„Hast du die Tarotkarte noch, die du ihr geklaut hast?", fragte Fee. „Wir geben sie ihr zurück und handeln dann einen Deal mit ihr aus."
Nova schüttelte den Kopf. Das war noch so eine Sache. „Ich bin einfach aus dem Zelt abgehauen! Und später, als ich in meine Tasche gegriffen habe, war die Karte weg. Madame Esmeralda hat sie zurückgehext!"
„Oder du hast sie verloren."
Ach, super! Jetzt wollte Fee also normal denken!
„Nein", sagte Nova stur. „Das habe ich nicht."

„Wir schwänzen morgen die erste Stunde", beschloss Fee, „und gehen auf den Jahrmarkt. Das ist der Plan."
„Wieso nicht jetzt?", fragte Nova sofort.
„Ich muss um sieben zu Hause sein", antwortete Fee. „Dienstagabend ist bei uns Familienabend." Sie verdrehte die Augen. „Meine Eltern packen dann immer ihre alte Playstation aus und spielen Quiz-Duell."
„Das klingt doch ganz witzig", meinte Nova. In ihren Ohren klang es sogar herrlich normal. Ein Spieleabend, mehr nicht. Mit ihren Eltern konnte sie nie so etwas unternehmen. Sie hatten einfach keine Lust auf Sachen, an denen Nova Spaß hatte.
„Glaub mir, ist es nicht", murrte Fee.
„Dann sehen wir uns morgen?", fragte Nova.
Fee nickte. „Im Bus. Am besten fahren wir wie immer zur Schule, nur so als Tarnung, und gehen dann durch den Hintereingang wieder raus."
Nova brachte Fee hinunter zur Haustür. „Ach, Fee?", sagte Nova. „Lass das Auge auf deiner Stirn morgen weg, ja? Das sieht fürchterlich aus."
„Nur, wenn du irgendwas Cooles anziehst." Fee stieg auf ihr Fahrrad. „Wir sehen uns!"
Ob das gut oder schlecht war, musste Nova erst noch entscheiden. Immerhin hatte sie jetzt einen Plan.

14

NOVA war am Mittwochmorgen schon wieder spät dran. Dieses Mal hatte ihr Wecker sie nicht zu früh aus dem Schlaf gerissen, sondern gar nicht. Über Nacht war der Strom ausgefallen und Mrs Stark hatte Nova gerade noch rechtzeitig geweckt. Mr Stark stellte bei einem Blick in den Sicherungskasten fest, dass seltsamerweise nur in Novas Zimmer die Sicherung herausgesprungen war. Ihre Eltern konnten sich das nicht erklären. Nova schon. Der Fluch zeigte sich wieder von seiner besten Seite.

Nova zog sich schnell was über, wählte – extra für Fee – ihre Glitzerballerinas und verlor auf dem Weg zur Bushaltestelle beinahe ihren Rock. Ja, das musste man sich mal vorstellen! In der einen Sekunde war noch alles okay und auf einmal verflüchtigte sich Novas Rock, weil er an der Seite eingerissen war. Nun durfte sie ihn mit einer Hand halten, um nicht unten ohne dazustehen. Kurz bevor sie an der Bushaltestelle angekommen war, hatte sie dann noch ein Hund fast zu Tode erschreckt. Er war plötzlich an einem der Gartenzäune aufgetaucht und hatte sie so lange verfolgt, bis das Grundstück endete. Vielleicht spürten Tiere es ja, wenn man mit einem dunklen Zauber belegt war? Der Busfahrer sah Nova rennen und wartete extra, damit sie noch einsteigen konnte. Keuchend sprang sie die Stufen hoch und bedankte sich atemlos.

Nova war ziemlich nervös, weil jetzt der Moment gekommen war, in dem sie sich öffentlich zu Fee bekennen würde. Sie hatte Angst vor dem, was die anderen sagen würden. Schon gehört? Supernova und die Spinnerin hängen jetzt zusammen ab ...

„Guten Morgeeen!", brüllte Fee von einer hinteren Reihe durch den Bus. Sie wedelte wie wild mit einem Arm in der Luft, damit Nova sie auch ja nicht übersah. Mann, wie peinlich! Ein paar Mädchen neben Nova kicherten und guckten über die Schulter.

Nova sah schnell weg und ging mit hochrotem Kopf nach hinten durch. Dabei hielt sie ihren Rock schön fest.

Kaum hatte Nova sich in den Sitz fallen lassen, drückte Fee sie auch schon fest an sich, als wären sie seit Jahren beste Freundinnen.

„Ich hab die Autogrammkarten deines Dads über meinem Bett aufgehängt", verkündete Fee. „Noch mal danke."

Nova verzog das Gesicht. Wer wollte ernsthaft mit ihrem Vater über dem Kopf einschlafen und aufwachen? Fee offenbar. Irgendwie gruselig.

„Was ist denn mit deinem Rock?", fragte Fee.

„Kannst du auch leiser reden?", zischte Nova.

„Ist ja gut", sagte Fee. „Hast du etwa Ohrenschlupf? Ich hab mal gehört, das kriegt man über Nacht wie eine Erkältung und dann kommen dir alle Geräusche vor wie Fingernägel auf einer Tafel." Fee schüttelte sich bei dem Gedanken.

„Fee, das ist absurd!", stöhnte Nova und flüsterte weiter: „Mein Rock ist gerissen."

„Oh", meinte Fee. „Der Fluch, oder?"

Nova nickte.

„Warte ..." Fee begann in ihrem Rucksack herumzukramen. „Ich hab was für dich ..." Sie hielt Nova eine Sicherheitsnadel hin.

Nova zögerte. „Nachher killt mich das Ding noch", meinte sie. „Ernsthaft. Bei meinem Pech kann das passieren."

„Also willst du den Rock lieber den ganzen Tag festhalten, als wärst du die Einarmige Jane?", fragte Fee und machte ein entsetztes Gesicht.

„Wer?", fragte Nova verwirrt.

„Na, die Einarmige Jane! Nova, passt du überhaupt auf,

wenn *Montys Mysteriöse Mysterien* läuft? Staffel drei, Folge sieben – die Einarmige Jane!", rief Fee, als wüsste das jedes Kind. „Jane war ein Mädchen wie du und ich, bis ein Vampir sie überfallen hat. Doch sie hat sich gewehrt und gekämpft und dabei ihren Arm verloren. Deshalb trägt sie eine Prothese, aber die kann sie nicht bewegen. Also hängt ihr linker Arm die ganze Zeit steif herunter."
„Was?", stieß Nova entsetzt aus. „Igitt!"
„Eine wahre Geschichte", bekräftigte Fee.
„Ich nehme sie ja schon", erwiderte Nova und riss Fee die Sicherheitsnadel aus der Hand. Sie friemelte ein paar Sekunden an ihrem Rock herum, bis der Riss provisorisch geflickt war. „Redest du nie über normale Sachen? Wie ...", Nova überlegte, „Kino, Klamotten oder Viola Alcott?"
Fee sah Nova an, als wäre sie ein Alien. „Viola Alcott?" Sie zog eine Augenbraue hoch. „Die ist so eine dumme Pute! Da rede ich echt lieber über Einhörner."
Nova musste grinsen. „Immerhin hast du das dritte Auge weggelassen."
„Und du hast coole Schuhe an", sagte Fee.
Nova freute sich. Dann wurde sie wieder ernst. Denn eine Sache lag ihr schwer im Magen.
„Fee", flüsterte Nova. „Hast du schon mal geschwänzt?"
Fee blickte Nova an und schüttelte den Kopf. „Das ist sicher

wie Fahrradfahren", meinte sie. „Sitzt du erst mal oben, ist der Rest leicht."
Nova war nicht sonderlich überzeugt.
„Wird schon schiefgehen", sagte Fee munter.

***

Die beiden Mädchen setzten ihren Plan in die Tat um. Sie stiegen mit den anderen Schülern aus dem Bus und gingen ins Schulgebäude. Doch anstatt wie die anderen in ihre Kurse zu gehen, machten sich Nova und Fee durch einen der Hinterausgänge geradewegs wieder vom Acker. Sie huschten durch ein paar Seitenstraßen und liefen bis zu der Bushaltestelle, die zum Jahrmarkt führte.
Beim Einsteigen sah die Fahrerin die Mädchen mit ihren Schulrucksäcken merkwürdig an.
„Meine Schwester muss zum Zahnarzt", log Fee und machte ein bekümmertes Gesicht. „Normalerweise würde Mum sie bringen, aber die arbeitet heute."
Die Frau nickte Nova mitleidig zu. „Alles Gute."
Fee schob Nova vor sich her und die beiden setzten sich in die letzte Reihe. Bis auf ein paar ältere Leute war der Bus leer.
„Das war clever", sagte Nova beeindruckt.

„Ich bin clever", meinte Fee und zwinkerte Nova zu. „Hab ich doch gesagt."
Der Bus ruckelte über die Straße und eine Viertelstunde später standen die Mädchen vor dem Eingang des Jahrmarkts. So früh am Morgen sah er ganz verlassen aus. Es war still und die meisten Buden und Attraktionen hatten um diese Uhrzeit noch geschlossen.
„Wo entlang?", fragte Fee.
Nova zögerte einen Moment, dann ging sie mit weichen Knien voraus. Als sie sich dem Zelt der Wahrsagerin näherten, wurde Nova immer mulmiger zumute.
„Sieht ja ziemlich mickrig aus", bemerkte Fee. „Das hab ich mir anders vorgestellt." Sie begutachtete das Zelt von Madame Esmeralda ausgiebig.
„Ich traue mich nicht", gestand Nova.
„Ich kann vorgehen", sagte Fee. Sie trat näher an das Zelt heran und hob eine Hand. „Klopfen geht nicht so wirklich", stellte sie fest und horchte. „Hallo? Ist jemand da?"
Keine Antwort. Es blieb still.
„HALLO!", rief Fee lauter. „Madame Esmeralda! Sind Sie da? Wir brauchen Ihre Dienste. Ich komme rein!"
Mutig wagte Fee einen Schritt vor und zog eine Seite des Vorhangs auf. Nova stand zu weit weg, um ins Innere zu sehen, und hielt den Atem an.

„Es ist niemand da, Nova", sagte Fee. Sie wirkte ratlos. „Und mit niemand meine ich: *niemand*. Das ganze Zelt ist total leer."

Die Nachricht traf Nova unerwartet. Sie wagte sich vor, um selbst einen Blick zu riskieren. Fee hatte Recht: Das Zelt war leer geräumt.

Novas Herz begann panisch schneller zu schlagen. Madame Esmeralda war weg! Einfach verschwunden!

„Vielleicht weiß jemand, wo sie ist." Fee war noch nicht bereit aufzugeben.

Die beiden gingen weiter, bis sie eine geöffnete Bude fanden. Es war ein junger Mann, der Süßwaren verkaufte.

„Guten Morgen", sagte Fee höflich.

„Morgen! So früh schon auf?", fragte der Verkäufer.

„Die erste Stunde fällt heute aus", kam Fee die zweite Lüge an diesem Tag über die Lippen. „Wir suchen eigentlich die Wahrsagerin. Meine Freundin hat gestern etwas bei Madame Esmeralda im Zelt vergessen."

„Die alte Schrulle", schnaufte der Mann. „Wer weiß, wo die sich herumtreibt? Ich hab von Anfang an gesagt, dass die nicht mehr alle beisammenhat." Er machte mit dem Zeigefinger eine kreisende Bewegung neben seinem Kopf. „Hat gestern Abend ihr ganzes Zeug gepackt, das alte Weib."

Fee drehte sich zu Nova um. Der stand die Verzweiflung

wohl ins Gesicht geschrieben, denn Fee trat näher, nahm ihre Hand und drückte sie fest.

„Wir finden eine Lösung", versprach sie.

Doch alles, was Nova fühlte, war Hoffnungslosigkeit.

***

Auf dem Rückweg zur Schule schwiegen die Mädchen. Fee wusste nicht, was sie sagen sollte, um Nova aufzuheitern, und Nova wusste nicht, wie sie das mulmige Gefühl in ihrem Bauch jemals wieder loswerden sollte. Als sie die Haltestelle in der Nähe der Schule erreichten, waren beide Mädchen völlig niedergeschlagen. Ihr Plan hatte nicht funktioniert. Die nächste böse Überraschung erwartete sie in Form von Miss Moore. Kaum hatten Nova und Fee das Hauptgebäude betreten, tauchte die Lehrerin auf. Sie kam geradewegs den Flur hinunter, als die Mädchen durch die Tür traten. Und ihr Adlerauge erspähte die beiden natürlich sofort.

„Was machen Sie außerhalb der Schule?"

Fee und Nova tauschten einen eingeschüchterten Blick. Bevor Fee sich etwas ausdenken konnte, sagte Nova die Wahrheit. Mit Miss Moore war nicht gut Kirschen essen. Sie anzulügen, würde alles noch schlimmer machen.

„Wir waren draußen", sagte Nova.

„Haben Sie sich vom Unterricht entschuldigen lassen? Hatten Sie einen guten Grund dafür, die erste Stunde nicht zu besuchen? Wie lange waren Sie fort?"

In scharfem Ton hagelten die Fragen auf die Mädchen ein. Nova dachte fieberhaft nach, aber ihr fehlten – wie so oft – die Worte.

„Wir haben keine Ausrede", antwortete Fee. „Es tut uns leid, dass wir die Schulregeln gebrochen haben, Miss Moore, aber wir können Ihnen nicht sagen, wieso."

Nova sah Fee dankbar an. Fee nickte kaum merklich.

„Ich halte Ihnen beiden zugute, dass Sie ehrlich sind", sagte Miss Moore und runzelte die Stirn. „Aber Regeln sind Regeln. Sie werden den Rest der Woche Strafarbeiten verrichten. Wo kommen wir hin, wenn jeder Schüler einfach tun und lassen kann, was er will? Nein. Sie werden die Verantwortung tragen."

„Strafarbeiten", nuschelte Fee mürrisch.

„Strafarbeiten", grummelte Nova frustriert.

Die beiden tauschten einen Blick und lachten.

„So", machte Miss Moore streng. „Sie finden das also lustig, Miss Stark und Miss Banks? Dann finden Sie es sicher besonders lustig, für die nächsten *zwei* Wochen Strafarbeiten zu verrichten. Nicht nur zusätzliche Hausaufgaben, sondern auch soziale Dienste. Ich habe gehört, dass der Hausmeister Hilfe braucht."

„Das können Sie doch nicht machen!", beschwerte sich Fee. „Das wäre dann ja ... Kinderarbeit, Miss Moore!"

Durch Fees Ausbruch bestärkt, traute auch Nova sich, etwas zu sagen. Sie wollte nicht immer nur der stumme Fisch sein.

„Das wäre wirklich unfair, Miss Moore", sagte Nova. „Wir haben eine einzige Stunde gefehlt. Und es war wichtig! Sie können sich unsere Schulakten anschauen. Wir machen so etwas normalerweise nicht. Bitte haben Sie Nachsicht."

Nova klang weitaus freundlicher als Fee, aber Miss Moore verzog keine Miene. „Gehen Sie jetzt in den Unterricht. Ich werde Ihnen später darlegen, was ich als fair erachte und was nicht", sagte die Lehrerin und starrte die Mädchen nieder. Unter ihrem harten Blick setzten sich Fee und Nova blitzschnell in Bewegung und huschten den Flur hinunter.

„Brrr", machte Fee. „Miss Moore ist so unheimlich!"

„Das kannst du laut sagen", stimmte Nova zu.

„Wieso musste ausgerechnet sie uns erwischen?", rief Fee. „Mist aber auch!"

„Wieso musste uns überhaupt jemand erwischen?", schimpfte Nova. „Das ist wieder alles meine Schuld."

„So darfst du gar nicht anfangen", sagte Fee.
„Ich wurde aber nicht mit einem Glückszauber belegt, sondern verflucht, Fee", sagte Nova energisch. „Alles Schlechte, was in meiner Nähe passiert, ist meine Schuld. Da kannst du echt sagen, was du willst."
„Ich muss jetzt in den zweiten Stock", sagte Fee.
Sie standen vor dem Treppenhaus.
Fee überlegte einen Moment. Dann zog sie an der Kette, die sie um den Hals trug, und ein Anhänger kam zum Vorschein: ein kleiner flacher Stein. Ein Zeichen war hineingeritzt. Mit viel Fantasie sah es aus wie ein P, nur dass die Striche des Buchstabens viel länger und kantiger waren.
Fee zog sich die Kette über den Kopf. „Hier, nimm die", forderte sie Nova auf. „Dieser Stein ist sehr alt und die Rune steht für Schutz, Veränderung und vor allem Glück."
„Und das denkst du dir nicht aus?", fragte Nova.
„Du kannst den Anhänger brauchen", sagte Fee freundlich. „Jetzt nimm ihn schon, Nova."
Nova streckte die Hand aus und Fee ließ die Kette samt Anhänger hineingleiten. Nova meinte tatsächlich eine Art Funken in der Handfläche zu spüren. Vielleicht war der Stein aber auch nur warm, weil Fee ihn die ganze Zeit am Körper getragen hatte. Unwillkürlich musste Nova lächeln.
„Vielen Dank, Fee", sagte sie leise.

„In der großen Pause geht das Planen weiter", sagte Fee und lächelte zurück. „Sehen wir uns um 12 Uhr wieder hier?"

„Abgemacht", sagte Nova und hängte sich Fees Glücksbringer um den Hals. „Bis später."

Die beiden trennten sich.

***

Trotz Fees Glücksbringer hatte Nova weiterhin Pech. In der zweiten Stunde schrieben sie ganz überraschend einen Test in Geschichte und Novas Stift ging die Tinte aus. Als sie in ihrem Mäppchen nach einem neuen greifen wollte, stand plötzlich Mr Denver neben ihr und beschuldigte Nova, gespickt zu haben. Ganz ohne irgendwelche Beweise! Damit war der Test für sie zu Ende und ihre Note konnte sie sich dementsprechend ausmalen. In der Doppelstunde Chemie danach explodierte Novas Experiment. Sie brauchte mehr als eine halbe Stunde, um aufzuräumen und zu putzen. Deshalb kam sie auch zu spät zur großen Pause. Wem passierte so etwas schon? Nur ihr. Nova. Superbescheuert-Nova.

Fee hatte bereits gegessen und brachte ihr Tablett weg, als Nova es endlich mit knurrendem Magen und schlechter

Laune in die Cafeteria schaffte. Sie griff in ihre Rocktasche, um nach ihrem Essensgeld zu greifen, aber alles, was sie fand, war ein großes Loch.

„Ich hab mein Geld verloren", sagte Nova frustriert, als Fee auf sie zukam. „Jetzt muss ich verhungern."

„Ich leih dir was", sagte Fee mit mitleidigem Blick. „In meinem Spind hab ich noch Geld. Und ein paar Süßigkeiten für den Notfall. Komm mit!"

Fee packte Nova an der Schulter, doch ehe sich die beiden Mädchen umdrehten, fiel Novas Blick auf Fitz. Er stand vor dem Tisch seiner Freunde, mit einem Fuß auf der Bank, als würde er für ein Porträt posieren, und gestikulierte wild herum. Wahrscheinlich erzählte er eine seiner sagenhaften Fußballgeschichten. Alle klebten an seinen Lippen. Nova war zu weit weg, um etwas zu verstehen, aber es reichte schon, Fitz nur zu sehen, um das vertraute warme Kribbeln im Bauch zu bekommen. Coolness war wohl wie radioaktive Strahlung und erreichte selbst die unbedeutendsten Loser in den hintersten Ecken der Cafeteria ...

„Hast du gerade einen Tagtraum?" Fee sah Nova verwundert an.

Ehe Fee noch herausfand, was mit ihr los war, drehte sich Nova hastig um und lief prompt in die Tür hinein. Diese war gerade aufgeschwungen, weil eine Gruppe Mädchen in die Cafeteria gekommen waren. Schmerz breitete sich in Novas Gesicht aus und sie spürte, wie ihr etwas Warmes über die Oberlippe lief.

„Deine Nase blutet", bemerkte Fee erschrocken.

Vor Novas Augen tanzten Sterne. Fee griff nach ihrem Arm, damit sie nicht zur Seite taumelte.

„Okay, dann eben vorher einen Abstecher ins Krankenzimmer", murmelte Fee und zog Nova davon. „Am besten lässt du dich da in Watte packen."

***

Zwanzig Minuten später war die Pause fast wieder vorbei und Nova stand unglücklich vor dem Spiegel im Mädchenklo und mampfte ein trockenes Erdnussbuttersandwich in sich hinein.

Allmählich hatte sie das Gefühl, mehr Zeit in der Gesellschaft von Toiletten zu verbringen als von Menschen. Die Schulschwester hatte Nova dicke Wattebausche in die blutende Nase gedrückt und dann ein Pflaster drübergeklebt. Nova sah aus, als hätte sie sich Tampons in die Nasenlöcher gestopft. Echt super! Einen neuen Modetrend würde sie damit jedenfalls nicht setzen. „Steckt euch in die Nase, was geht" tat man vielleicht im Kindergarten.

So konnte es nicht weitergehen. Fee war jetzt ihre einzige Hoffnung. Sie hatte Nova gebeten, um 17 Uhr zu ihr zu kommen. Anscheinend hatte sie einen Plan.
Und was immer es auch war, Nova war bereit.

15

FEE wohnte zusammen mit ihren Eltern in einer Doppelhaushälfte in der Oakley Road, ein paar Straßen von Nova entfernt. Mit dem Fahrrad brauchte Nova keine zehn Minuten dorthin. Sie war auf dem Weg zum Supermarkt schon oft mit ihrer Mutter dort entlanggefahren. Es war eine dieser Straßen mit endlosen Backsteinhäusern, in denen eine Fassade der anderen glich.

Auch das Zuhause von Fee unterschied sich nur in der Hausnummer von den Nachbargebäuden. Nova mochte diese Art von Durchschnitt und Normalität. Aber sie konnte sich leicht vorstellen, wie sehr Fee es nervte, dass hier so gar nichts besonders war. Die Familie Banks bewohnte die linke Hälfte von Nummer neununddreißig. Eine kleine Treppe führte zur Haustür, deren Rahmen, genau wie die der Fenster, weiß gestrichen war. Rechts oberhalb der Tür befand sich ein kleiner Erker mit winzigem Türmchen; das war aber auch schon das einzig Bemerkenswerte an dem

Haus. Einen Garten gab es anscheinend nicht, nur einen Parkplatz, der für ein Auto reichte, und einen schmalen Baum, der sich gegen die Hauswand lehnte.

Novas Blick wanderte zur anderen Hälfte des Hauses. Ein exakter Klon. Ja, Fee musste es hier sicher richtig hassen.

Nova stellte ihr Fahrrad neben der Treppe ab und klingelte. Sie hörte, wie es im Inneren polterte. Die Tür flog auf.

Fee sah ganz anders aus als heute Morgen. Nova staunte. Sie hatte sich richtig in Schale geworfen. Ihr schwarzes Haar war völlig zerzaust und lose weggesteckt. Auf dem Kopf trug sie etwas, das aussah wie ein Haarreif mit einer Antenne. Um ihren Hals klimperten ein Dutzend Ketten, daran Anhänger mit irgendwelchen Symbolen. Vermutlich magisch. Dazu trug sie eine schwarze Jeans und ein grünes Shirt mit dem Spruch: „Wer nicht an Magie glaubt, wird sie niemals finden."

Fees graue Augen strahlten sie freudig an und sie zog Nova ins Haus. „Endlich bist du da!", sagte sie aufgeregt.

Jetzt übertrieb Fee aber. Endlich? Nova konnte gar nicht zu spät sein. Sie war sogar extra früh von zu Hause losgefahren, weil ihr Pünktlichkeit wichtig war.

„Fee?", fragte Nova zögerlich. „Wieso stinkt es so?"

Es stimmte, das Haus der Banks roch nicht nur streng, es *stank* regelrecht. Nach faulen Eiern und nassem Holz.

Fee nickte eifrig. „Das gehört alles zum Zauber."
„Holst du jemanden von den Toten zurück?" Nova rümpfte die Nase. Sie konnte gar nicht anders.
„Du schaust wirklich nicht oft *Montys Mysteriöse Mysterien*, oder?", fragte Fee missbilligend. „Dein Dad hat dort in Staffel eins, Folge zwölf erklärt, dass man Tote nur mit einem besonderen Mondstein zurückbringen kann."
„Kennst du jede Folge auswendig?", fragte Nova genervt, weil schon wieder ihr Vater zur Sprache kam.
„Nur Staffel eins bis drei", antwortete Fee. „Danach wurde die Sendezeit weiter nach hinten verschoben und ich hab es nicht mehr geschafft, alle Folgen sofort zu schauen. Ich war vom Aufbleiben immer so müde, dass meine Mum irgendwann den Fernseher aus meinem Zimmer geholt hat. Jetzt ziehe ich mir die neuen Staffeln übers Internet rein, wann immer ich kann."
„Oh", machte Nova nur. Was sollte sie auch sagen? Der einzige Grund, warum sie bis spät in die Nacht wach blieb, war, um eine Runde Numero-Duell im Internet zu spielen oder weil sie Wally von Fitz Alcott vorschwärmte.
„Keine Sorge", meinte Fee. „Meine Mum arbeitet am Empfang im Krankenhaus und hat oft Nachtschicht. Dann kann ich hin und wieder im Wohnzimmer auf dem großen Bildschirm schauen."

„Dann hat dein Dad nichts dagegen?", fragte Nova. Sie interessierte sich sehr für Fees Eltern. Das Haus sah so normal aus, dann waren es Mr und Mrs Banks vielleicht auch!
„Der hat früher immer mit mir geschaut", erklärte Fee. „Er arbeitet in einem Antiquariat und hat mir, als ich kleiner war, immer Geschichten vorgelesen. Deshalb mag ich Bücher so. Und die Welt des Übernatürlichen. Aber jetzt kann er das nicht mehr." Fee senkte traurig den Blick.
Nova schluckte schwer. „Oje, Fee ... Das tut mir so unendlich leid."
„Mir auch", murmelte Fee niedergeschlagen.
„Wann ist er denn gestorben?", fragte Nova vorsichtig. Sie griff tröstend nach Fees Hand.
„Gestorben?" Fee lachte. „Er ist nicht tot. Das einzig Tote ist seine Freizeit. Er arbeitet zu viel."
Nova bekam einen knallroten Kopf. „Ich dachte ..."
„Du denkst zu viel, Nova."
„Oder der Gestank hier vernebelt meinen Kopf", gab Nova feixend zurück und war mal wieder überrascht, wie einfach es war, mit Fee zu reden.
Als Fee über Novas Witz lachte, war Nova richtig froh, hergekommen zu sein.
„Ich würde dich herumführen, aber im Gegensatz zu eurem Haus ist bei uns alles total langweilig", sagte Fee.

„Egal", sagte Nova. „Wir sind ja nicht zum Spaß hier. Du hast einen Gegenzauber?"
„Habe ich", sagte Fee stolz. „Aus vielen verschiedenen uralten Quellen habe ich das Wichtigste zusammengetragen, um dich vom Fluch zu befreien."
„Das klingt nach einer Menge Arbeit", sagte Nova.
„Wir haben den ganzen Tag Zeit, oder?"
„Wenn es wirklich hilft."
„Was so eine olle Wahrsagerin kann, kriegen wir schon lange hin", sagte Fee überzeugt. „Ich habe einen echt guten Plan aufgestellt. Wir müssen jetzt nur noch Schritt für Schritt das Ritual durchführen."
Nova wurde ganz mulmig. „Wo fangen wir an?"
„In der Küche", antwortete Fee. „Wir brauchen ein spitzes Messer."
„Ein spitzes Messer?" Nova wurde noch schlechter.
„Ja, ich muss den Saftkarton aufschneiden", meinte Fee. „Recherchieren macht nämlich durstig."
„Mensch, Fee!" Nova boxte Fee erleichtert gegen den Arm.
„Was? Willst du auch 'nen Saft?"
„Witzbold. Du hast mich erschreckt!"
„Spaßbremse", sagte Fee und streckte ihr die Zunge raus. „Ich bin hier die Expertin, schon vergessen?"
Nova grinste. „Wie könnte ich?"

***

Schon beim ersten Schritt von Fees Plan kamen Nova ernsthafte Zweifel.

Fee nannte ihn „die Reinigung der Seele" und es bedeutete, dass Nova ein Bad nehmen sollte. In einem fremden Haus zu baden, war schon seltsam genug. Aber nachdem Fee heißes Wasser in die Badewanne eingelassen hatte, begann sie allerhand Zeug hineinzustreuen: Salz, Kräuter und jede Menge Öle. Das Wasser nahm schnell eine Farbe an, die sich schwer beschreiben ließ, irgendwo zwischen Ohrenschmalzgelb und Popelgrün. Nova sah eine Weile zu, wie Fee immer mehr Kram in die dampfende Wanne warf und hin und wieder mit dem Arm darin rührte, als würde sie eine große Suppe kochen. Nach zehn Minuten blickte sie auf.

„Ich leihe dir einen Badeanzug und dann musst du da rein, Nova", sagte Fee. „Für genau achtundachtzig Minuten. Keine Sorge: Ich kippe immer wieder mal warmes Wasser nach. Und dabei, liebe Nova, müssen wir unbedingt chanten."

„Das meinst du doch nicht ernst! Danach sehe ich aus wie eine verschrumpelte Rosine!", entfuhr es Nova ungläubig. „Wieso so lange und was ist chanten?"

Fee sah Nova tief in die Augen. „Du willst doch, dass der Fluch verschwindet."

Dieses Argument erstickte zwar nicht Novas Zweifel, aber all ihre Argumente. Sie wollte, dass der Fluch verschwand! Selbst wenn das bedeutete zu baden, bis sie aussah wie eine Mumie.

Fünf Minuten später hatte Nova ihre Klamotten gegen einen von Fees alten Badeanzügen (einen besonders hässlichen gelben) eingetauscht und saß in der Badewanne der Banks. Wenn jemand sie so sehen würde – wenn Viola sie so sehen würde! Kaum auszudenken! Nova sah aus wie das Quietscheentchen höchstpersönlich.

„Chanten ist eine Form von hohem Gesang", erklärte Fee, die neben der Wanne hockte. „Meistens sind es Laute, die deine Gefühle transportieren."

Und dann machte Fee vor, was sie meinte.

„Ooooh, aaaaaah, ommm …"

Wenn Nova ein Quietscheentchen war, dann war Fee eine sterbende Kuh. Nova prustete augenblicklich los und brach in schallendes Gelächter aus.

Fee warf ihr einen bösen Blick zu.

Nova presste die Lippen zusammen und Fee startete Versuch Nummer zwei.

„Ooooh, aaaaaah, uuuuuuh, ommmmm …", jaulte Fee.

Nova schossen vor Lachen Tränen in die Augen.
„Reiß dich mal zusammen!", sagte Fee in einem Tonfall, der Miss Moore alle Ehre gemacht hätte. „Du machst jetzt mit, Nova Stark, also gib alles!"
„Aber, Fee!", quengelte Nova. „Achtundachtzig Minuten? Das schafft doch keiner von uns beiden so lange."
„Für den Notfall hab ich Israel Kamakawiwo'ole auf dem Handy, das geht bestimmt auch", sagte Fee. „Aber erst du. Jetzt wird gechantet, Nova!"
Unter Fees strengem Blick begann Nova, langsam vom Quietscheentchen zur sterbenden Kuh Nummer zwei zu mutieren. Zwischen all den „Ooooohs", „Aaaaahs" und „Ommmms" bekam sie immer wieder einen Lachanfall. Aber schließlich hatte ja niemand gesagt, dass es leicht sein würde.
Also chantete Nova, was das Zeug hielt.

***

Eine Veränderung spürte Nova nur, als ihre Haut immer schrumpeliger wurde. Nach fast einer Stunde musste sie auch ziemlich dringend aufs Klo, aber das behielt sie für sich. Als der gestellte Wecker nach genau achtundachtzig Minuten endlich klingelte, kannte Nova das dudelnde Lied von Israel Karma-was-auch-immer längst auswendig. Fee lag mit dem Gesicht am Wannenrand und Nova hatte den Verdacht, dass Fee zwischendurch ein Nickerchen gemacht hatte.

„Also, reiner wird meine Seele nicht mehr", meinte Nova. Fee stellte die Musik aus und blickte auf ihre Armbanduhr. „Puh! Meine Eltern kommen so gegen sieben wieder", schätzte sie. „Zum Glück dauern die anderen Schritte nicht so lang. Wir gehen zum nächsten Teil über, Nova!"

„Ich gehe jetzt erst mal aufs Klo", entgegnete Nova. „Kannst du mal kurz raus?"

„Ähm, klar", machte Fee. „Aber beeil dich."

***

Nachdem Nova so lange im dampfigen Bad gehockt hatte, war sie froh, dass Fee und sie als Nächstes nach draußen in den Garten gingen – es gab also doch einen, er lag nach hinten und wurde von mehreren Familien geteilt. Fees Nachbarin hängte gerade die Wäsche auf.

Fee achtete gar nicht auf sie und machte direkt weiter mit dem Gegenzauber. „Schritt zwei. Öffne deine Chakraquellen für die Welt", meinte sie fachmännisch. „So wird negative Energie befreit und du löst dich von deinem Dasein."

„Und wie stelle ich das an?", fragte Nova.
„Mit Kundalini-Yoga", sagte Fee. „Das hat Swami Sivananda erfunden. Damit weckst du eine schlafende Energie in deinem Körper, die dir hilft, den Fluch zu bekämpfen. Kommt aus dem Hinduismus. Anti-Pech-Yoga sozusagen."
Nova staunte nicht schlecht. „Hast du das alles aus deinen Büchern?"
„Ich hab mir bei YouTube Tutorials angeschaut."
„Von diesem Salami Soundso?"
„Quatsch! Der ist doch längst tot", sagte Fee.
„Der ist tot?", hakte Nova nach. „Sehr überzeugend, Fee."
„Er heißt Swami Sivananda", verbesserte Fee sie. „Und sicher ist er total zufrieden gestorben."
„Dann mach mal vor, Miss YouTube."
Fee grinste. „Aber mit Vergnügen, Miss Pechvogel."
Fee nahm ein bisschen Abstand von Nova. Sie schloss die Augen und drückte die Handflächen gegeneinander, während sie tief durchatmete. Dabei sah sie wirklich so aus, als würde sie ihren inneren Frieden finden oder sich zumindest entspannen.
Das schaff ich locker, dachte Nova.
Und dann stieß Fee auf einmal einen Kampfschrei aus. Sie wirbelte herum und machte Bewegungen, die eher zu Kung-Fu gepasst hätten. Fee rollte sich durchs Gras, sprang

wieder auf die Füße und wedelte weiter wild mit den Händen herum. Als würde sie unsichtbares Holz hacken.
Die Nachbarin ließ von ihrer Wäsche ab und starrte Fee an. Dann starrte sie Nova an, aber die hatte auch keine Erklärung und zuckte mit den Achseln.
Hastig packte die Nachbarin ihren Wäschekorb und ging ins Haus.
„Du passt ja gar nicht auf!", meckerte Fee.
„Doch, doch", sagte Nova. „Hab mir alles gemerkt."
Was gab es da auch aufzupassen? Irre durch die Gegend tanzen und fuchteln war ja keine Kunst! Allerdings waren sie unter freiem Himmel und alle Nachbarn konnten sie beobachten. Oder Beweisfotos schießen. Wahrscheinlich lauerte schon wieder Viola Alcott mit ihrem Nova-Radar hinter einem der Fenster ...
Nova versuchte, die Paranoia abzuschütteln.
Aber es gelang ihr nicht. Sie wollte wieder ins Haus.
„Fee, kann man das nicht auch drinnen machen?", fragte Nova. „Mir ist kalt."
„Gleich nicht mehr", meinte Fee atemlos und hielt sich die Seite. „Das ist echt anstrengend. Fang an."
Nova stand unschlüssig herum.
„Vielleicht chantest du einfach zur Sicherheit dabei?", schlug Fee vor.

„Bitte nicht!", sagte Nova. „Ich tanze ja schon!"
Langsam begann sie, sich hin und her zu wiegen und die Arme durch die Luft zu schwingen. Nova war alles andere als eine Sportskanone und selbst Tanzen fiel ihr schwer. Folgsam hopste sie über den Rasen, als hätte sie eine Totalmeise.
Fee beobachtete sie ein paar Minuten und schüttelte dann den Kopf. „Ich hoffe, das reicht. Also weiter. Vor uns liegt eine Menge Arbeit."

***

Schritt zwei des Plans war erfüllt und die Mädchen machten es sich in Fees Zimmer gemütlich. So gemütlich es eben in Fees Chaos sein konnte.
Nova traf beinahe der Schlag, als sie das Zimmer betrat. Nicht mal der Keller der Starks sah so unordentlich aus. Fees Zimmer glich einer seltsamen Höhle. Oder sollte man besser sagen „Hölle"?
Da standen natürlich ein Bett, ein Schrank und ein Schreibtisch, aber die Möbel waren auch schon das einzig Normale. Vor den Fenstern hingen Tücher, die nur wenig Licht hereinließen, weshalb Nova immer wieder stolperte. Man konnte sowieso kaum einen Schritt machen, weil der Bo-

den voller Krempel lag. Am meisten schockierte Nova die Wand über Fees Bett: Sie war über und über mit den Autogrammen ihres Vaters beklebt.
Doch das war noch lange nicht alles. Es gab ein Regal voller alter Bücher mit Titeln wie „Okkulte Mythen und Geschichten", „Magie für Anfänger" oder „Finden auch Sie Ihre innere Hexe" und zwei Regale voller Gegenstände, Schmuck, Fläschchen und Kräutern.
Alles hier hatte – genau wie bei ihren Eltern – mit dem Übernatürlichem zu tun.
Da gab es Dinge, die Fee gefunden hatte. Dinge, von denen Fee glaubte, sie seien magisch. Dinge, die Fee sammelte, weil zu ihnen irgendeine verrückte Geschichte gehörte. Und dann all diese Pulver und Zutaten in Gläsern – was wollte Fee damit?
„Gefällt es dir?", fragte Fee erwartungsvoll.
„Es ist ... echt besonders", antwortete Nova.
„Danke!" Fee lächelte. „Weiter im Text."
In Schritt drei von Fees Masterplan ging es darum, der Göttin des Glücks ein Opfer darzubringen, um guten Willen zu zeigen. Es musste eine Sache sein, die Nova viel bedeutete. Die Mädchen überlegten lange hin und her. Nova sprang Fee beinahe an die Kehle, als diese nachdenklich Wally ins Spiel brachte.

Nach ewiger Grübelei beschloss Nova schweren Herzens, ihre Lieblingsschuhe zu opfern. Sie hing schließlich sehr an den grünen Glitzerballerinas. Das war ja wohl ein Spitzenopfer!

Gemäß Fees Anleitung pikste Nova sich in den linken Zeigefinger und träufelte genau acht Blutstropfen auf die Schuhe. Nova musste sich vor Fee zusammenreißen, um keine Würgegeräusche zu machen, weil sie die Sache mit dem Blut ziemlich eklig fand. Ihr Finger brannte, als sie fertig waren.

Fee packte Novas Schuhe in einen Karton und versiegelte diesen mit magischem Band. Zumindest behauptete Fee, dass es magisch sei – für Nova sah es verdächtig nach ganz gewöhnlichem Geschenkband aus.

Überhaupt hatte Nova bisher noch gar nichts gespürt. Sie roch nach komischen Ölen, ihr tat vom Salami-Yoga alles weh, sie hatte ihre Lieblingsschuhe geopfert und jetzt blutete sie auch noch. Und das sollte was bringen?

„Schritt vier wird dir noch weniger gefallen", sagte Fee, als Nova ihre Bedenken äußerte. „Bin gleich wieder da."

Nova saß allein im Halbdunkeln wie ein Vampir, der keine Sonne verträgt, als Fee wieder hereinstürmte. Sie riss eines der Tücher vom Fenster und Nova kniff geblendet die Augen zusammen, so grell empfand sie das Licht.

Nova musste gar nicht fragen, was nun kam. Der Gestank, der ihr schon an der Haustür aufgefallen war, war Antwort genug. In der Hand hielt Fee einen großen Becher.
„Boah, ist das ekelhaft!", rief Nova und hielt sich die Nase zu. „Tu das weg!"
Fee setzte sich neben sie auf den Boden.
„Du musst es austrinken", sagte sie.
„Willst du mich vergiften, Fee?", fragte Nova ernst.
„Ich hab das zusammengebraut, bevor du gekommen bist. Es musste eine Weile durchziehen, aber es ist fertig. Ich habe mein Bestes getan, damit es perfekt wird."
„Perfekt stinken tut das!", näselte Nova mit zugehaltener Nase.
„Das ist unter Hexen und Magiern eine uralte, mystische Tradition", erklärte Fee. „Man braut einen Trank aus den Elementen, um seine Verbundenheit mit dem Leben zu zeigen. Das muss man regelmäßig tun, damit die spirituellen Kräfte erhalten bleiben."
„Und was hat das mit mir zu tun?"
„Man kann die Wirkung schwarzer Magie umkehren, wenn man den Trank der Elemente trinkt und dann einen Handstand macht", belehrte Fee sie.
Nova spähte in den Becher. Sie glaubte, gleich spucken zu müssen. „Fee!"

„So schlimm ist das gar nicht", beschwichtigte Fee sie. „Da ist Erde von einem Grab drin, Wasser, spirituelle Gewürze, ein bisschen Marmelade für den Baum des Lebens, ein Ei und außerdem ..."

„Fee!", rief Nova ein zweites Mal.

„Okay, es ist schlimm", gab Fee zu. „Aber ich habe den Tipp über meinen Blog bekommen. Das funktioniert, glaub mir! Ein paar Schlucke schaffst du schon. Kannst du einen Handstand machen?"

Fee hielt Nova auffordernd den Becher hin. Nova brauchte ewig, um ihn auch nur in die Hand zu nehmen. „Wieso stinkt das so?"

„Man musste es kochen und du hast ja noch nicht den Rest der Zutaten gehört ... aber die erspare ich dir."

„Ich kann das niemals trinken", sagte Nova unsicher.

„Wir haben doch die Hälfte fast geschafft", versuchte Fee Nova zu motivieren. „Danach kommt schon Schritt fünf: positive Energien beschwören. Dafür räuchern wir das Zimmer mit Lavendel aus und du musst einfach nur daliegen. Es wird immer leichter, Nova."

„Einfach nur daliegen?", wiederholte Nova.

Fee nickte. „Und in Schritt sechs – dem Übergang zum Finale – benutzen wir einen Wunschzauber, bevor du danach den bösen Fluch endgültig loswirst."

Nova blickte skeptisch in den Becher.
Graberde, Eier und Marmelade …
Pleiten, Pech und Pannen …
Nova musste es tun. Sie musste alles versuchen, um den Fluch zu brechen. Sie würde es schon überleben. Wenn sie jeden Tag in der Schule Viola, Emma und Caillie überlebte und in der ersten Reihe beim Lama-Lehrer zu sitzen, dann konnte sie das hier auch überstehen.
Hoffentlich.
Nova setzte den Becher an die Lippen und schloss die Augen. Mehr als drei Schlückchen schaffte sie nicht, ehe ihr schlecht wurde. Sie musste würgen und presste fest die Lippen aufeinander. Hastig stand sie auf und versuchte einen Handstand, es wurde jedoch eher eine Art Purzelbaum draus.
Zweiter Versuch. Fee sprang auf und griff nach Novas Beinen, damit sie nicht hintenüberfiel. Innerhalb von Sekunden schoss Nova das Blut in den Kopf. Sie schloss die Augen und versuchte durchzuhalten. Irgendwann knickte Nova eine Hand weg und sie stürzte – und riss Fee mit sich auf den Boden.
Die beiden Mädchen blieben einfach liegen.
„Ich sterbeeeee!", stöhnte Nova gequält. Der Geschmack von Fees Zaubertrank lag ihr schwer auf der Zunge.

Nova hatte gar nicht mehr die Kraft, sich zu bewegen. Ihr war schlecht und sie war völlig erledigt. Kurz wusste sie nicht, ob sie alles wieder auswürgen musste oder es tatsächlich in ihrem Magen blieb. Sie schüttelte sich.

„Du bist total krass", sagte Fee. Sie lag halb unter Nova und richtete sich jetzt auf. „Ich weiß ja nicht, ob ich das geschafft hätte."

Total krass. Ja, das war sie wirklich.

16

NOVA und Fee gönnten sich nur eine kurze Verschnaufpause, ehe es weiterging. Für den sechsten Schritt stellte Fee drei orangefarbene Kerzen in einem Dreieck auf und eine weiße Kerze genau in die Mitte davon. Nova musste ihre Entschuldigung an die Wahrsagerin auf einen Zettel schreiben. Anschließend wurde der Zettel mit der weißen Kerze verbrannt, dann die anderen drei entzündet. Zehn Minuten saßen die Mädchen schweigend einander gegenüber und ließen dem Ritual Zeit zu wirken.

Als es endlich an den letzten Schritt von Fees Plan ging, war Nova mehr als erledigt. Sie war müde und in ihrem Magen rumorte noch immer das Stinkegetränk.

Es war inzwischen Abend geworden und Mrs Stark hatte schon auf dem Handy angerufen und gefragt, wann sie zum Abendessen käme. Auch Fees Eltern würden jeden Moment nach Hause kommen. Die Zeit drängte – und das trug nicht zu Novas Entspannung bei. Fees Konzentration schien ebenfalls allmählich nachzulassen, sie hatte schon ein paar Mal herzhaft gegähnt.

Nova verschränkte die Arme vor der Brust. „So ...", sagte sie ungeduldig ins Leere hinein.

Fee hatte gerade ein Stück Boden frei geräumt (indem sie die Sachen darauf unters Bett geschoben hatte) und malte nun mit Kreide einen großen Kreis auf den Teppich.

Unruhig sah Nova ihr zu und warf einen Blick auf die Uhr. Schon wieder waren fünf Minuten um. „Dauert das noch lange?", fragte sie.

„Fertig!", sagte Fee fast im gleichen Moment. Sie deutete auf den Kreis aus Kreide. An vier Punkten hatte sie einen Buchstaben gemalt – wie bei den Himmelsrichtungen eines Kompasses. Beim zweiten Hinsehen erkannte Nova, dass die Buchstaben ihren Namen bildeten: N-O-V-A. Man musste nur den Anfang finden, dann konnte man den Namen sehr gut lesen. Zuerst hatte Nova beim A angefangen und das Ganze hatte A-V-O-N ergeben, was natürlich falsch war.

„Stell dich in den Kreis."

Kaum war Nova Fees Anweisung gefolgt, da reichte Fee ihr einen Spiegel. Es war ein kleiner Handspiegel, der allerdings ganz anders aussah als der von Madame Esmeralda. Mit lauter Fragezeichen im Gesicht sah Nova zu Fee.

Diese war damit beschäftigt zu überprüfen, ob ihre Kreidezeichnung auch perfekt war.

„Das ist doch ein ganz anderer Spiegel", sagte Nova.

„Ich denke, wir brauchen einfach irgendeinen Spiegel", antwortete Fee. „Ich habe gelesen, dass man, um Flüche umzukehren, einen gleichartigen oder ähnlichen Gegenstand braucht wie den, mit dem man verflucht wurde."

„Aber wir wissen doch gar nicht, ob es der Spiegel war, der den Fluch ausgelöst hat." Nova hatte sich lange den Kopf zermartert. Über den Jahrmarkt. Ihre Mutprobe. Die Wahrsagerin. Den Spiegel. Es gab keine Möglichkeit herauszufinden, was genau eigentlich passiert war.

„Der beste Weg, einen bösen Fluch zu vertreiben, ist zu sehen, wer man wirklich ist", meinte Fee geduldig. „Wenn du das weißt, dann kann dir niemand was anhaben."

Nova drehte den Spiegel in den Händen. „Niemand weiß, wer er wirklich ist", grummelte sie trotzig.

„Willst du jetzt etwa aufgeben?", fragte Fee.

„Ich habe den ganzen Tag getan, was du wolltest", entgegnete Nova eine Spur zu laut. „Keine Sorge, ich werde dir auch weiterhin gehorchen."

„Was soll das denn heißen?", fragte Fee überrascht. „Klingt fast so, als wärst du sauer auf mich! Ich hab total lange gesucht, um diese ganzen Schritte zu finden!"

„Und das, wo du doch die Expertin bist."
Nova und Fee tauschten finstere Blicke.
„Lass uns das jetzt einfach zu Ende machen", sagte Fee genervt.
„Nichts lieber als das", meinte Nova.
Einen Augenblick herrschte eisige Stille im Zimmer. Nova bekam sofort ein schlechtes Gewissen. Sie hatte Fee gar nicht so doof anmachen wollen, aber allmählich war sie einfach nur noch müde und hatte die Schnauze voll von diesem Blödsinn.
„Schau in den Spiegel und sieh dein wahres Ich."
Nova runzelte die Stirn. Das klang verdächtig nach dem, was Madame Esmeralda im Zelt zu ihr gesagt hatte. Nova blickte in den Spiegel, aber es tat sich nichts. Sie sah nur sich selbst. Die langweilige, tollpatschige Nova, die keine Freunde hatte und die keiner mochte.
„Ich sehe nichts", sagte Nova frustriert.
„Versuch es noch mal", sagte Fee energisch.
„Es funktioniert nicht!", stieß Nova aus. „Gar nichts funktioniert. Alles, was wir gemacht haben, war umsonst. Ich spüre nichts und ich sehe nichts, Fee!"
Fee griff nach dem Spiegel. „Lass mich mal."
Nova ließ ihn nicht los. „Aber *ich* bin verflucht, nicht du!", rief sie verzweifelt. „Es. Geht. Nicht."

Keine wollte nachgeben und für einen Moment zogen beide Mädchen mit aller Kraft an dem Spiegel, als müssten sie beim Tauziehen gewinnen. Dann wurde es Nova zu blöd und sie ließ los. Fee hatte allerdings dieselbe Idee gehabt. Plötzlich hielt niemand mehr den Spiegel fest. Er flog in hohem Bogen durch den Raum und zerbrach am spitzen Bettpfosten.

„Noch mehr Scherben!", schimpfte Nova. „Na super!"
„Das war nicht meine Schuld", verteidigte sich Fee.
„Ist jetzt auch egal", sagte Nova patzig.
„Aber der Fluch, Nova!", begann Fee.
„Vielleicht gibt es ja gar keinen!", schrie Nova laut. „Vielleicht werde ich wirklich irre und bilde mir einfach alles ein. Genau, ich drehe durch. So ist es!"
Zornig verließ Nova den Kreidekreis.
„Nicht, Nova!", warnte Fee sie, aber es war zu spät. Nova warf alle Bedenken über Bord. Sie wollte nach Hause. Sie schlüpfte hastig in ihre Jacke, riss die Zimmertür auf und stürmte die Treppe hinunter, während Fee ihr hinterhereilte.

An der Haustür hielt Nova kurz inne, als ihr klar wurde, dass sie keine Schuhe trug. Kühle Märzluft wehte ihr um die Nase, der kalte Boden ließ ihre dünnen Socken sofort klamm werden. Egal.

Ein Fluch? Sie verfluchte Fee für ihre albernen Ideen und den Mist, den sie mitgemacht hatte. Nova hätte sich für ihre Dummheit ohrfeigen können. Wie blöd konnte man auch sein, an so etwas wie magisches Yoga, Ausräuchern oder Zaubertränke zu glauben?

Sie lief zu ihrem Fahrrad und stieg auf.

„Nova!", rief Fee, aber Nova trat schon in die Pedale. Ohne Schuhe war das etwas umständlich, aber die Wut trieb sie an und Nova fuhr so schnell davon, dass Fee sprachlos zurückblieb.

17

NOVA hatte nicht gut geschlafen. Der Streit mit Fee hatte sie bis in ihre Träume verfolgt. Sie hatte Mist gebaut. Während sie Wally seine übliche Morgenrunde fliegen ließ, nahm sie sich fest vor, über ihren Schatten zu springen und sich bei Fee zu entschuldigen. Als Wally auf ihrem Kopf landete und zärtlich an ihren Haaren knabberte, fiel Novas Blick auf die Uhr. Jetzt aber schnell fertig machen! Sie brachte Wally zurück in den Käfig und verließ ihr Zimmer. Immerhin hatte es in der Nacht keinen Stromausfall gegeben und auch das Zähneputzen verlief ohne jegliche Katastrophen. Als Nova aus dem Badezimmer kam, fiel ihr etwas auf. In der Luft, genau vor ihr, war ein seltsames Glitzern. Zuerst dachte Nova, sie würde sich die silbrige Spur nur einbilden. Sie blinzelte mehrmals – aber der Glitzerfaden war noch da. Vorsichtig griff sie mit der Hand danach, aber sie bekam nichts zu fassen. Nova blickte sich um, aber das seltsame Zeug befand sich nur vor ihr.

Tatsächlich wirkte es wie ein Faden aus Sternenstaub. Er ging von Nova fort und verlief – die Treppe hinunter.

Abgefahren! Nova trat ans Geländer und spähte in den Flur hinunter. Die silberne Spur führte ins Erdgeschoss und in Richtung Küche.

„Mum ..." Nova schüttelte den Kopf. „Was ist das denn schon wieder für ein Experiment?"

Langsam folgte sie dem Faden die Treppe hinunter und horchte auf die Stimmen ihrer Eltern.

Geschirr klapperte, es roch nach Rührei.

„Reichst du mir mal die Zeitung?", hörte sie ihren Vater fragen.

Etwas raschelte. „Natürlich, Schatz", antwortete ihre Mutter.

Das Rührei duftete herrlich. Die letzten zwei Tage hatten so verrückt begonnen – endlich konnte sie mal wieder in Ruhe frühstücken.

Der Silberfaden glitzerte vor ihr. Irgendwie hübsch. Nova umspielte den Faden mit den Händen. Sie war wirklich gespannt, welches Experiment dahintersteckte!

„Ach, was bin ich froh, ich hatte schon das Gefühl, du freust dich gar nicht richtig über die Homestory", sagte ihre Mutter gerade.

Ihr Vater sich nicht freuen? Das sollte wohl ein Scherz sein!

Nova wollte gerade lachend in die Küche kommen, als sie die Antwort hörte.
Es war nicht ihr Vater, der antwortete.
Es war ihre eigene Stimme.
„Klar, ich freue mich total! Die Homestory wird super! Ich kann es kaum noch erwarten!"
„Wir machen eine richtige Party draus!", rief Mr Stark.
„Du hilfst Mum bei den Vorbereitungen?"
„Versprochen, Dad."
„Du hast aber heute gute Laune, Nova", sagte Mrs Stark. „Hat das einen besonderen Grund? Vielleicht wegen deiner neuen Freundin? Hattet ihr gestern Spaß? Wie war noch gleich ihr Name ... Felicitas?"
„Ich weiß einfach, dass heute ein guter Tag wird!"
Nova hielt den Atem an. Was war hier los? Ohne nachzudenken, trat sie in die Küche und erwartete alles Mögliche – nur nicht das, was sie sah.
Nova sah ... Nova!
Eine andere Nova, eine zweite Nova, aber zweifelsohne war dieses Mädchen mit den braunen Haaren und grünen Augen Nova Stark.
Nova blieb beinahe das Herz stehen. Dann kniff sie sich in die Wange. Sie musste träumen. Das war alles ein böser Traum.

Aber die Doppelgängerin blieb. Sie saß zusammen mit ihren Eltern am Tisch und unterhielt sich jetzt munter über die geplante Blumenrabatte im Garten. Sie war ganz begeistert von den Vorschlägen ihres Vaters und schien sich riesig auf das Kamerateam zu freuen.

Nova sah wie gelähmt zu. Sie konnte dem Gespräch kaum folgen, weil die Gedanken in ihrem Kopf im Chaos durcheinanderrauschten. Mit aller Kraft versuchte sie, sich zu sammeln, und öffnete den Mund. Es dauerte, bis sie ihre Stimme fand, und als sie sprach, klang diese kratzig und dünn, als habe Nova sie lange nicht benutzt.

„Was ist hier los?", fragte sie zittrig. „Mum? Dad? Wer ist dieses Mädchen? Wieso sieht sie aus wie ich?"

Niemand reagierte. Es war, als würde Nova selbst gar nicht existieren, als sei sie für ihre Eltern unsichtbar. Keiner der Anwesenden sah sie auch nur an.

Novas Herz schlug rasend schnell vor Panik.

„Mum! Dad!", schrie sie jetzt. „HALLO!"

Nova rannte um den Küchentisch herum, sprang auf und ab und wedelte mit den Armen herum. Sie führte einen verrückten Tanz auf, der Fees Salami-Yoga alle Ehre gemacht hätte.

„Redet mit mir! Was passiert hier? Kann mich jemand hören? Hallo! Mum! Daaaaaad! Bitte, sprecht mit mir!"

Nova versuchte, etwas vom Tisch zu greifen, aber ihre Hand glitt durch das Marmeladenglas hindurch. Eine Welle aus Verzweiflung überspülte sie. War sie wirklich unsichtbar? Hatte Fees Zauber sie unsichtbar gemacht? Eben war sie doch ganz normal aufgewacht! Sie hatte Wally aus dem Käfig gelassen. Sie hatte sich gerade die Zähne geputzt, verdammt noch mal!

Aufgewacht – genau. Das hier war alles nur ein einziger, kranker Traum. Sie musste einfach abwarten und sich zwingen, jetzt – JETZT! – aufzuwachen ...

Ein paar quälende Minuten verstrichen, bis Nova begriff, dass sich absolut nichts veränderte. Nova erwachte aus keinem Traum. Niemand sah oder hörte sie. Wie ein Besucher im Kino konnte sie nur zuschauen, was in der Küche passierte, ohne selbst mitspielen zu können.

Wie das bei den Starks so üblich war, ging Nova – in diesem Fall die Doppelgängerin – nach dem Frühstück nach oben, um ihre Schulsachen zu holen.

Nova beobachtete, wie die falsche Nova die Treppe hochlief, dann wandte sie sich wieder ihren Eltern zu. Sie versuchte erneut, etwas zu sagen und anzufassen. Es klappte nicht. Mr und Mrs Stark machten schlechte Witze und gaben sich immer wieder Küsschen. Wie jeden Morgen. Nova hielt es nicht mehr aus und trat in den Flur.

Wer war das andere Mädchen, das haargenau so aussah wie sie selbst? So etwas Abgedrehtes gab es nicht mal bei YouTube zu sehen. YouTube. Tutorials. Fee. Vielleicht konnte Fee ihr helfen!
Nova wandte sich zur Haustür, aber ihre Hand glitt durch die Klinke hindurch. Ganz durch die Haustür zu treten, traute sie sich nicht. War sie etwa ein Geist? Oh Gott! Hatte Nova etwa dieses Stinkegebräu gekillt? Oder hatte sie sich durch das Blutfingerritual eine Vergiftung geholt und war im Schlaf gestorben? Verdammt, was war hier nur los?
Nova zuckte zusammen, als die Doppelgängerin die Treppe hinunterpolterte. Sie hatte Novas Rucksack auf dem Rücken und pfiff fröhlich ein Lied vor sich hin.
„Hey du!", sagte Nova energisch. „Doppelgängerin!"
Das Mädchen drehte bei dem Wort „Doppelgängerin" den Kopf herum und sah Nova direkt an.
Nova zuckte zurück, überrascht, dass dieses Mädchen sie anscheinend sehen und hören konnte. Die Doppelgängerin nutzte die Chance und hastete zur Tür hinaus. Nova verpasste sich eine mentale Ohrfeige und stürmte dem fremden Mädchen hinter. Die Doppelgängerin schien es eilig zu haben. Anscheinend wollte sie Nova abschütteln.
„Halt!", rief Nova und schloss zu ihr auf. „Wer bist du? Was hast du mit mir gemacht?"

Die Doppelgängerin blieb stehen und seufzte. „Mann, du bist so nervig, Nova."

„Wieso klingst du genauso wie ich?", fragte Nova beklommen. „Was wird hier gespielt? Spuck's aus!"

Nova war selten so direkt, aber die Situation brachte sie an den Rand der Verzweiflung. Und verzweifelte Zeiten erforderten besondere Maßnahmen.

Befangen musterte sie ihr Gegenüber. Die Haare der fremden Nova sahen aus wie traurige Spaghetti. Oje! So lief sie immer durch die Schule?

„Ich bin du", sagte die Doppelgängerin.

Als wäre es nicht schräg genug, sich selbst ins Gesicht zu blicken, machte die Doppelgängerin nun auch noch eine Miene, als wäre sie ein Mitglied der Mafia. Sie hatte ein fieses Grinsen auf den Lippen, das Viola alle Ehre gemacht hätte. Nova erschrak richtig.

„Schwer von Begriff bist du also auch noch", sagte die Doppelgängerin. „Ich bin du. Und du bist ich."

Nova hatte schon verstanden, was dieses Mädchen ihr verklickern wollte. Aber es zu glauben, war eine ganz andere Nummer. „Das ist unmöglich!", flüsterte Nova.

„Wie du siehst, ist es das nicht."

Nova machte mutig einen Schritt vor. „Wo kommst du her? Wieso warst du heute Morgen in meinem Haus?"

Ihre Doppelgängerin verdrehte genervt die Augen. „Himmel! Halt doch endlich die Klappe!" Sie wandte sich einfach ab und ging weiter zur Bushaltestelle. Nova ließ das andere Mädchen jedoch nicht entkommen. Sie spurtete los und verstellte ihr den Weg.

Die Doppelgängerin starrte Nova finster an. „Was denn noch?"

„Du sagst mir jetzt sofort, wer oder was du bist!"

Die fremde Nova lachte erheitert, dann musterte sie Nova nachdenklich. „Dich loszuwerden, wird wohl doch nicht so leicht."

Die beiden Mädchen taxierten sich gegenseitig. Die silberne Spur glitzerte zwischen ihnen.

Und endlich begriff Nova: Die Spur verband sie auf geheimnisvolle Weise mit der Doppelgängerin. Erst wenn sie ganz nah beieinanderstanden, löste sich die Spur langsam wieder auf.

„Bist du Teil des Fluchs?", bohrte Nova weiter.

Die Doppelgängerin hob spöttisch den Kopf, als wolle sie auf Nova herabsehen, dabei waren sie beide exakt gleich groß.

„Mein Name ist Avon. Ich bin du – nur besser", sagte die Doppelgängerin. „Eine bessere Version von Nova Stark. Eine mutigere, klügere und coolere Nova, als du es jemals

sein wirst. Und das hier ist jetzt mein Leben. Ich buchstabiere es dir gern, wenn du es nicht begreifst, du Hohlkopf. Du solltest verschwinden."
Nova war unwillkürlich zurückgewichen.
Eine Doppelgängerin namens Avon, die aussah wie sie! Ein winziger Teil von Nova hatte sich immer noch hartnäckig an die Hoffnung geklammert, dass das alles nur ein böser Traum war. Aber hier stand der böse Traum und bewegte sich keinen Millimeter. Es schien, als wäre Avon ganz und gar real. Und wie auch immer es möglich war – in Avons Nähe war Nova unsichtbar für alle anderen.
Was für ein Schlamassel! Fee wüsste jetzt, was zu tun wäre, dachte Nova bitter. Ein kleiner Teil von ihr gestand sich ein, dass Fee der einzige Mensch war, der einer Freundin nahekam. Sie hatte sofort versucht, Nova zu helfen. Fee hatte einfach keine Angst, die würde wahrscheinlich erfreut ein Selfie knipsen, wenn sie plötzlich eine Doppelgängerin hätte.
Nova war nicht Fee. Aber sie konnte versuchen, etwas von Fees Selbstbewusstsein heraufzubeschwören. Immerhin hatte es doch auch Vorteile, dass sie niemand hörte und sah. Nova hätte in ihrer Unterwäsche über die Straße tanzen können und es wäre niemandem aufgefallen. Es war ganz egal, was sie tat und sagte. Wovor hatte sie also Angst?

„Du bist eine abgekupferte Doppelgängerin und ich bin das Original", sagte Nova energisch. „Ich will, dass du gehst! Jetzt!"

Nova verschränkte die Arme über der Brust und verbarg ihre Hände. Sie wollte nicht, dass Avon sah, wie sehr ihre Finger zitterten. Sie streifte etwas Hartes und war für einen Moment verwundert.

Fees Anhänger! Nova hatte ihn gestern vor dem Schlafengehen gar nicht abgenommen. Nova löste ihre Finger voneinander und zog die Kette unter ihrer Bluse hervor. Ihre Finger schlossen sich fest um Fees Glücksbringer, als sie ihn hochhielt.

„Ich sagte: Geh! Verschwinde, Avon!"

Zum ersten Mal seit ihrem Auftauchen sah Avon verunsichert aus. Sie beäugte den Anhänger und hörte auf, so dämlich zu grinsen. Nova fühlte sich bestärkt. Sie machte ein paar Schritte nach vorn und drängte die Doppelgängerin dabei zurück.

„Verschwinde und komm niemals wieder!"

Novas Stimme war fest und ihre Worte klar. Sie verspürte nicht die geringste Angst. Sie war überzeugt, dass Avon jede Sekunde verschwinden würde, dass Fees Anhänger wirklich zaubern konnte. An irgendetwas musste sie in diesem Moment einfach glauben.

Und dann – wie durch ein Wunder – begann Avon sich aufzulösen, erst langsam, dann immer schneller, bis sie schließlich ganz verschwand. Die glitzernde silberne Spur schimmerte noch kurz in der Luft und war dann ebenfalls weg.

Nova atmete erleichtert aus.

Sie hatte es geschafft. Avon war fort!

18

NOVA blieb mit weichen Knien an der Bushaltestelle stehen und umfasste erleichtert das kühle Metall des Bushäuschens. Als eine Passantin vorbeikam, grüßte Nova und die Frau grüßte zurück. Der Schulbus kam und Nova stieg ein. Sie wünschte dem Busfahrer einen guten Morgen und auch dieser nickte ihr zu. Uff. Sie war wieder zurück. Sie war wieder sichtbar.

Nova hielt Ausschau nach Fee, um das unheimliche Erlebnis mit ihr zu teilen, aber die war nirgends zu sehen. Mist! Die Fahrt zur Schule über saß Nova wie auf Kohlen, und kaum hatte der Bus gehalten, stürmte sie ins Hauptgebäude. Vor der ersten Stunde befanden sich die meisten Schüler an ihren Spinden. Nova wusste vom Vortag, wo Fees Spind lag, und rannte hin, so schnell sie konnte. Die Schulordnung war ihr für den Moment herzlich egal.

Fee war gerade dabei, ein Buch in ihre Tasche zu packen, als Nova um die Ecke flitzte und auf sie zustürmte.

„Du warst nicht im Bus", sagte Nova.

Fee blickte auf und wirkte überrascht. Anscheinend hatte sie nicht damit gerechnet, Nova so schnell wiederzusehen. War Fee vielleicht extra nicht mit dem Bus gefahren? Wollte sie Nova aus dem Weg gehen?

„Meine Mum hat mich gefahren", sagte Fee. „Sie musste heute Morgen zum Zahnarzt und die Schule lag auf dem Weg. Das hat überhaupt nichts mit dir zu tun", fügte sie hastig hinzu, als könnte sie Gedanken lesen, und wandte sich ab.

Also doch! Nova hatte es geahnt. „Fee", sagte sie beklommen und legte ihr die Hand auf die Schulter. „Das mit gestern tut mir wirklich leid. Bitte sei nicht böse. Ich war ein Idiot. Ein Vollidiot."

Fee wühlte in ihrem Schrank, ohne sich umzudrehen.

„Ich ... ich muss dir was erzählen", redete Nova weiter. „Es ist was passiert."

Fee klappte ihren Spind zu. „Verflucht, wieso muss ich auch so neugierig sein?", murmelte sie mehr zu sich selbst. Dann sah sie Nova an. „Schieß los."

„Eine Doppelgängerin, Fee!", sagte Nova.

Fee drehte sich zu allen Seiten um. „Wo? Hier in der Schule? Ist es Miss Moore? Zweimal ertrage ich die echt nicht! Einmal reicht mir für den Rest meines Lebens."

„Nein, Fee." Nova holte tief Luft. „Ich habe heute Morgen ein Mädchen getroffen, das aussah wie ich. Das ich selbst war! Aber irgendwie anders." Nova zögerte. „Böse."
Fee klappte der Mund auf. „Erzähl mir alles!"

***

In den wenigen Minuten vor Unterrichtsbeginn quasselte Nova wie ein Wasserfall und bemühte sich, jede noch so kleine Einzelheit wiederzugeben. Sie redete so schnell, dass es ein Wunder war, dass Fee überhaupt ein Wort verstand. Sofort waren sich die beiden Mädchen einig.
„Der Anhänger muss wie ein Talisman gewirkt haben", dachte Fee laut nach. „Er hat Avon vertrieben. Du darfst ihn auf keinen Fall verlieren. Solange du ihn hast, ist alles in Ordnung. Komm nach der Schule zu mir und wir sprechen alles noch mal in Ruhe durch. Mum kommt mich abholen, dann kann sie dich gleich mitnehmen."
Nova hätte vor Dankbarkeit fast geweint. „Dann glaubst du mir also, Fee?"
„Natürlich", sagte Fee ohne Zögern.
„Danke", sagte Nova und sah Fee überglücklich an.
„Ein böser Zwilling – wie abgefahren!", meinte Fee, als die beiden entgegen allen Schulregeln durch den Gang rann-

ten, um nicht zu spät zur ersten Stunde zu kommen. „Du hast es gut, irgendwie ..."
„Na, vielen Dank auch, ich geb ihn dir gern ab!" Auf einmal musste Nova lachen. Der schwere Stein auf ihrem Herzen wurde leichter.
Was für ein Glück, dass Fee an ihrer Seite war! Bevor die beiden am Treppenhaus getrennte Wege gingen, zwinkerte Fee Nova zu. Wie eine echte Freundin.

***

Der Vormittag verging schneller als gedacht. Nova passierten keine schlimmen Missgeschicke, sie begegnete Viola kein einziges Mal und in Mathe bekamen sie Extraknobelaufgaben auf. Anscheinend war dank Fees Hilfe der Fluch tatsächlich gebrochen.
Na gut, ihre ganz normale vertraute Tollpatschigkeit war noch da, dachte Nova, als sie sich beim Mittagessen Ketchup auf die Bluse kleckerte. Zum ersten Mal saß sie nicht allein in der Mittagspause, sondern mit Fee an einem Tisch. Es war ein schönes Gefühl. Trotz Fees sonderbarer Geschichten ertappte Nova sich dabei, wie sehr sie die Gesellschaft von Fee mochte. Es war unfreiwillig komisch, wenn Fee voller Überzeugung von denselben Sachen sprach wie

Mr Stark. Wenn man diesen paranormalen Kram mal beiseiteließ, fand Nova Fees Begeisterung ziemlich ansteckend. Fee sprach voller Leidenschaft über ihre Hobbys und Nova war fast ein wenig neidisch darauf, dass Fee etwas gefunden hatte, was ihr so viel Freude bereitete.

Am Nachmittag hatte Nova Sport – der einzige Kurs neben Biologie, den sie zusammen mit Viola belegte. Sie kam absichtlich immer erst kurz vor Stundenbeginn in die Umkleide, um den fiesen Sprüchen aus dem Weg zu gehen.

Auch heute war sie die Letzte, die die Sporthalle betrat. Ihr Coach, Mr Henderson, hatte bereits einen Parcours aufgebaut. Heute war Geschicklichkeitstraining dran.

Wie Nova das hasste! Man musste alle zehn Minuten eine Station wechseln und dort unter Zeitdruck eine kleine Übung machen. Mit Grauen erinnerte sich Nova an das letzte Geschicklichkeitstraining. An dem Tag hatte Nova ihre Sportsachen vergessen und musste aus dem Fundus der Schule ein paar Klamotten ausleihen. Coach Henderson kannte kein Erbarmen und steckte Nova tatsächlich in einen pinken Sportanzug. Mit dem war sie dann volle Möhre vom Schwebebalken gekracht und Viola hatte zwei Wochen über nichts anderes gesprochen als über „das fliegende Schweinchen Nova Stark". Sie hatte gar nicht mehr aufgehört, „oink, oink" zu machen, wenn sie Nova sah.

Heute gab es keinen Schwebebalken, dafür aber genug andere Folterinstrumente. Gleich die erste Station war für Nova das reinste Grauen: die Kletterwand. Die ging bis unter die Decke und Nova mochte Höhen nicht besonders. Und natürlich brachte die Auslosung sie mit Viola und Emma in eine Gruppe und mit einem Mädchen namens Nina, das Nova nur vom Sehen kannte.
„Wir sind doch keine Affen!", beschwerte sich Viola mit schriller Stimme. „Ich weigere mich, da hochzuklettern! Das ist echt unter meiner Würde."
Ach, Viola hatte so etwas wie Würde? Nova verdrehte die Augen. Sie hatte auch keine Lust, an den Sprossen hochzuklettern, aber deshalb schob sie keinen Aufstand. Viola war echt die Prinzessin auf der Erbse. Ob sie es jemals leid wurde, sich wie eine blöde Pute aufzuführen?
„Supernova sollte allein klettern, dann haben wir hier wenigstens was zu lachen", fuhr Viola fort. „Was meinst du, Emma?"
„Gute Idee", bestätigte Emma wie ein braves Hündchen.
Viola sah abwartend zu Nina hinüber. Die sagte nichts. Sie bekam nur einen hochroten Kopf und fand ihre Schnürsenkel plötzlich interessanter als alles andere. Viola lächelte wissend und sah dann Nova an.
„Pass auf, dass du nicht wieder fällst."

Novas Hirn war ein Meister darin, Violas Sätze zu verstehen. Der Untertitel lautete: Nova, du bist zu nichts in der Lage und auch im Sport eine echte Niete.

Die Gruppe drückte sich noch ein wenig herum und hängte sich lustlos an die Wand, bis die zehn Minuten um waren und sie endlich weiterziehen durften. Beim nächsten Halt lagen Ringe in verschiedenen Größen wie kleine Inseln auf dem Boden und man musste quer durch die Halle von einem Ring zum nächsten hüpfen. Weil Nova keine Lust mehr auf Violas Gezeter hatte, ging sie als Erste an den Start. Sie schaffte es auch fast bis zum Ende. Dann aber verfing sich ihr Fuß in einem besonders kleinen Ring und sie bekam ihn nicht mehr los. Nova musste anhalten und ihn mit den Händen abstreifen. Und Viola lachte hinter ihr wie eine Hyäne.

So ging das eine Weile weiter. Novas Gruppe wechselte die Stationen. Viola und Emma taten nur so, als würden sie auch etwas machen, wenn Coach Henderson herübersah. Nina sagte kein einziges Wort. Und Viola piesackte Nova.

Je länger der Sportunterricht andauerte, umso unsicherer wurde Nova. Zuerst hatte sie Violas Sprüche noch sehr gut ausblenden können, aber allmählich setzten sie ihr zu.

Nova warf an einer Station Körbe.

„So treffsicher, wie sie Freunde hat: nämlich null."

Nova machte an einer Station Liegestütze.

„Guckt euch mal die schwache Bohnenstange an."

Nova sprang an einer Station mit dem Seil.

„Supernova ist so eine lahme Ente."

Dabei stellte Nova sich für ihre Verhältnisse gar nicht so schlecht an. Sie traf zwei Mal den Korb, sie schaffte die vorgegebenen Liegestütze in einer ordentlichen Zeit und das Seilspringen war sogar ganz spaßig – hätte Viola ihr nicht ununterbrochen im Nacken gesessen. Als sie bei der Mitte des Parcours waren, erreichte Novas Paradelauf seinen absoluten Tiefpunkt.

Die Klasse durfte eine Pause machen und jeder holte sich etwas zu trinken am Wasserspender in der Ecke der Halle. Nova stellte sich etwas abseits, als Viola von hinten in sie hineinrempelte. Der Becher ergoss sich über Novas Hose.

„Ups", machte Viola und tat erschrocken. „Ich hab dich da gar nicht stehen sehen. Das tut mir aber leid."

Nova sah entsetzt auf ihre Sporthose.

„Wir machen jetzt weiter!", rief Coach Henderson.

„Aber Coach", sagte Viola laut. „Nova kann nicht weitermachen. Sie hat ein wirklich großes Problem." Viola zog mit ihrem Gequassel alle Blicke auf sich. „Schauen Sie nur, Nova hat sich vor Aufregung in die Hose gemacht."

„Das ist Wasser", sagte Nova hastig.

„Das arme Ding!", meinte Viola und schnalzte mit der Zunge. „Hätte ich gewusst, dass meine Schönheit so einschüchternd ist, wäre ich in eine andere Gruppe gegangen. Du musst dir doch nicht vor Angst in die Hose machen, Nova. Ich bin zwar hübscher und cleverer, aber ein normales Mädchen, genau wie du."

Violas Show hielt erfolgreich den Unterricht auf. Alle starrten Nova an und sie begann, sich von Sekunde zu Sekunde immer unwohler zu fühlen. Nova wurde unter den vielen Blicken immer mulmiger zumute. Und dann sah sie im Augenwinkel etwas glitzern.

Novas Herz machte einen Satz. Oh nein. Ihr Blick schnellte hinter Violas Schulter – war das etwa eine Spur aus Silber? Nein! Verdammt aber auch, das durfte doch nicht wahr sein!

Nova stieß Viola aus dem Weg und rannte zu den Umkleiden. Sie knallte die Tür hinter sich zu, und kaum war sie allein, passierte es.

Avon kehrte zurück. Zuerst war da ein leichtes Flimmern, dann zeichneten sich Umrisse ab und – plopp! – gab es Nova Stark doppelt. Die perfekte Doppelgängerin in Sportkleidung.

„Nein, nein, nein", murmelte Nova.

„Doch, doch, doch", sagte Avon.

Nova wich von der Tür zurück.

„Das war vielleicht eine Nummer", meinte Avon. „Diese Viola ist definitiv nicht die schönste und cleverste Schülerin an der Richmond School – das bin ich, aber ihre Sprüche haben es ganz schön in sich. Ich mag sie irgendwie."

„Du – du hast das gesehen?", fragte Nova.

„Dummerchen, natürlich habe ich das gesehen!", antwortete Avon. „Ich sehe alles, was dir passiert."

„Aber wie ist das möglich?"

„Schon wieder diese dummen Fragen." Avon schubste Nova ein Stück zurück. „Du gehst mir so auf die Nerven. Ist doch kein Wunder, dass deine Eltern sich für dich schämen. Du hast den IQ eines Steins. Heute Morgen beim Frühstück waren sie einfach nur froh, mal jemand anderen am Tisch sitzen zu haben. Jemanden, der wenigstens so tut, als würde er sie verstehen."

„Meine Eltern wussten nicht, dass du da sitzt!"

„Doch, natürlich", sagte Avon und lächelte heimtückisch. „Ich bin eben die bessere Nova, schon vergessen? Nicht so ein Tollpatsch ohne Selbstbewusstsein."

Avon stieß wieder die Arme nach vorne. Dieses Mal fiel Nova hin.

„Genau. Da gehörst du hin", sagte Avon. „Du solltest mir, wie die ganze Welt, zu Füßen liegen."

Hastig griff Nova nach Fees Anhänger, und kaum, dass sie ihn zu greifen bekam, hielt sie ihn wie einen Schild hoch. „Verschwinde!", japste sie panisch. „Verschwinde, verschwinde, verschwinde!"

Avons Miene wurde finsterer. Dann lachte sie. Es war ein freudloses Lachen, das Nova durch Mark und Bein ging.

„Steck das Ding weg, Trotteline. Ich lass mich nicht noch einmal überrumpeln."

Avon wandte sich ab und riss die Tür zur Halle auf. Eilig stemmte sich Nova hoch und schlüpfte im letzten Moment durch den Türspalt hinterher.

Ihre Doppelgängerin ging zur Gruppe zurück. Diese war bereits an der nächsten Station. Nina versuchte gerade, über einen Bock zu springen, verpasste aber das Trampolin und klatschte unsanft gegen die Holzkisten.

„Ihr Kopf ist wahrscheinlich genauso hohl wie die Kisten", bemerkte Avon und stellte sich neben Viola. „Ist doch echt keine Kunst, da drüberzuspringen."

Viola sah Avon verwundert an, aber auf ihren Lippen zeichnete sich ein winziges Lächeln ab. Sie fand Avons Spruch anscheinend witzig. Doch Viola war nun einmal Viola und nahm der falschen Nova ihren abrupten Stimmungswechsel nicht ganz ab. Herausforderung lag in ihrer Stimme.

„Dann zeig doch mal, was *du* kannst, Supernova."
Avon rieb sich die Hände, als würde sie sich freuen. „Nichts leichter als das", grinste Avon. Und legte los.
Nova traute ihren Augen nicht.
In unglaublichem Tempo rannte Avon auf den Bock zu. Sie sprang auf das Trampolin, wurde hochgefedert, schwang sich elegant wie eine Turnerin über den Bock, landete auf der anderen Seite und rollte sich auf der Matte ab. Schnell war sie wieder auf den Beinen und warf lässig ihr Haar zurück – genau so, wie Viola es immer tat.
„Wow", hörte Nova Viola leise sagen.
Nova glotzte Viola an. Hatte Viola gerade so geklungen, als habe Avon sie beeindruckt? Nicht mal eine Einladung zum Tee bei der Queen persönlich würde Viola Alcott beeindrucken.
Nova musste zugeben, dass Avon wirklich allen die Show gestohlen hatte. Ein paar Schülerinnen, die zugesehen hatten, klatschten sogar.
„Danke", sagte Avon und verbeugte sich übertrieben. „Danke, danke!" Sie klang wie ein Popstar, der seine Fans grüßte.
„Nehmt euch alle ein Beispiel an Miss Stark!", brüllte Coach Henderson durch die Halle. „So wird das gemacht! Ein ausgezeichneter Sprung voller Grazie!"

Avon lächelte den Sportlehrer an. Nova stand noch immer neben Viola, unsichtbar wie eh und je. Sie fühlte sich, als habe ihr Hirn in den Leerlauf geschaltet, wie bei einem Auto, das ohne Gang nicht fahren konnte. Stocksteif stand sie da und blieb stille Beobachterin.

Avon ging zu Viola zurück und grinste verwegen. „Willst du als Nächste, Viola?"

Viola schwieg. Dass Nova das noch miterleben durfte!

„Natürlich nicht", meinte Avon locker. „Jeder hier weiß doch, dass du ein echtes Ass in Sport bist."

Viola zog misstrauisch eine Augenbraue hoch. Dann läutete ein Klingeln das Ende der Stunde ein. Avon hechelte Viola hinterher wie ein zahmes Haustier und begann, ihr Komplimente zu machen. Keine übertriebenen, sondern hier ein Satz, dort eine Frage und innerhalb weniger Augenblicke hatte Viola angebissen und war in ein Gespräch mit Avon vertieft.

Nova traute ihren Augen nicht: Avon hatte Viola Alcott an der Angel.

19 ♥

AUCH in der Umkleide musste Nova weiter zusehen, wie Avon sich mehr und mehr bei Viola einschleimte. Als sie sich umgezogen hatten, setzte sich Viola auf die Bank und wartete sichtlich genervt auf Emma und Caillie.
Avon ließ sich neben ihr nieder und verdrehte die Augen. „Eigentlich müssten die beiden auf dich warten, nicht umgekehrt", sagte sie empört. „Lahme Schnecken."
Viola nickte, sagte aber nichts dazu. Sie wirkte misstrauisch. Warum hing ihr diese Loserin auf einmal so am Rockzipfel?
Nova ballte die Hände zu Fäusten und holte Luft. Dann rief sie Violas Namen, so laut es ging. Nichts.
Niemand hörte sie. Dieser Unsichtbarkeitsmodus war echt zum Kotzen!
Nova wollte sich einen Turnschuh vom Boden schnappen, um damit nach Avon zu werfen, aber ihre Finger glitten durch ihn hindurch.

Nova fühlte sich furchtbar hilflos. Sie stapfte zu Avon hinüber und baute sich vor der Bank auf.

Avon grinste sie frech an und klimperte provozierend mit den Wimpern. „Weißt du, Viola", sagte sie dann mit samtweicher Stimme. „Du könntest doch mal was für die Schülerzeitung machen. Die ist immer so schrecklich langweilig. Wie wäre es, wenn du uns mal Modetipps gibst? Du hast so einen guten Geschmack. Ich bewundere dich ja mega dafür."

„Hör auf damit!", schimpfte Nova.

Viola seufzte. „Es ist wahr", sagte sie. „Niemand an dieser Schule teilt meinen genialen Sinn für Mode."

„So ist es", sagte Avon. „Du könntest die Stilikone der Richmond School werden, eine Moderevolution starten!"

Viola lächelte. Der Gedanke schien ihr zu gefallen.

„Stilikone", murmelte sie. „Das bin ich wirklich."

„Deine Schuhe sind auch echt der Hammer!", schleimte Avon weiter. „Wo findest du nur immer so coole Sachen?"

Nova sah automatisch auf Violas Schuhe. Es waren Stiefel, die aussahen, als hätte ihr Dad aus seinen grässlichen Anzügen einen Flickenteppich geschaffen. Richtige Frankenstein-Stiefel!

„Du bist heute so anders, Supernova." Viola musterte Avon von Kopf bis Fuß. „Was willst du von mir?"

„Ich wünschte einfach, ich wäre ein bisschen mehr wie du", setzte Avon noch einen drauf. „Du bist witzig und elegant und beliebt ... Du hast es einfach echt drauf, Viola."
Auf Violas Lippen stahl sich ein kleines Lächeln.
„Und ich bin gar nicht so ein Freak wie meine Eltern", meinte Avon. „Ganz ehrlich, die gehören in die nächste Klapse."
„Hör sofort auf damit!", schrie Nova und starrte Avon finster an. Wenn einer sich über ihre Eltern lustig machen durfte, dann war sie das! Und Nova würde niemals im Leben etwas so Gemeines sagen.
Avons Grinsen wurde nur breiter, als sie Nova ansah. „Es ist schlimm, wie die sich aufführen. Ich könnte dir da Geschichten erzählen", säuselte sie hämisch. „Ich glaube echt, ich wurde in dieses Irrenhaus adoptiert."
„Du kannst einem leidtun", sagte Viola und klang fast so, als würde sie es auch so meinen. „Die gehören echt in die nächste Klapse", plapperte sie nach. „Schon allein, was dein Dad immer anhat. Das ist strafbar!"
Avon lachte. „Ich sage dir, die Leute brauchen eine Stilikone wie dich. Erst die Schule, dann der Rest der Stadt und danach die ganze Welt."
Ach du Scheiße, dachte Nova, war das dick aufgetragen! Viola jedoch schien das nicht zu stören. Im Gegenteil, die

olle Trulla badete in Avons Komplimenten und ihre Miene wurde von Sekunde zu Sekunde eingebildeter.

„Es reicht! So was würde ich nie sagen!", protestierte Nova heftig. Ihre Finger suchten nach dem Anhänger um ihren Hals. „Du benimmst dich lächerlich, wie ein blöder Schoßhund!" Sie drückte den Anhänger ganz fest.

Avon hörte auf zu grinsen. Sie öffnete den Mund, sagte aber nichts. Natürlich – sie wollte nicht, dass Viola dachte, sie würde mit sich selbst sprechen!

„Du bist eine blöde Doppelgängerin, nur eine Kopie", sagte Nova entschlossen. „Verschwinde, Avon. Geh!"

Der Anhänger drückte sich tief in Novas Haut, so fest hielt sie ihn nun umklammert. Avon sah immer grimmiger aus, aber Nova versuchte, so energisch es ging, zurückzustarren. Niemand konnte sie sehen oder hören. Was hatte sie schon zu verlieren?

Nova hätte Viola am liebsten noch ordentlich gegen das Schienbein getreten, aber die würde das ja leider nicht spüren. Sie musste sich ganz fest auf ihre Doppelgängerin konzentrieren.

Nova hielt Fees Anhänger empor, schloss die Augen und schrie nun, so laut sie konnte: „ICH WILL, DASS DU SOFORT VON HIER VERSCHWINDEST! JETZT! WEG HIER!"

Als Nova die Augen wieder öffnete, war Avon weg. Nur noch ein leichtes Glitzern in der Luft verriet, dass es sie eben wirklich gegeben hatte.
Und Viola glotzte Nova verdattert an. Auch die anderen Mädchen tauschten verwunderte und belustigte Blicke.
„Jetzt? Weg hier?", wiederholte Viola.
Mist! Sie hatten die letzten Worte gehört.
„Und du sagst, du bist kein Freak?" Viola stand auf. „Du solltest dir in der Klapse gleich ein Zimmer neben deinen Eltern reservieren lassen, Supernova."
Ein paar Mädchen kicherten.
Viola schnippte mit dem Finger. „Emma! Caillie!" Violas Freundinnen packten hastig ihren Kram zusammen, um ihrer Anführerin zu folgen. Die steuerte die Tür an. „Wir gehen jetzt, und zwar sofort. Bevor ich noch mehr Freak-Luft einatmen muss und mir etwas einfange."
Mit hämmerndem Herzen starrte Nova ihr nach.
„Alles okay, Nova?", fragte irgendjemand.
Okay? Nein! Nichts, aber auch gar nichts war okay!

***

Nova hastete den Flur hinunter und atmete erleichtert aus. Gott sei Dank: Ihre Freundin stand bei ihrem Spind.

Nova kam atemlos vor ihr zum Stillstand.

Fee runzelte die Stirn. „Ich habe gerade ein Déjà-vu", sagte sie belustigt.

„Mensch, Fee!", keuchte Nova. „Sie ist wieder da gewesen! Die Doppelgängerin von heute Morgen war da!"

Fee machte große Augen. „Sie ist hier? In der Schule?"

Nova schüttelte den Kopf. „Nein, nicht mehr."

„Wir müssen ganz schnell zu mir", meinte Fee. „Und so schnell wie möglich unsere Krisensitzung abhalten."

Vor dem Gebäude wartete schon Mrs Banks in einem blauen Ford. Als sie Fee und Nova erblickte, kurbelte sie das Seitenfenster herunter und winkte. Die Mädchen stiegen auf den Rücksitz und schnallten sich an.

Mrs Banks sah Fee sehr ähnlich, wie Nova feststellte, das gleiche runde, freundliche Gesicht und lange schwarze Haare. Sie trug einen weißen Schwesternkittel mit Namensschild. Nova erinnerte sich: Mrs Banks arbeitete am Empfang des Krankenhauses.

„Hallo! Du musst Nova sein! Freut mich sehr!" Fees Mutter zwinkerte ihr im Innenspiegel des Autos verschwörerisch zu.

Noch so eine Sache, die Mutter und Tochter gemeinsam hatten: Sie sprachen beide total aufgedreht. Nova lächelte schüchtern zurück.

„Das war heute vielleicht ein Tag", plauderte Mrs Banks drauflos. „So viel zu tun! Wie war es in der Schule, Spätzchen? Wie lief denn dein Mathetest?"
Fee sah zu Nova und machte ein Würgegeräusch. „Ganz prima, Mum", log sie. „Alles wie immer." Dabei zog sie sich einen Finger über die Kehle, als wäre sie ein Pirat, der jemanden abmurksen wollte. Der Test war wohl schlecht gelaufen.
„Na bitte. Puh, ich weiß noch, wie ich mich damals gequält habe. Wir hatten diese schreckliche Lehrerin …"
„Sie leidet unter dem Quasseltanten-Syndrom", flüsterte Fee Nova zu. „Da müssen wir jetzt durch."
Und Mrs Banks plapperte weiter. Sie erzählte von ihrer Schulzeit, von der Arbeit, beschwerte sich über den Verkehr und dann begann sie, Nova auszuquetschen.
„Was machen denn deine Eltern so, Nova?"
„Manchmal … machen sie Kuchen", sagte Nova. Lahm, dachte sie im selben Moment.
„Das meinte ich nicht, sondern …"
„Mum, hör auf, Nova so was zu fragen!", meinte Fee. „Wir sind hier doch nicht beim FBI!"
„Ich wollte nur etwas über ihre Eltern erfahren, Felicitas", meinte Mrs Banks. „Das machen Eltern so. Also wirklich, Kinder!"

„Sie sind viel berühmter als du, deshalb willst du das gar nicht wissen", meinte Fee. An Nova gewandt sagte sie: „Besser, sie weiß es nicht, sonst hört sie gar nicht mehr auf zu reden. Die reinste Folter."
„Ihr seid euch schon ähnlich", flüsterte Nova.
„Was? Niemals!", sagte Fee energisch.
„Was passiert niemals?", fragte Mrs Banks.
Nova und Fee sahen sich an und begannen zu lachen.

***

Wenig später hingen Nova und Fee in Fees Zimmer ab und grübelten über allerlei Theorien nach. Nova saß auf Fees Schreibtischstuhl und Fee hatte es sich auf ihrem Bett gemütlich gemacht. Sie waren nicht besonders weit gekommen.
Nova rieb sich die Schläfen und seufzte zum gefühlt hundertsten Mal.
„Also, was ich nicht verstehe …" Nova inspizierte den Anhänger bis ins kleinste Detail. „Ich habe Avon zweimal damit vertrieben. Aber einmal hat es nicht geklappt."
Fee nahm sich ein Kissen und begann an den Fransen zu nesteln. „Avon", grummelte sie. „Was ist das überhaupt für ein komischer Name?"

„Das ist doch egal", meinte Nova. „Ich will sie nicht noch mal sehen, Fee."

„Doppelgängerin", nuschelte Fee nachdenklich. „Sekunde mal! Jetzt weiß ich, warum sie Avon heißt."

„Weil A für Absolut-doof steht?", fragte Nova.

Fee rollte sich aus dem Bett und schnappte sich Notizbuch und Stift. Dann kritzelte sie A-V-O-N in Großbuchstaben auf eine Seite.

„Darauf hätte ich gleich kommen müssen", rügte Fee sich selbst. „Ist ein Rätsel für Babys. Schau."

Fee schrieb erneut etwas auf. Anschließend hielt sie Nova das Notizbuch entgegen. Der blieb die Spucke weg, als sie sah, was Fee herausgefunden hatte.

A-V-O-N gleich N-O-V-A.

Ihr eigener Name ergab rückwärts den von Avon.

„Fee, das ist mir alles viel zu unheimlich."

„Logisch, oder? Sie ist schließlich dein böser Zwilling", meinte Fee. „Mein böser Zwilling würde dann EEF heißen. Kein Wunder, dass ich keinen habe! Klingt bescheuert!"

„Fee!", sagte Nova.

„Eef, eef! Wie eine Babyrobbe!"

„Feeeee!", sagte Nova wieder. Es war manchmal echt anstrengend, mit ihr zu reden.

„Ist ja gut." Fee blätterte nachdenklich in ihrem Notizbuch.

„Vielleicht habe ich etwas übersehen. Mach mal Platz." Sie verscheuchte Nova vom Schreibtischstuhl und schaltete ihren Laptop an. Nova sah zu, wie Fee unzählige Dokumente öffnete und sie dann mit ihrer Kritzelei aus dem Notizbuch verglich. Für ein paar Minuten stand Nova einfach nur daneben.

Es klopfte an der Tür und Mrs Banks kam herein.

„Ach, Fee!", meckerte sie los. „Kannst du das Ding denn nicht mal auslassen, du hast Besuch ..."

„Wir machen Hausaufgaben", log Fee aalglatt.

Mrs Banks zog skeptisch eine Augenbraue hoch.

„Wichtige Hausaufgaben", ergänzte Fee. „Über die dezimale Analyse von Zahlen im sechzehnten Jahrhundert zur Zeit der Brotknappheit von Königin Butterblume."

„Sehr glaubhaft", meinte Mrs Banks und seufzte. „Ich wollte eigentlich nur fragen, ob du zum Essen bleibst, Nova. Du kannst auch gern unten deine Eltern anrufen."

„Sie bleibt", beschloss Fee sofort.

„Ich würde gerne bleiben, danke", sagte Nova und lächelte Mrs Banks zu. „Ich rufe von meinem Handy an."

„Der Spiegel!", schrie Fee und sprang auf.

„Hat Prinzessin Butterblume jetzt auch noch ihren Spiegel verloren?", fragte Fees Mutter belustigt.

„Nova", meinte Fee eindringlich, ohne auf ihre Mutter zu

achten, „der Spiegel ist doch zerbrochen, vielleicht war das unser Fehler."

„Aber", Nova überlegte, „hätte dann nicht sofort etwas passieren müssen?"

Fee ignorierte ihren Einwand. „Mum, wo ist der Spiegel?"

„Wovon sprichst du bitte, Felicitas?"

„Der kaputte Spiegel aus meinem Zimmer."

„Im Müll, wo sonst?"

„In welchem Müll?"

„Schatz, der wurde heute Morgen abgeholt", sagte Mrs Banks. „Ich kaufe dir einen neuen, wenn du willst."

Fee schüttelte den Kopf und setzte sich wieder an den Schreibtisch. „Verdammt."

„Das Essen ist bald fertig", sagte Fees Mutter trocken und ging.

„Fee, hast du den Verstand verloren?", fragte Nova.

Fee hackte wie eine Besessene auf der Tastatur herum. Nova blickte ihr über die Schulter. Fee hatte ihren Blog geöffnet und tippte, ohne ein Wort zu sagen, bis sie fertig war.

„Ich habe mir alle Schritte angeschaut", sagte Fee dann. „Bis auf den kaputten Spiegel fällt mir nichts ein."

„Und was hast du auf deinem Blog gemacht?"

„Einen Post geschrieben. *Hilfe gesucht! Antifluchzauber schiefgelaufen.*" Sie verschränkte die Arme und starrte auf den Bildschirm. „Wir brauchen Hilfe. Und auf Fee-tastisch sind eine Menge Experten unterwegs."

Experten wie du, dachte Nova leise und seufzte wieder.

Es dauerte tatsächlich nicht lange, bis die ersten Kommentare kamen.

Wald_Hexe: Ich wurde vor kurzem verflucht. Hab im Supermarkt einer alten Dame die letzte Dose Bohnen vor der Nase weggeschnappt. Mir nichts dabei gedacht. Die Frau meinte noch, das würde ich bereuen. Und dann fing die Sache mit dem Pech an. Hab gelesen, dass es hilft, wenn man ein Opfer darbringt, also hab ich in den Garten eine Bohnenranke gepflanzt. Das Pech hat aufgehört, aber ich fürchte, die Hexe kommt eines Tages aus dem Wolkenreich, um mich zu holen.

Nova runzelte die Stirn. Hatte sie die Story nicht schon mal gelesen? Da wollte sich wohl jemand besonders wichtig machen. Überhaupt nicht hilfreich!

MagicMandy: Doppelgänger? Ich habe gehört, dass man sterben muss, wenn man seinem begegnet. Bist du ein Geist? Könnten wir uns mal treffen. Ich mag Geister.

Fee scrollte im Post weiter nach unten.

GhostGirl: Mit Geistern kenne ich mich bestens aus und die chatten garantiert nicht! Was euer Problem angeht, sage ich nur eins: Kreuzungszauber. Drachenblut mit Eisenkraut mixen und damit einreiben.

Nova schnaubte. „Drachenblut?"
„Drachen sind hier in der Gegend leider ausgestorben", meinte Fee, die das alles wesentlich ernster nahm.
„Ach wirklich?"
Fee begann, alle paar Sekunden die Seite zu aktualisieren, aber es gab keine neuen Kommentare. Die Mädchen warteten und warteten.
Vergeblich.

∗∗∗

Fee hatte den Post x-mal aktualisiert, als Mrs Banks die Freundinnen zum Essen herunterrief.
Mutlos setzten sich die zwei in Bewegung und so sah keine von ihnen, dass ein neuer Kommentar aufblinkte.

Das_mysteriöse_M: Das klingt sehr verzwickt, ihr beiden! Ich drücke euch die Daumen. Wenn ich euch einen Tipp geben darf: Bleibt jetzt vor allem ruhig. Manchmal liegt die Lösung so klar vor einem, dass man sie vor lauter Aufregung übersieht. Ein ruhiger Verstand hilft. Noch etwas: Mit einem Doppelgänger ist nicht zu spaßen. Eines muss euch klar sein: Auf Dauer kann nur eine bleiben. Verliert nicht zu viel Zeit. Viel Erfolg!

20

ES kann nur eine bleiben.
Den ganzen Freitagmorgen ging Nova der Satz nicht aus dem Kopf.
Nur eine.
Vor ein paar Minuten hatte es zur Pause geläutet, aber Nova blieb einfach sitzen. Ihr war nicht nach Gesellschaft zumute.
Unentwegt starrte sie den Anhänger an. War er nun magisch oder nicht? Besser wäre es, denn er war, wie es aussah, ihre einzige Waffe.
Nova blieb nicht lange allein im Biologieraum.
Viola und ihre Freundinnen kamen schnatternd herein und ließen sich auf ein paar Plätzen an der Fensterfront nieder. Zum Glück hatte sie sich nach dem Unterricht in eine der hinteren Reihen gesetzt. Und Nova wusste sofort, warum die drei Mädchen heute drinnen blieben, statt in die Cafeteria zu gehen. Vor dem Fenster hatten gerade ein

paar Jungs angefangen, Fußball zu spielen – darunter auch Leo. Oh – Novas Herz machte einen Sprung – und Fitz war ja auch dabei!

Wenn das mal keine fantastische Aufmunterung war. Sie konnte die ganze Pause lang Fitz zusehen, wie er wagemutig den Ball an sich nahm und hin und her fitzte, äh, flitzte. Nova hätte es zwar noch besser gefallen, wenn er sich einfach still hingestellt hätte, damit sie ihn wie eine Wachsfigur bei Madame Tussauds anstarren konnte, aber so war es auch schon ganz schön gut.

Innerlich war sie ganz aufgeregt. Mit den Augen verfolgte sie Fitz' Spielzüge und lächelte in sich hinein. Viola konnte von Leo schwärmen, so viel sie wollte, aber Fitz war einfach der Beste! Er war schneller als alle anderen zusammen.

Die Jungs hatten als provisorisches Tor zwei Kisten aufgestellt und Fitz landete einen Treffer. Der Ball flog im großen Bogen durch die Luft und Leo, der im Tor stand, hatte gar keine Chance, ihn auch nur mit den Fingerspitzen zu berühren. Nova hielt den Atem an. Fitz begann zu lachen und sogar durch die geschlossenen Fenster hörte er sich dabei wundervoll an.

Nova seufzte. Es war eine gute Entscheidung gewesen, hier zu bleiben. Viola beachtete sie zum Glück gar nicht. Sie war damit beschäftigt, ihre Party zu planen. So laut, wie sie sprach, hätte man meinen können, sie wollte, dass auch die Schulkinder in Afrika sie noch hören sollten, um vor Neid zu erblassen. Natürlich waren nur die Coolsten der Coolsten eingeladen. Was auch sonst, also bitte? Viola Alcott, Leute! Die Stilikone der Schule!

Nova schnaubte leise. Wie kam Avon auf so einen Mist? Sie stellte eines ihrer Schulbücher als Sichtschutz auf. Jetzt hörte sie Viola zwar immer noch, aber zumindest sah sie die Zimtziege nicht mehr. Ob es unter Zerstörung von Schuleigentum fiel, wenn sie sich Seiten aus dem Buch in die Ohren stopfte? Das hier war immerhin ein Notfall.

„Es kommt sogar ein DJ", sagte Viola gerade. „Natürlich nur das Beste vom Besten. Der legt normalerweise nur für echte Stars auf. Mein Dad kennt halt viele wichtige Leute! Ich überlege schon, welche Lieder er spielen soll. Schließlich soll alles perfekt werden. Genauso perfekt, wie ich es bin."

Nova spähte über den Rand ihres Buches. Das hatte sie jetzt nicht gesagt, oder? Stieß Viola sich jedes Mal den Kopf, wenn sie morgens in den Wagen ihrer Eltern stieg, oder wie kam sie auf solche Sprüche? Viola saß auf einem Pult und hatte die Beine übereinandergeschlagen. Lässig warf sie das Haar zurück und rekelte sich, als würden jeden Moment Fotografen aus irgendeiner Ecke springen.

„Ach, dein Geburtstag wird super!", hauchte Emma.

„Das wird der Hammer!", rief Caillie. „Erzähl doch mal: Wer ist eingeladen?"

„Also Leo auf alle Fälle", meinte Viola. Sie rutschte vom Tisch und öffnete eines der Fenster. „Seht ihn euch doch an! Er ist einfach der perfekte Junge für mich."

Heute war ja so einiges perfekt, dachte Nova und gab unfreiwillig ein genervtes Schnauben von sich. Sofort schossen Violas Augen wie zwei Suchscheinwerfer durch die Klasse und blieben bei Nova hängen. Oh nein!

„Hast du was dazu zu sagen, Freakshow?" Viola verschränkte die Arme vor der Brust. „Wo glotzt du da überhaupt hin? Etwa zu meinem Bruder? Träum weiter."

Nova klappte ihr Buch zusammen und wollte wortlos den Raum verlassen, aber Viola ließ sie nicht vorbei. Nova hatte das Gefühl, Viola durchbräche in letzter Zeit immer schneller ihren dünnen Schutzpanzer. Wahrscheinlich schwächte sie die Avon-Sache auch noch irgendwie, denn Nova fühlte sich fast noch hilfloser als sonst. Und tief in ihrem Inneren wusste sie nicht, wovor sie mehr Angst hatte – vor Violas Spott oder dem erneuten Auftauchen ihrer Doppelgängerin.

„Bist du Loserin etwa in Fitz verknallt?"

„Bin ich nicht", antwortete Nova mühsam.

„Ach, und wieso nicht? Ist er dir nicht gut genug?"
„Doch natürlich, Fitz ist super."
„Also bist du doch in ihn verschossen!"
Nova biss sich auf die Lippe.
„Leute, Supernova steht auf Fitz!"
Auf einmal bekam Nova schrecklichen Schluckauf und traute sich gar nichts mehr zu sagen. Viola drängte sie weiter zurück, beugte sich vor und lächelte. Für Nova sah es aus, als würde ein Wolf die Zähne blecken.
„Dann sagen wir es ihm besser mal, oder?"
Viola wirbelte herum und ging zum offenen Fenster.
Sie würde doch nicht wirklich ...
Alles in Nova gefror zu einem Eiskristall. Oh nein!
Nein, nein, nein!
„Hey, Fitz!", rief Viola mit zuckersüßer Stimme.
Nova wandte sich zur Tür, als sie wieder die silberne Spur sah. Sie führte nicht aus dem Raum heraus, sondern machte einen Bogen – hinter sie? Erschrocken drehte Nova sich um und sah Avon. Der Wechsel zwischen ihr und der Doppelgängerin war so schnell passiert, dass Nova gar nicht wusste, wie ihr geschah. Hicksend stolperte sie zurück, bis sie mit dem Rücken zur Wand stand.
Avon warf ihr einen kurzen Blick zu, dann stellte sie sich neben Viola ans offene Fenster. Fitz war dem Ruf seiner

Schwester gefolgt. Nicht nur er, sondern auch Leo und ein paar der anderen Jungs.

„Was gibt es denn?", fragte Fitz.

„Ja, was steht an?", meinte Leo.

Viola sah Leo einen Moment ganz verträumt an und klimperte auffällig mit den Wimpern. Dann deutete sie auf Avon und hatte sofort ihre freche Klappe zurück.

„Die da wollte Fitz etwas sagen", meinte Viola. „Ist eine megapeinliche Sache, ihr werdet euch totlachen."

Nova wand sich gequält. Wenigstens bekam diesmal Avon die volle Breitseite ab. Selbst schuld!

Alle Augen richteten sich auf Avon.

Die aber grinste nur. „Das Einzige, was hier peinlich ist: wie du über den ganzen Hof brüllst", sagte sie selbstbewusst. „Was bist du? Eine Sirene?"

Fitz, Leo und die anderen begannen zu lachen.

„Die ist voll in dich verknallt!", kreischte Viola wütend und zeigte anklagend auf Avon. Doch Novas Doppelgängerin wurde nicht rot wie eine Tomate, sondern lächelte nur äußerst charmant und seufzte.

„Mensch, Vio, du musst doch nicht immer von dir selbst auf andere schließen. Alles, was ich liebe, ist ein gutes Spiel und das habt ihr abgeliefert." Avon machte eine wirkungsvolle Pause. „Danke, Jungs. Eure Mannschaft ist einfach

verdammt gut. Besonders Leo und Fitz." Jetzt blickte Avon speziell Fitz an. „Echt beeindruckend."
Fitz guckte ganz verdattert aus der Wäsche. Sein Kumpel Leo grinste und gab Avon als Erster eine Antwort. „Weißt du, was ich beeindruckend finde? Ein Mädchen, das kein Blatt vor den Mund nimmt. Echt cool. Warst du schon mal bei einem unserer Spiele?"
Viola klappte der Unterkiefer herunter.
Und Nova ging es nicht anders. Sprachlos sah sie Avons Auftritt zu.
„Klar", log Avon dreist. „Letztes Wochenende erst."
Leo wollte darauf etwas sagen, aber Viola konnte nicht länger zusehen, wie Avon ihr die Show stahl. Sie drängte sich nach vorne. „Ich bin immer da", sagte Viola. „In der ersten Reihe und bei jedem Spiel. Ich liebe Fußball, Leo!"
„Nicht so sehr wie dich selbst", sagte Avon halblaut.
Alle hatten es gehört. Die Bemerkung saß.
Viola bekam tatsächlich rote Wangen, und als Fitz laut zu lachen begann und seine Freunde mit einstimmten, verlor sie fast die Beherrschung. Aber bevor ein wilder Kampf zwischen Avon und Viola ausbrach, änderte sich die Situation schlagartig.
Leo legte einen Arm um Fitz. „Die Freundin deiner Schwester ist echt witzig!"

„Ja, Nova, deine Sprüche sind echt lustig."
Avon drehte sich zur Seite und Nova konnte ihr Gesicht nicht mehr sehen. Viola war plötzlich wie ausgewechselt. Sie fasste nach Avons linker Hand.
„Genau, wir sind Freundinnen", sagte Viola. „Sogar beste Freundinnen. Wir sind beide echte Witzbolde."
Nova kam aus der Ecke des Klassenzimmers hervor. Sie würde nicht noch mal zulassen, dass Avon Viola vollschleimte wie eine Schnecke. Die Szene nach dem Sportunterricht war Horror genug gewesen.
„Ich freue mich auch voll auf Vios Party!", sagte Avon jetzt. „Das wird vielleicht ein Spaß! Es kommt sogar ein DJ. Ihr seid doch auch alle dabei, oder?"
„Wenn Viola uns einlädt", sagte Leo und zwinkerte Viola zu. Viola nickte heftig, sagte aber kein Wort.
„Ich bin so oder so eingeladen", meinte Fitz. „Schließlich wohne ich im gleichen Haus."
Genug! Avon würde nicht mit Fitz flirten, ehe Nova die Chance dazu hatte. Vorher musste erst die Hölle zufrieren. Nova trat hinter Avon und klopfte ihr auf die Schulter, doch diese drehte sich nicht um.
„Ich weiß echt nicht, wie oft ich dir noch sagen muss, dass du dich verziehen sollst", meinte Nova, so eisig sie konnte. „Aber das hier ist mein Leben, nicht deins." Sie pack-

te Avon erneut an der Schulter. Da fiel ihr etwas auf. Sie konnte Avon anfassen. Sie war in der Lage, ihre Doppelgängerin zu berühren!

Mit einem Ruck zog sie Avon nach hinten und die stolperte rückwärts. Viola ließ Avons Hand los, aber sie interessierte sich gerade sowieso nicht mehr für Avon, weil Leo sie etwas zur Party fragte.

Nova starrte Avon nieder, und ehe sie sich's versah, war die Doppelgängerin wieder fort. Wie ein Fleck, den Nova mit bloßem Willen fortgewischt hatte. Das war seltsam! Zuvor hatte sie viel mehr kämpfen müssen, um Avon zu vertreiben. Wer war eigentlich die Schwächere von ihnen beiden?

Nur eine kann bleiben.

Eine Welle tiefer Freude rauschte durch sie hindurch.

„Nova, alles okay bei dir?"

Nova drehte sich um und sah Fitz an. „Ich dachte nur, ich hätte etwas gesehen."

Sie hatte gerade mit Fitz Alcott gesprochen!

„Was denn, einen Geist oder so?", fragte Fitz.

„Wenn du wüsstest", murmelte Nova.

„Du kennst bestimmt einige coole Geschichten, oder? Bei deinen Eltern", meinte Fitz belustigt. „Muss lustig sein mit zwei Verrückten. Hast du daher so einen guten Sinn für Humor?"

„Etwas anderes bleibt mir nicht übrig."
„Klar, verstehe", sagte Fitz. „Meine Eltern sind todlangweilig. Spannend wird es für mich nur am Wochenende."
„Beim Fußball?"
Fitz grinste. „Ich liebe es." Dann zögerte er. „Kommst du übermorgen zu unserem Spiel? Wir werden so was von gewinnen!"
Die Begeisterung in Fitz' Augen war ansteckend.
„Würde ich sehr gerne", sagte Nova leise.
„Dann sehen wir uns dort."
Fitz schenkte Nova ein Lächeln. Nova lächelte zurück. Sie kniff sich in den Arm, um zu überprüfen, ob sie träumte – tat sie nicht. Fitz hatte sie eingeladen! Danke, Avon, dachte Nova sich und lächelte breiter.
Dann begann Viola herumzukreischen. „Die Pause ist gleich zu Ende, wir müssen noch so viel planen. Emma, Caillie, Nova – sofort!"
Nova sah Viola unsicher an. „Ich auch?"
„Wir sind doch jetzt beste Freundinnen."
Nova kniff sich zur Sicherheit ein zweites Mal.
Nein. Das hier war wirklich kein Traum. Wow.

… 21

Am Samstagmorgen wachte Nova schon mit guter Laune auf. Fröhlich sprang sie aus dem Bett. Seit Fitz sie gestern zum Fußballspiel eingeladen hatte, fühlte Nova sich so glücklich und stark, dass sie sich gar nicht vorstellen konnte, dass jemals wieder etwas schiefgehen könnte. Morgen Fußball mit dem süßesten Typen der Welt und gleich eine Verabredung mit ihrer besten Freundin – das Leben konnte so wundervoll sein!
Vergessen waren der Fluch und Avon und alle Missgeschicke – bis Nova die letzten Stufen der Treppe herunterpurzelte. Stöhnend rieb sie sich die angestoßene Schulter. Was soll's, dachte sie, ist nur ein blauer Fleck.
In dem Moment kam ihre Mutter zur Tür herein. „Hallo, du kleiner Tollpatsch", begrüßte sie ihre Tochter und half Nova auf. Sie hatte frische Brötchen unter dem Arm. „Hast du dir wehgetan?"
„Alles noch dran." Nova winkte ab.

„Schläft dein Dad noch?" In dem Moment drang sein lautes Schnarchen bis nach unten. Sie lachten.
„Er hat die ganze Nacht durchgearbeitet – wegen der Homestory." Novas Mutter zwinkerte ihr zu. „Wollen wir zusammen frühstücken, ehe er aufwacht und uns alles wegisst? Ich hab Muffins dabei!"
„Dann muss es aber schnell gehen, Mum", sagte Nova und schnappte sich die Brötchentüte. „Ich gehe gleich zu Fee, weißt du noch? Und nicht vergessen, dass ich bei ihr übernachte."
„Ich vergesse nie etwas, Nova."
„Doch, immer. Nachher rufst du noch die Polizei, weil du denkst, mich hätte ein Werwolf entführt."
„Über so etwas macht man keine Witze." Mrs Stark setzte eine ernste Miene auf. „Kennst du nicht die Geschichte von dem armen kleinen Jungen aus ..."
„Mum, nicht schon wieder", unterbrach Nova sie. „Keine komischen Geschichten beim Frühstück!"
Seufzend ging Mrs Stark in die Küche.
Und Nova biss herzhaft in einen Muffin. Na also. Ging doch!

***

Nova verbrachte den ganzen Tag mit Fee. Genau so etwas hatte sich Nova immer gewünscht – einen richtigen Freundinnen-Tag. Fee benahm sich zwar immer mal wieder echt seltsam, aber Nova versuchte, sich nicht daran zu stören.
Zuerst schlichen sie sich in einen fiesen Gruselfilm ab 16. Nova musste sich die ganze Zeit über die Augen zuhalten. Sie hielt die Spannung einfach nicht mehr aus. Zur Wiedergutmachung durfte Nova als Nächstes bestimmen, wo es hinging.
„Ins Einkaufszentrum", entschied sie und grinste Fee breit an. „Shopping time."
Sie holten sich ein Eis und zogen von einem Laden zum anderen. Nova hatte sich ein Herz gefasst und Fee erzählt, was Fitz ihr bedeutete – na ja, zumindest hatte sie es angedeutet. Und nun zerbrachen sich beide Mädchen den Kopf darüber, was Nova am nächsten Tag zum Fußballspiel anziehen sollte.
Fees Tipps waren nicht sehr hilfreich. Immer wieder zog sie begeistert irgendetwas Schwarzes von einer Stange und wedelte damit herum.
„Wie oft denn noch: Ich gehe doch nicht auf eine Beerdigung", sagte Nova und schüttelte den Kopf.
Fee hängte das Kleid bedauernd weg. „Und wie wäre es damit?"

Nova schrie entsetzt auf. Das Kleid, auf das ihre Freundin deutete, war zwar nicht schwarz, dafür aber superscheußlich. Gelb mit grünen Streifen und dem Aufdruck einer Giraffe vorne. Wer dachte sich denn so was aus?
Nova zog eine Grimasse und Fee lachte sich schlapp.
Eine Weile machten sich die beiden einen Spaß daraus, die hässlichsten Klamotten aus dem Laden zusammenzusuchen und in den wildesten Kombinationen anzuprobieren. Irgendwann hatte die Verkäuferin genug von dem Chaos, das die beiden in den Umkleidekabinen anrichteten, und scheuchte sie aus dem Geschäft.
Nachdem sie durch das gesamte Einkaufszentrum gegangen waren, hatten Nova und Fee nur eine einzige Sache gekauft. Eine Freundschaftskette, von der jede eine Hälfte behielt und die im Ganzen ein kleines Herz bildete.
Später am Abend, als beide schon in ihren Pyjamas steckten, saßen sie auf Fees Bett in eine dicke Decke eingekuschelt und unterhielten sich im Flüsterton.
„Meine Mum ist so neugierig, die lauscht bestimmt", nuschelte Fee. „Und dann erzählt sie alles meinem Dad."
„Hast du denn oft Besuch?", fragte Nova.
Fee antwortete nicht sofort. „Nein", flüsterte sie.
„Ich auch nicht", flüsterte Nova zurück. Sie zögerte. „Meine Eltern sind mir zu peinlich, Fee. Und außerdem ..."

„Es ist gar nicht so leicht, echte Freunde zu finden." Fee sah Nova von der Seite an. „Dabei wollte ich immer eine beste Freundin haben, die mich versteht."

„Mir geht es ganz genauso", murmelte Nova.

Für ein paar Minuten saßen sie einfach nur da.

„Ich hab eine Idee!", sagte Fee und setzte sich auf. „Wir sind doch jetzt Freundinnen und Freundinnen erzählen sich gegenseitig alles. Du hast mir die Sache mit deinem bösen Zwilling gesagt ..."

„... und mit Fitz!", unterbrach Nova sie.

„Und mit Fitz ...", Fee grinste, „... also erzähle ich dir mein Geheimnis. Du musst schwören, es für immer für dich zu behalten, Nova. Als Freundschaftsbeweis."

Fee hielt Nova den kleinen Finger hin. Nova hakte ihren kleinen Finger bei Fee ein, um den Schwur zu besiegeln.

„Ich schwöre es hoch und heilig."

Fee holte tief Luft. „Es gibt etwas, wovor ich Angst habe. Ich bin zwar eine Expertin, aber einen großen Schwachpunkt habe ich. Mein Kryptonit sozusagen."

„Dein was?", fragte Nova verwirrt.

Fee sah sie irritiert an. „Kryptonit? Supermans größte Schwäche? Ach, egal." Sie atmete tief durch und sah Nova direkt in die Augen: „Ich habe Angst vor Schlangen", sagte Fee. „Nicht nur vor Schlangen, sondern auch vor Regenwürmern und all so etwas. Allein bei dem Gedanken muss ich mich schütteln." Fee streifte sich nervös das Haar hinter die Ohren. „Du findest das bestimmt lächerlich und total dumm, aber ich hasse die Dinger wie die Pest und kriege Panik, wenn ich nur ein Bild von diesen Viechern sehe."

„Das ist gar nicht lächerlich und dumm", antwortete Nova ernst. „Jeder hat vor irgendwas Angst. Ich verstehe das gut."

Nova und Fee sahen sich lange an und ein warmes Gefühl breitete sich in Novas Bauch aus. Fee vertraute ihr und sie vertraute Fee.

Ja, Nova hatte eine Freundin gefunden. Eine verrückte Freundin, aber eine, mit der sie lachen konnte. Sie würde Fees Geheimnis sicher verwahren.

Bevor Nova an diesem Abend einschlief, dachte sie daran, dass das Übernatürliche nicht nur schlecht war.

Immerhin hatte es sie mit Fee zusammengebracht.

22

AM Sonntagnachmittag machten Nova und Fee sich auf den Weg zum Fußballspiel. Nova wusste gar nicht, wann sie zuletzt so gut gelaunt gewesen war. Die ganze Busfahrt über witzelten die beiden Mädchen herum und Nova malte sich aus, was sie sagen würde, wenn sie Fitz wiedersah. Mit ihm zu sprechen, war gar nicht so furchtbar schwer, wie sie es sich vorgestellt hatte. Sie hatte Fee als Unterstützung dabei und Viola war jetzt sicher netter zu ihr, wo sie glaubte, dass die Jungs Nova cool fanden.
Bei der Schule angekommen, gingen Nova und Fee zum Sportplatz und suchten sich einen Platz auf der Tribüne. In der Mitte waren einige Sitze frei, von denen aus man das Feld gut überblicken konnte. Nova dachte an das letzte Wochenende zurück, als sie ganz allein hier gewesen war und sich nicht einmal näher ans Feld herangetraut hatte. Kaum zu glauben, dass das erst eine einzige Woche her war!

Wie anders jetzt alles war! Dank Fee hatte Nova keine Sekunde nachgedacht, sondern sich einfach wie jeder andere Schüler einen Platz gesucht.

„Ich hab echt keine Ahnung von Fußball", murmelte Fee, als das Spiel anfing. Die beiden Mannschaften stellten sich auf dem Feld auf. Dann traten die Mannschaftskapitäne vor und schüttelten sich die Hand. Novas Augen klebten natürlich an Fitz.

„Ich auch nicht wirklich", gab Nova zu. Sie wusste aber, wie groß das Feld war, und konnte ausrechnen, wie lange man brauchte, um von A nach B zu kommen. Und weil all diese Zahlen immer in ihrem Kopf waren, machte es ihr richtig Spaß, dem Spiel zuzusehen. Die ganze Zeit über sah Nova die Spieler und den Ball nur in schiefen Winkeln und dreidimensionalen Figuren. Jedes Mal, wenn sie versuchte, vorauszusehen, wohin ein Ball flog, lag sie damit auch richtig.

„Das nächste Mal wetten wir", murmelte Fee. „Mit deinen Tipps werden wir reich."

„Ist das nicht verboten?", fragte Nova, ohne den Blick vom Feld zu lösen.

„Egal. Dann kannst du dir wenigstens ein Fernglas kaufen, mit dem du Fitz beobachten kannst", sagte Fee mit einem Grinsen im Gesicht. „Den findest du wohl viel interessan-

ter als den Ball. Er ist aber auch süß. Und krass, kann der schnell laufen!" Fee lehnte sich in ihrem Sitz weiter nach vorne. „Wetten, gleich schießt er das nächste Tor?"
Und wirklich – im nächsten Moment landete Fitz den perfekten Treffer.
Fee sprang auf und brüllte: „Yeah!" Sie packte Nova am Arm. „Komm schon, du musst ihn anfeuern!"
Zaghaft stand Nova auf, und als alle um sie herum dasselbe taten und zu jubeln und zu schreien begannen, ließ sie sich einfach mitreißen. Ohne nachzudenken, brüllte sie das Erste, was ihr in den Sinn kam: „Fitz vor, Blitz-Tor!" Sie grölte ausgerechnet in dem Moment los, als alle anderen wieder ruhiger wurden. Novas Stimme hallte übers Feld. Wie peinlich! Schnell ließ sie sich wieder auf ihren Sitzplatz fallen. Mit rasendem Herzen hielt sie den Atem an, aber niemand machte sich über sie lustig. Stattdessen rief jemand in den hinteren Reihen: „Fitz vor, Blitz-Tor!", und auf einmal wiederholte sich Novas Spruch von allen Seiten.
Fee stupste sie an und deutete nach unten.
Fitz hatte angehalten und sah zu ihnen hinauf. Nova bekam sofort knallrote Wangen. Fitz hielt einen Daumen hoch und grinste. Dann lief er weiter. Ein Glück, dass Nova gesessen hatte, denn ihr wurde plötzlich ganz schummrig.

Fitz hatte sie bemerkt! Sie und nicht Avon!
„Siehst du?", meinte Fee. „Hat sich voll gelohnt."

***

Nach dem Spiel versammelten sich ein paar Leute aus dem Year 9 und 10 auf dem Feld und unterhielten sich. Fee und Nova standen zuerst ziemlich dumm herum, aber dann kam Fitz auf die beiden zu und Nova hatte das Gefühl, der Tag würde von Sekunde zu Sekunde noch besser werden.
„Hey", meinte Fitz.
„Hey", sagte Nova.
„Glückwunsch zum Sieg", sagte Fee und hielt Fitz die Hand hin. „Hi, ich bin Fee. Novas Freundin."
Fitz musterte Fee und Nova befürchtete, er würde jeden Moment einen Kommentar zu Fees abgedrehtem Outfit ablassen, aber er schüttelte nur ihre Hand.
„Fitz", sagte er und grinste freundlich. Dann sah er wieder Nova an. „Und ich dachte, meine Schwester wäre deine neue Freundin."
„Äääh…", machte Nova automatisch, „nur über meine Leiche." Erschrocken riss sie die Augen auf. „Ich meine natürlich … klar … an manchen Tagen. Viola ist halt nur ziemlich … ähm … launenhaft. Status: undefinierbar."

Fitz lachte. „Du bist die Erste, die so was sagt."
Tja, weil alle anderen Angst vor Violas bösen Flüchen haben, wenn sie etwas Schlechtes sagen, dachte Nova. Gut, dass ich schon verflucht bin.
„Ich verrate dir ein Geheimnis", sagte Fitz und sprach leiser. „Launenhaft trifft es ganz gut. Wenn ich zu Hause bin, wünsche ich mir, in der Schule zu sein."
„Dann steht es echt schlimm um dich", sagte Nova.
„Deshalb muss ich mich aufheitern", sagte Fitz. „Und wie ginge das besser als mit einer schönen Runde Billard im *Eight Ball*? Kommt ihr auch? Wir hängen immer da ab."
Nova warf Fee einen unsicheren Blick zu.
„Logo", sagte Fee wie aus der Pistole geschossen.
„Dann sehen wir uns gleich da", sagte Fitz.
Kaum hatte er den Mädchen den Rücken zugedreht, begann Fee zu kichern. Sie hatte ein mörderisches Funkeln in ihren Augen, als sie Nova anstarrte. „Nova, er mag dich!"
„Das weißt du doch gar nicht!"
„Du musst gleich im *Eight Ball* mit ihm flirten!"
„Ich weiß nicht, wie man flirtet, Fee!"
„Oh", machte Fee. „Ich weiß es auch nicht!"
„Was mache ich denn jetzt?"
„Das, was du am besten kannst."
„Hinfallen? Peinlich sein? Schweigen?"

Fee schüttelte den Kopf. „Einfach du selbst sein."
„Aber ich bin total langweilig", sagte Nova.
„Du bist meine Freundin", sagte Fee.
Nova lächelte matt. „Ja, du hast Recht."
„Ich sag's ja immer wieder: Expertin am Start!"
„Jaja", sagte Nova und lachte.
„Dann nichts wie los!", sagte Fee und ließ es wie einen Kampfschrei klingen. Sie zog Nova an der Hand mit sich und die beiden Freundinnen liefen quer über das Spielfeld in Richtung Bushaltestelle. Das konnte was werden!

***

Das *Eight Ball* sah von innen genauso cool aus, wie Nova es sich immer vorgestellt hatte. Es war ein Café mit gemütlichen Sitzecken und kleinen Tischen und hatte eine Art Bar im vorderen Bereich des Ladenraums. Nach hinten öffnete sich der Raum zur absoluten Spaßzone. Es gab mehrere Billard- und Kickertische, einen Snookertisch, eine Dartwand und einige alte Spielautomaten. In der Ecke dudelte eine antike Jukebox. Das *Eight Ball* war um diese Zeit sehr gut besucht, weshalb Novas Gruppe direkt in den hinteren Bereich durchging. Schnell checkte Nova die Lage ab. Neben Viola, Emma und Caillie waren auch

Leo und drei andere Jungs aus der Fußballmannschaft da und zwei Mädchen, die Nova noch nie gesehen hatte. Alle schienen älter zu sein als sie. Wahrscheinlich war sie die einzige Dreizehnjährige hier. Sie durfte sich auf keinen Fall kindisch benehmen!

Zum Glück hatte Viola sie noch gar nicht recht wahrgenommen, sie lieferte sich mit ihren Freunden ein hysterisches Kickerduell. Fee hatte Recht: Hier und jetzt hatte Nova die Chance, Fitz kennenzulernen. Also los!

„Hey, ihr zwei!" Auf einmal stand Fitz neben ihnen.

Novas Herz setzte für ein paar Sekunden aus.

„Ich hole mal was zu trinken", meinte Fee, warf Nova einen vielsagenden Blick zu und war verschwunden.

Plötzlich stand Nova ganz allein da. Ihr Vorhaben erschien ihr auf einmal viel schwerer als eine Sekunde zuvor. Nervös biss sie sich auf die Unterlippe.

„Spielst du Billard?", fragte Fitz.

„Nein, leider nicht", antwortete Nova.

Fing ja schon super an! Nova hatte es gleich versaut. Bestimmt waren hier alle Billardprofis und Fitz würde sich gleich Emma an den Hals werfen und eine wilde Partie spielen und lachen. Nova sah betrübt auf ihre alten Sneakers. Ein bisschen grüner Glitzer wäre jetzt ganz nett gewesen.

„Komm, ich bringe es dir bei", schlug Fitz vor.

„Ja, ich weiß", murmelte Nova. Sie war nun mal ein Loser. Dann registrierte sie, was Fitz gesagt hatte, und glotzte ihn an. „Was?"

„Du weißt, dass ich dir Billard beibringen will?" Fitz hob eine Augenbraue.

Nova rang nach einer Antwort.

Nein, aber ich habe es mir gewünscht!
Nein, aber du bist eben einfach toll!
Nein, aber, Fitz, du bist so süüüüüüüß!

Nova war froh, dass ihr keiner dieser Gedanken über die Lippen kam. „Ich kann hellsehen", sagte sie stattdessen. Oh Gott, war sie denn voll bescheuert? Schnell, sie musste etwas nachschieben! „Ich hab einfach Lust, es zu versuchen." Sie zuckte mit den Schultern und lächelte schief. „Das ist alles."

„Okay", meinte Fitz und grinste. „Also ganz von vorne." Fitz ging zum Billardtisch und nahm einen langen geraden Stock in die Hand. „Das ist der Queue", erklärte Fitz. „Den brauchen wir zum Spielen, klar. Eigentlich ist es ganz einfach. Zwei Spieler treten gegeneinander an. Mit Hilfe der weißen Kugel versucht ein Spieler, alle halben Bälle – das sind die gestreiften hier –, und der andere Spieler, alle vollen Bälle – also die einfarbigen – zu versenken. Der

Queue darf nur die weiße Kugel berühren. Wenn einer der Spieler alle seine Bälle versenkt hat, darf er auf die schwarze Acht spielen." Er deutete auf eine Kugel am Rand des Tisches. Sie war vollkommen schwarz und in ihrer Mitte saß eine Acht.
„Verstanden", sagte Nova hoch konzentriert.
„Um es spannender zu machen, kann man ankündigen, in welche Ecke man welche Kugel spielen möchte", sagte Fitz. „Aber in der ersten Runde gehen wir es langsam an." Nova spürte, wie ihr Hitze in den Kopf schoss. In der zweiten Runde dann etwa wilder? Wieso musste Fitz so etwas sagen? Schon wurde sie von einem Tagtraum davongetragen, in dem sie und Fitz sich ein hitziges Duell lieferten und er sie am Ende küsste ...
„Es gibt noch mehr Regeln, wegen Fouls und anderer Dinge", sagte Fitz. „Aber die erkläre ich, wenn es so weit ist. Sonst ist das jetzt zu viel Theorie, das macht keinen Spaß." Nova starrte auf den Holzstock in ihren Händen.
„Willst du anfangen, Nova?"
Während sie vor sich hin geträumt hatte, hatte Fitz schon alle Kugeln in einem Plastikdreieck angeordnet und in die Startposition gebracht.
Die weiße Kugel lag ein Stück entfernt von den anderen. Nova trat näher an den Tisch heran. Unbeholfen hob sie

den Queue an. Was war das überhaupt für ein Wort, „Kö"? Und jetzt? Nova fasst die Stange mit beiden Händen.

„Warte, ich zeig's dir."

Plötzlich stand Fitz ganz dicht hinter ihr und legte seine Hand auf ihre. Sofort begann Novas Haut zu prickeln. Ihr wurde furchtbar heiß vor Aufregung.

„Beim Anstoß muss dein Unterarm gerade bleiben", wies Fitz sie freundlich an. „So. Die eine Hand geht ganz weit nach vorne ans Ende des Queues, genau ... Und die andere unten an den Stiel. Super!" Mit sanftem Druck platzierte er Novas Hände richtig und lächelte ihr aufmunternd zu. „Na los!"

Novas Herz sprang wild hin und her. Wenn Fitz sie so erwartungsvoll von der Seite ansah, konnte sie gar nicht mehr klar denken.

Sie ließ die Augen über den Billardtisch wandern und zwang sich, sich zu konzentrieren. Wenn sie so dastand, kam es ihr fast vor, als wäre ihr Arm ein Pendel, das sich bewegte. Und jetzt die weiße Kugel ... Ja, ihr Unterarm lag in einem perfekten Winkel. Nova betrachtete die Kugeln noch einen Moment. Aber natürlich! Wenn sie die weiße Kugel gerade traf, würde diese im entsprechenden Winkel zurücklaufen. Reine Physik! Mit bloßem Auge war es zwar etwas schwieriger zu erkennen als bei einer Aufga-

be im Schulbuch – aber mit einem Mal war für Nova die Sache ganz klar: Im Grunde war der Tisch ein Rechteck mit verschiedenen Punkten, die sie nutzen konnte, um den Winkel der Bälle zu verändern. Pure Geometrie und Reflexionsgesetze!
„Soll ich lieber anfangen?", fragte Fitz.
„Nein, ich mach schon, sorry!", entschuldigte sich Nova. Sie holte tief Luft und stieß die weiße Kugel an. Klackernd trafen die Bälle aufeinander und zwei der Halben rollten in unterschiedliche Löcher und waren vom Tisch.
„Wow!", machte Fitz beeindruckt. „Bist du dir sicher, dass du noch nie Billard gespielt hast? Das war ein verdammt guter Anstoß. Okay, du hast zwei Halbe versenkt, das heißt, du spielst auf die Halben. Krass ..." Fitz schaute anerkennend auf den Tisch. „Den Trick musst du mir mal verraten."
Nova konnte nicht anders – sie grinste breit.
„Hey, nicht so siegessicher!", meinte Fitz. „Wir fangen gerade erst an. Du hast was versenkt, du darfst noch mal."
Auch beim zweiten Zug gelang es Nova eine Kugel zu versenken, beim dritten Mal versenkte sie eine Volle. Und Fitz war dran. Er lochte ebenfalls ein und Nova wurde immer lockerer. Billard machte Riesenspaß! Und sie war richtig gut! Mindestens so gut wie Fitz ...

Der nahm das Ganze sehr sportlich. Er schien sich eher zu freuen, eine würdige Gegnerin zu haben. „Ich hab immer gedacht, du wärst irgendwie anders", sagte Fitz, als sie schon das dritte Spiel begonnen hatten. Fee ließ sich nicht blicken und Viola und Co. hatten gerade die Jukebox in Beschlag genommen. „Einmal hatte ich sogar das Gefühl, du wärst eine ganz andere Person, Nova. Echt komisch."

Nova rutschte mit dem Queue ab. Die weiße Kugel sprang vom Tisch und knallte Fitz gegen den Kopf.

Der schrie auf und hielt die Hand an den Kopf.

„Ach du Sch...", entfuhr es Nova erschrocken. Sie legte ihren Holzstock ab und lief um den Tisch herum. Fitz presste sich gerade beide Hände aufs Gesicht und murmelte etwas Unverständliches.

Nova blieb fast das Herz stehen. Vorsichtig berührte sie Fitz' Arm. „Fitz, geht es dir gut? Ist es sehr schlimm?"

„Ich glaube, ich bin blind."

Sie hatte den Star-Fußballer der Schule verletzt! Jeden Moment würden die anderen zu Fackeln und Mistgabeln greifen und Nova davonjagen. Panisch sah sie sich nach Hilfe um. Wo war denn Fee eigentlich hin?

„Entschuldige, Fitz! Das tut mir so leid. Soll ich einen Krankenwagen rufen?"

„Dafür ist es nun schon zu spät."

„Oh mein Gott! Ist es wirklich so schlimm?"
Fitz nahm die Hände vom Gesicht. „Nein."
„Nein?" Verdattert starrte Nova ihn an.
Fitz begann zu lachen. „Ich wollte dich nur aufziehen. Deine Glückssträhne ist wohl vorbei, was?"
„Aber ... deine Stirn!", stotterte Nova durcheinander.
Fitz tastete nach der Beule über seinem rechten Auge. „Ich bin vom Fußball echt Schlimmeres gewohnt. Allerdings hat mich bisher auch noch kein Mädchen mit einer Billardkugel vermöbelt, das ist echt neu."
„Das war wirklich ein Versehen!", entschuldigte sich Nova wieder. „Ich hole dir was zum Kühlen!"
Ehe Fitz protestieren konnte, stürmte Nova zum Tresen und fragte nach ein paar Eiswürfeln. Die Barfrau füllte ihr ein paar ab und Nova hastete zu Fitz zurück, der sich nicht von der Stelle gerührt hatte. Nova griff ins Glas, um einen Eiswürfel herauszufischen, aber der war so flutschig zwischen ihren Fingern, dass er Nova aus der Hand fluppte und direkt in Fitz' Kragen landete.
Fitz begann sofort, wild herumzuhampeln. „Alter, ist das kalt!"
Es sah aus, als würde er einen verrückten Tanz aufführen. Jetzt hatte Nova nicht nur sich selbst, sondern auch noch Fitz blamiert. Dabei war es doch so gut gelaufen! Die ande-

ren aus der Gruppe starrten schon rüber. Viola reckte den Kopf. Was zur Hölle machte ihr Bruder da?

Fitz sank auf den Boden und begann, haltlos zu lachen.

Nova hockte sich zu ihm hinunter. „Fitz", murmelte sie. „Ich bin so ein Tollpatsch, tausend Mal sorry!"

Fitz lachte noch immer. „Aber ein süßer Tollpatsch", meinte er. „Mit dir wird es nicht langweilig."

Nova riss die Augen weit auf. „Die weiße Kugel muss dich echt härter getroffen haben als gedacht", meinte Nova. „Bleib da sitzen, ich hol einen Arzt."

Fitz fasste Nova am Handgelenk. „Schon gut." Er sah sie mit seinen blauen Augen an und Nova bekam auf einmal nur noch schwer Luft. „Du bist echt 'ne Nummer für sich."

„Was macht ihr denn da?", kreischte Viola. Sie hatte es wohl nicht mehr ausgehalten, nur zuzusehen. „Wieso sitzt du auf dem Boden, Fitz? Steh gefälligst auf!"

„Wer bist du? Mum?", erwiderte Fitz. Er ließ sich von Nova auf die Beine helfen. „Ich bin froh, dass du Nova zur Party eingeladen hast. Mit ihr wird der Abend auf jeden Fall richtig witzig."

Es war offiziell: Nova konnte glücklich sterben! Fitz hatte ihr mehr als nur ein Kompliment gemacht!

„Mum kommt uns gleich abholen", meckerte Viola. „Also hör auf rumzualbern und komm jetzt mit raus."

Zickig stapfte Viola an ihrem Bruder vorbei und warf Nova dabei einen undefinierbaren Blick zu. Sekunden später verließen auch Emma und Caillie das Café. Wahrscheinlich hatte Viola die beiden für sich bezahlen lassen.
Nova konnte nur den Kopf schütteln.
Fitz sah sie entschuldigend an. „Ich muss dann mal los."
„Okay", sagte Nova lahm.
„Lass uns das mal wiederholen."
„Supergern!", sagte Nova strahlend.
„Bis morgen in der Schule."
Nova sah Fitz nach. Auf einmal sprang Fee sie von hinten an und legte ihr einen Arm um den Hals. Sie brüllte Nova lautstark ins Ohr: „Er maaaaaaag dich!"
„Fee, wo warst du denn?", fragte Nova.
„Ich hab mich wie eine gute Freundin unsichtbar gemacht", sagte Fee. „Und hinten in der Ecke Pac-Man gezockt. Hast du deine Flirttechniken perfektioniert?"
„Ich habe nicht den blassesten Schimmer."
„Schien doch ganz gut zu laufen", meinte Fee.
Besser als gut. Nova fühlte sich wie ein Superstar.

23

MRS BANKS hatte die Mädchen abgeholt und Nova nach Hause gebracht.
Glücklich platzte Nova ins Wohnzimmer. Ihre Eltern sahen gerade fern. Nach diesem tollen Abend stand für Nova fest: Sie musste unbedingt auf Violas Alcotts Party gehen!
„Ich muss unbedingt auf Viola Alcotts Party gehen!"
Mr und Mrs Stark sahen ihre Tochter verwirrt an.
„Die ist nächsten Samstag und ich muss einfach!"
„Nächsten Samstag?", fragte ihr Vater.
„Genau." Nova nickte euphorisch. „Ich wurde eingeladen. Ich muss hin!" Weil Fitz dort war und er sie süß und lustig fand.
„Nova, das geht leider nicht", sagte Mr Stark. „Da wird doch die Homestory gedreht."
Nova starrte ihren Vater an. „Nie im Leben!"
„Aber, Nova, du hast doch selbst gesagt, dass du gerne mitmachst", erinnerte sie Mrs Stark perplex.

Das war Avon, dachte Nova wütend. „Habe ich nicht!"
„Du weißt doch, wie viel die Homestory deinem Dad bedeutet", sagte ihre Mutter ruhig. „Du wirst als Teil dieser Familie mitmachen. Keine weitere Diskussion."
„Ihr versteht das nicht", sagte Nova frustriert. „Ich werde nie zu so etwas Coolem eingeladen. Das ist meine Chance, richtige Freunde zu finden. Ich will da hin!"
„Du hast doch eine Freundin", sagte Mr Stark.
„Daaaad!", stöhnte Nova genervt. „Ich möchte unbedingt dorthin. Bitte, bitte, bitte sag Ja!"
„Nein, Nova, tut mir leid", antwortete ihr Vater streng. „Es ist abgemacht, dass wir am kommenden Samstag alle gemeinsam für die Homestory hier sind und Interviews geben. Das ganze Fernsehteam ist gebucht!"
„Ich gebe kein Interview", meinte Nova hitzig. „Das ist doch sowieso der größte und blödeste Obermist!"
„Wie sprichst du denn mit uns?", fragte Mrs Stark energisch. „Am besten gehst du auf dein Zimmer, bevor jemand noch etwas sagt, was er hinterher bereut."
Nova warf ihrer Mutter einen finsteren Blick zu – und stockte. Denn ... da, auf dem Fensterbrett, saß eine schwarze Katze. Sie starrte durch die Scheibe des Wohnzimmers. Nova fühlte sich beobachtet. Sie blinzelte, doch die Katze war wieder fort. Zufall? Sie schüttelte sich.

„Hast du zugehört?", fragte ihre Mutter vorwurfsvoll.
Nova schnaubte mürrisch. „Ja! Und ich bereue das gar nicht! Immer redet ihr nur von diesem übernatürlichen Quatsch und für das, was ich will, interessiert sich gar keiner!" Tränen stiegen in ihr hoch. „Das ist unfair!" Nova stampfte auf. „Ich hasse es, Eltern wie euch zu haben! Ihr seid peinlich und versteht mich einfach nicht!"
„Nova!", rief ihr Dad, aber Nova war schon aus dem Raum gestürmt und polterte fluchend die Treppe hoch. Mit einer Riesenwut im Bauch riss sie die Zimmertür auf und knallte sie donnernd hinter sich zu.
„Das nenne ich mal einen Gefühlsausbruch."
Nova lief es eiskalt den Rücken hinunter.
„Na, hast du mich schon vermisst, Nova?"
Steif wie ein Roboter drehte sich Nova um. Auf ihrem Bett rekelte sich völlig entspannt ihre Doppelgängerin.
„Dein Gesicht, wenn du mich siehst, ist jedes Mal unbezahlbar", meinte Avon. „Ja, ich bin wieder da. Und nein, was auch immer du tust, jetzt gehe ich nicht mehr weg. Du kannst schreien und toben. Ich bleibe."
„Das werden wir ja sehen!", fauchte Nova und blitzte Avon wütend an.
Avon rutschte an die Bettkante. „Ich habe auf dich gewartet, weißt du das?", fragte sie. „Um es dir mal so richtig

heimzuzahlen, dass du mich immer wieder vertrieben hast. Womit fange ich an?"
Avon erhob sich vom Bett und ging zu Wallys Käfig. Der Wellensittich begann, hektisch im Käfig zu flattern, als würde er spüren, dass sich etwas Böses näherte.
„Nicht!", japste Nova. Sie machte einen Satz zu Avon und wollte ihren Arm packen, ehe sie die Käfigtür öffnen konnte, aber Novas Hand fasste ins Nichts. Moment – beim letzten Mal hatte das doch noch sehr gut geklappt!
„Nicht!", äffte Avon Nova nach. „Oh doch!"
Avon riss den Vogelkäfig auf und versuchte, Wally in die Finger zu bekommen. Doch Novas kluger Wellensittich hackte Avon in die Hand und flog aus dem Käfig aufs obere Regalbrett, wo Avon ihn nicht erreichen konnte. Die schnappte sich ein Buch vom Schreibtisch und warf es nach Wally. Der Vogel krächzte laut und flatterte auf.
„So ein Mistvieh!", schimpfte Avon.
„Lass ihn in Ruhe!", rief Nova. „Tiere quälen? Dass du dich für gar nichts schämst, du kranke …"
Avons finsterer Blick ließ Nova verstummen. Das bisschen Energie, das sie vom Streit mit ihren Eltern gehabt hatte, war verpufft.
„Ich zeig dir mal, wen ich hier quäle." In Seelenruhe streifte Avon durch Novas Zimmer und fasste ihre Sachen an.

Sie nahm den Globus in die Hände, betrachtete ihn und warf ihn dann achtlos auf den Boden. Es folgten ein Mathebuch, DVDs und eine Schneekugel. Vor dem Kleiderschrank machte Avon halt. Sie schnappte sich die Schere, die in Novas Stiftebox steckte, und schnitt eines von Novas Shirts in kleine Fetzen.

„Das Teil war so was von hässlich, du solltest mir dankbar sein", sagte Avon, als Nova sie geschockt anstarrte. „Du hast so viel dummen Plunder. Braucht kein Mensch."

Avons Blick fiel auf Novas Laptop, der auf der Kommode stand.

„Was hast du vor?", fragte Nova beklommen.

„Mal schauen", sagte Avon, als der Laptop hochgefahren war. „Was meinst du? Sollen wir Fitz mal bei MyFace suchen? Ja, das machen wir ... und adden."

„Lass Fitz da raus!", sagte Nova verärgert.

„Fitz wird bald – genau wie alles andere – mir gehören", antwortete Avon selbstsicher.

Atemlos musste Nova zusehen, wie Avon ihren Browser öffnete.

„Hör auf damit!", rief sie und versuchte wieder, Avon zu packen.

Es war umsonst. Novas Hände griffen ins Leere.

Avon schickte Fitz eine Freundschaftsanfrage und tippte

dazu eine Nachricht. „*Lieber Fitz, danke noch mal für den coolen Abend. Da du mich ja so süß und lustig findest, können wir gleich miteinander gehen, was meinst du? Gib mir die Antwort in der Schule.* Finde ich gut. Uuuuuund – senden!"
Nova glaubte, gleich zu sterben. „Hör auf damit, bitte!", flehte sie mit erstickter Stimme.
Aber Avon achtete gar nicht auf sie.
Während Nova mit dem Anhänger vor Avons Gesicht herumwedelte und schließlich sogar zu chanten begann, wühlte diese sich weiter durch Novas Zimmer und richtete Chaos an.
„Ich weiß, dass du Fitz magst, weil ich in der Schule dabei war", murmelte Avon und warf einen Blick unter Novas Kopfkissen. „Aber ... was verbirgst du noch?"
„Du weißt gar nichts!", zischte Nova.
„Doch, eine ganze Menge", sagte Avon. „Ich erinnere mich an alles, was du erlebst, kurz bevor wir die Plätze tauschen. Du magst Mathe, du hasst Viola, außerdem bist du in Fitz verschossen und deine Eltern sind dir superpeinlich und du willst sie loswerden."
„Ich lass mich nicht mehr einschüchtern", fauchte Nova. „Verschwinde."
Aber Avon verschwand nicht. Obwohl Avon es tatsächlich nicht schaffte, Nova wieder so herunterzuputzen wie zuvor,

fühlte Nova sich machtlos. Dabei hatte der Tag so gut angefangen, sie hatte sich so sicher gefühlt. Ob es am Streit mit ihren Eltern lag, dass ihre ganze Energie nun verpufft war?
Von Stunde zu Stunde wurde Nova müder. Sie schrie Avon an, sie versuchte es unzählige Male mit dem Anhänger von Fee und sie ging alles durch, was Fee ihr jemals über Magie erzählt hatte. Irgendwann, ihr Hals fühlte sich schon ganz kratzig an, gab Nova auf. Sie setzte sich in eine Ecke und betete im Stillen, Avon möge sich auflösen.
Es war inzwischen spät geworden.
Nova musste im Sitzen weggenickt sein. Sie schreckte hoch, als es leise an der Tür klopfte.
Mrs Stark kam ins Zimmer.
„Nova, können wir reden?", fragte sie sanft.
Avon, die gerade alte Fotoalben von Nova durchblätterte, hob den Kopf und lächelte mit falscher Unterwürfigkeit.
„Klar, Mum. Was eben passiert ist, tut mir leid."
„Hab ich mir gedacht, Schätzchen."
Mrs Stark öffnete die Arme und Nova musste zusehen, wie ihre Doppelgängerin sich umarmen ließ. Novas Mutter wuschelte Avon liebevoll durchs Haar und drückte sie fest an sich. Es gab ganz selten solche Momente, in denen Mrs Stark Nova zeigte, wie sehr sie ihre Tochter liebte.

Nova spürte einen Stich im Herzen. Avon hatte ihr diesen Augenblick gestohlen.

„Die Party ist unwichtig", sagte Avon. „Ich nehme zurück, was ich gesagt habe. Ich bleibe bei euch."

„Huch! Ich musste dich nicht mal überreden."

„*Ich*", sagte Avon und betonte das Wort extra, „bin eine gute Tochter. Das werde ich euch bald beweisen."

Nova schlang die Arme um den Körper, so sehr fröstelte es sie.

Avon, die noch immer eng an ihre Mutter geschmiegt war, sah über die Schulter starr zu Nova hinüber.

„Dann schlaf mal gut, Nova." Mrs Stark löste die Umarmung. „Hab dich lieb."

„Ich dich auch, Mum. Gute Nacht!"

Kaum war Novas Mutter wieder weg, trat Avon gegen das Fotoalbum und es flog quer durchs Zimmer. Ein paar Bilder flatterten heraus.

Nova zuckte zusammen. Das waren ihre Erinnerungen! Sie verbarg den Kopf in den Armen und schloss die Augen, bis ein heller Dreiklang sie zusammenzucken ließ.

Sie hatte eine Nachricht.

„Ooooh, wer schreibt uns denn noch so spät?", fragte Avon und ging zu Novas Tasche, die neben der Tür lag. Sie zog Novas Handy heraus. „Es ist Fee."

Nova verspannte sich von Kopf bis Fuß, während Avon laut vorlas: „*Hey Nova! Wollte nur noch mal sagen, wie schön es gestern war! Danke, dass du mir zugehört hast. Ich hab echt noch nie jemandem von der Sache mit den Schlangen erzählt. Freunde für immer. Bis morgen, Fee.*"

„Schlangen?" Avon sah Nova forschend an. „Was meint sie damit? Irgendwelche Mädchen?"

Nova drehte sich weg.

„Nein, irgendwie glaube ich das nicht", überlegte Avon weiter. „Nicht Fee." Sie kniete sich vor Nova und bewegte sich ganz dicht an sie heran. „Könnte es sein, dass ... Fee Angst vor Schlangen hat?"

Nova versuchte, ihrem Blick standzuhalten. „Quatsch", entgegnete sie möglichst ruhig. „Damit war deine tolle Stilikone gemeint."

„Du lügst", sagte Avon mit kalter Stimme. „Ich kann es in deinen Augen sehen. Das ist Fees Geheimnis. Sie tut immer so mutig, aber davor hat sie Angst."

Avon lief grinsend aus dem Zimmer, um ins Bad hinunterzugehen. Nova hastete zu ihrem Handy, aber es half nichts: Unsichtbarkeitsmodus war gleich Ich-kann-gar-nichts-Modus.

Traurig setzte sie sich in die Ecke. Wally saß dort auf den Kartons mit den Büchern von Elaine Carmody, seinem

Lieblingsplatz. Er hatte den Kopf unters Gefieder gesteckt.
Ich kann auch nicht mehr zuschauen, Wally ..., dachte Nova.
Kurz darauf tauchte Avon auch schon wieder auf. In Novas Pyjama gekleidet legte sie sich in Novas Bett. Sie schaltete Novas Nachttischlampe aus und flüsterte: „Gute Nacht, Nova."
Nova schloss die Augen, aber es half nichts. Draußen ertönte der laute Schrei einer Katze. Nova bekam eine Gänsehaut. Eine schwarze Katze, die um das Haus der Starks herumlungerte, fast ... wie ein Bote des Bösen. Eine gute Nacht würde das ganz sicher nicht werden. Zumindest nicht für Nova, das stand fest.

24

NOVA schlief miserabel. Sie hatte sich auf dem harten Boden zusammengerollt, und als sie aufwachte, tat ihr alles weh. Sie brauchte ewig, um ihre steifen Gelenke wieder bewegen zu können, und rappelte sich langsam hoch. Die Tür ihres Zimmers war auf, das Bett leer. Wally war über Nacht zurück in den offenen Käfig geflattert. Bedeutete das ... Avon war verschwunden?

Ein kurzer Hoffnungsschimmer glomm in Nova auf, aber der wurde schnell zunichtegemacht. Stimmen drangen von unten zu ihr herauf – darunter auch Avons Stimme, ihre eigene. Nova stieg die Treppe hinunter und fand die Szene vor, die sie erwartet hatte:

Avon. Plaudernd am Tisch mit ihren Eltern. Dieses Mal versuchte sie erst gar nicht herumzuschreien. Ihr Hals schmerzte von gestern Abend noch immer und kratzte unangenehm. Eine Sache störte jedoch im Bild: Avon sah irgendwie anders aus ... so ... Ja, wie?

Ihre Doppelgängerin hatte sich eine kunstvolle Frisur geflochten und war geschminkt. Sie trug die Schuluniform, hatte sie aber mit ein bisschen Schmuck ziemlich aufgepeppt. Nova hatte nicht den blassesten Schimmer, wo Avon das Zeug gefunden hatte. Noch mehr ärgerte es sie, dass Avon damit richtig gut aussah. Nova hätte es niemals hinbekommen, sich so aufzustylen. Ihr eigenes Gesicht kam ihr fremd vor, als sie Avon so dasitzen sah.
„Dad, erzähl doch mal von deiner Sendung gestern Abend", schleimte Avon sich ein. „Ich hab nach unserem Streit ganz vergessen, sie zu schauen. Bitte, Daddy."
Daddy? Wie alt war Avon, fünf? Nova verschränkte die Arme vor der Brust und beobachtete die Situation weiter.
„Das war eine Superfolge, eine meiner liebsten in dieser Staffel", antwortete Mr Stark und butterte sich eine Waffel. „Du hättest sie geliebt. Das Thema war Zahlenmagie."
Avon reichte Novas Mutter die Milch und lächelte. „Wie spannend! Erzähl weiter!"
Mr Stark begann zu plaudern, aber Avon warf immer wieder Blicke nach unten. Nova sah zu ihrem Schreck, dass ihre Doppelgängerin unter dem Tisch etwas ins Handy tippte. Verdammt.
Wem schrieb sie? Fee?
Nova biss sich auf die Lippe.

„Zahlenmagie hat immer etwas mit Symmetrie und Gleichgewicht zu tun", plapperte Mr Stark weiter, während Nova sich in Richtung Avon bewegte. Vielleicht konnte sie über die Schulter aufs Display schauen ... „Es gab doch tatsächlich mal einen Fall, bei dem ein älterer Herr ein Beschwörungsritual durchführen wollte, um seine verstorbene Frau zu sehen, aber er beging einen folgenschweren Fehler. Diese Art von Magie ist eng an Zahlen gebunden, welche die Magie stärken, doch er war unachtsam und hat nicht alle Schritte beachtet."

Nova horchte auf. Nicht alle Schritte beachtet? Klang verdächtig nach Fees Fluch-Theorie. Wäre es doch nur so leicht.

„Am Ende hat der Mann eingesehen, dass er ..."

„Sorry!", rief Avon dazwischen. „Muss jetzt los."

Bevor Nova bei Avon angelangt war, stand diese vom Tisch auf und gab Mr und Mrs Stark ein paar Küsschen auf die Wange. Novas Eltern schauten verdutzt auf.

„Später, Daddy, okay?", sagte Avon zuckersüß.

„Alles klar", sagte Mr Stark. „Schönen Tag, Nova."

Avon hielt inne. „Hey, Daddy?", sagte sie. „Also ... Fee und ich spielen gerade dieses Spiel. Wir haben jetzt ganz tolle Spitznamen. Kannst du mich Avon nennen?"

„Nein", flüsterte Nova.

„Avon?", wiederholte Mr Stark verwundert.
„Das wäre so galaktisch obercool!"
„Nein!", rief Nova. „Nein, Dad!"
„Dann schönen Tag ... Avon."
„Mach's gut, Schatz", fügte Mrs Stark hinzu.
Avon ging durch die entsetzte Nova hindurch, was sich anfühlte, als habe ihr jemand Eiswasser über den Kopf geschüttet. Für eine Sekunde stand Nova da wie erstarrt. Dann eilte sie Avon hinterher. „Du blöde, gemeine Kuh!", rief sie. Aber Avon war richtig gut darin geworden, Nova völlig zu ignorieren.
Gemeinsam liefen sie den Weg zur Bushaltestelle hinunter. Im Schein der Morgensonne fiel Nova auf, dass die silberne Spur, die Avon und sie verband, irgendwie durchsichtiger schimmerte als sonst. Ja, jetzt, wo sie darauf achtete: Ihre eigenen Hände waren kaum noch zu erkennen! Mit einem Mal bekam Nova eine Heidenangst.
„Es kann eben nur eine geben", sagte Avon, als sie in den Schulbus stieg. Nova schaffte es gerade noch so, an Bord zu springen. Ihre Doppelgängerin setzte sich nicht neben Fee, die munter winkte, sondern weiter nach hinten. Fee schaute Avon verdattert nach und runzelte die Stirn. Dann sah sie traurig in ihren Schoß.
Ganz toll, Avon, dachte Nova bitter. Glanzleistung.

***

In der Schule ging der Horror weiter und Nova blieb nichts anderes übrig, als Avon voller Entsetzen wie ein Schatten zu folgen. An den Spinden eilte Avon auf Fitz zu.

„Morgen, Fitz!", trällerte sie gut gelaunt.

„Morgen", sagte Fitz, klang aber wenig begeistert.

Avon legte ihm eine Hand auf den Arm und klimperte mit den Wimpern, so wie es Viola bei Leo getan hatte. „Was läuft denn so, Süßer?"

Zumindest konnte Avon auch nicht besser flirten als sie selbst, dachte Nova schadenfroh. Der Spruch war ja mal so was von schlecht.

Auch Fitz verzog das Gesicht und sah Avon an, als habe diese ihm gerade verkündet, sie käme vom Mars und ihre Eltern seien Aliens.

Avon beugte sich ein wenig vor und fummelte an einem von Fitz' Jackettknöpfen herum. Sie lächelte. „Und, gibst du mir eine Antwort?", fragte sie lässig. „Soll ich den anderen sagen, dass wir jetzt zusammen sind?" Sie zwinkerte ihm zu. „Du weißt, dass du es willst, Alcott."

„Ist das ein Scherz, Nova?", fragte Fitz.

„Nenn mich nicht so!", fuhr Avon ihn an. „Ich heiße jetzt Avon. Ist doch viel schöner, oder?"

Fitz schob Avons Hand weg. „Wie bitte?"
„Also, was meinst du? Wir beide?"
Avon zwinkerte Fitz vielsagend zu. Fitz wirkte völlig vor den Kopf gestoßen. Für Nova war es, als würde sie einer Naturkatastrophe zuschauen. Gleich explodierte der Vulkan und alles in der näheren Umgebung würde plattgemacht werden. Fragte sich nur, wer zuerst hochging. Fitz, der dieses Gespräch überhaupt nicht lustig fand, oder Avon, die sichtlich ungeduldig wurde.
„Was ist denn in dich gefahren?", meinte Fitz. „Gestern warst du ganz anders drauf, Nova."
„NENN MICH NICHT SO!", kreischte Avon schrill.
Nova klappte der Mund auf.
Fitz warf seinen Spind zu und schüttelte den Kopf. „Vielleicht habe ich mich ja doch in dir geirrt", sagte er unfreundlich. „Gestern, das war so ... und heute bist du genau wie alle anderen. Wie Viola."
„Ich bin besser als Viola", sagte Avon.
„Du spinnst doch. Lass mich in Ruhe."
Fitz drehte sich um und ließ Avon eiskalt stehen. Nova sah, wie Avons Hände zu zittern begannen. Die lief jede Sekunde Amok! Konnte mal bitte jemand die Schule evakuieren?
„Das wird er mir noch büßen!", murmelte Avon.
„Du bist eben nicht ich", sagte Nova mutig.

Avon drehte sich um und warf ihr einen kurzen Blick zu. „Wenn ich dich ansehe und dann mich ... Wer würde ich dann sein wollen?" Wütend schlug Avon mit der Faust gegen den Spind zu ihrer Rechten und lief dann schnell den Gang weiter.

Nova trug noch immer die Sachen von gestern und ihre Haare waren zerzaust. Anscheinend blieb sie in dem Zustand gefangen, in dem sie war, wenn sie und Avon den Platz tauschten. Ohne zu zögern, heftete sie sich wieder an Avons Fersen. Sie konnte zwar nicht verhindern, was die Doppelgängerin tat, aber aus den Augen verlieren wollte sie das Biest trotzdem nicht.

Avons nächstes Opfer war ausgerechnet Fee.

„Nova!", sagte Fee glücklich. „Ich dachte schon, ich hätte etwas falsch gemacht, weil du dich heute Morgen im Bus nicht neben mich gesetzt hast. Alles okay?"

Es klingelte und die Menschenmenge im Flur löste sich auf. Nur Fee, Avon und Nova blieben zurück.

Fee schulterte den Rucksack. „Ich hab jetzt Musik. Sollen wir später beim Essen weiterreden?"

„Nein, lass uns jetzt reden", sagte Avon.

„Worüber denn?", fragte Fee verwundert.

„Über dich, Felicitas", sagte Avon unheilvoll. „Ich bin nämlich gerade gar nicht gut drauf. Aber dann ist mir eingefallen, was du mir erzählt hast. Und als mir klar wurde, was du für eine Loserin bist, habe ich mich direkt besser gefühlt."

Nova schnappte fassungslos nach Luft.

„Das meinst du doch nicht ernst ... Was soll das?" Fee war starr vor Entsetzen über die harschen Worte.

„Angst vor Schlangen", sagte Avon spöttisch. „Wer hat schon Angst vor Schlangen? Ich hab gelogen, als ich meinte, ich fände das okay."

„Halt den Mund!", rief Nova heiser.

Fee starrte Avon währenddessen verständnislos an. „Aber, Nova ... Das war ein Geheimnis!"

„Aber, Novaaaaa", äffte Avon Fee auf die gemeinste Weise nach. „Es ist wahr. Du bist einfach megalächerlich. Hast du dich als Kind auch gefürchtet, wenn im Fernsehen das Dschungelbuch kam? Bestimmt hast du dir beim Auftritt der Schlange Kaa in die Hose gemacht und geheult. Das hätte ich echt gerne gesehen. Deshalb hab ich dir eine Schlange mitgebracht."

Fee trat ängstlich einen Schritt zurück. Ihr Gesicht wurde totenbleich. „Wieso sagst du so was?"

Avon fummelte an ihrer Tasche herum und griff hinein. Natürlich hatte sie keine Schlange dabei, aber allein der Gedanke schien Fee in schiere Panik zu versetzen. Mit stei-

fen Beinen wich Fee weiter zurück, aber Avon ließ nicht so schnell locker. Nova stellte sich beschützend in den Weg, was leider völlig ohne Wirkung blieb. Avon tat so, als wolle sie etwas nach Fee werfen, und Fee stieß einen Schrei aus. Als Fee bemerkte, dass Avon sie reingelegt hatte, stiegen ihr Tränen in die Augen und sie begann heftig zu zittern.
„Ich dachte, du bist meine Freundin!", stieß Fee aus. „Ich habe dir mein Geheimnis anvertraut! Wie kannst du nur so gemein sein, wenn du weißt, wie sehr ich mich fürchte? Das ist überhaupt nicht witzig, Nova!"
Avon gab ein verächtliches Knurren von sich. „Weißt du, was witzig wird?" Sie grinste böse. „Wenn ich allen von dem Geheimnis erzähle!"
„Das würdest du nicht tun", sagte Fee entsetzt.
„Oh doch. Mit Vergnügen", sagte Avon. „Und willst du auch wissen, warum? Weil ich dich verarscht habe. Eine Weile fand ich es amüsant, mit dir abzuhängen, aber du bist genauso schlimm wie meine Eltern. Ein Freak."
„Du hinterhältige Hexe!", rief Nova wütend. „Lass Fee in Ruhe!"
In dem Moment riss Fee sich die Freundschaftskette vom Hals. Sie warf Avon das halbe Herz vor die Füße, mit heißen Tränen in den Augen. „Dann sind wir keine Freundinnen mehr." Damit lief sie davon.

„Wie kannst du nur!", hauchte Nova. Sie war so voller Wut, dass sie nicht mal mehr schreien konnte. „Fee ist meine einzige Freundin, meine allerbeste Freundin."
„Jetzt nicht mehr", lachte Avon und ihre Augen funkelten.
„Wie hässlich du bist", sagte Nova angewidert. „Du hast keine Ahnung, wie es ist, eine Freundin zu haben, oder wie man ein Geheimnis bewahrt oder wie viel Spaß es macht, miteinander zu lachen. Du bist einfach nur böse."
„Autsch", erwiderte Avon ironisch. „Das tut mir jetzt aber weh."
„Du hast Fee verletzt und das verzeihe ich dir nie!" Novas Stimme war erstickt vor Zorn. „Ich verspreche dir: Das wirst du büßen!"
„Oooh, jetzt bekomme ich aber Angst."
„Das solltest du auch!" Nova drückte Avon den Finger gegen die Brust. „Noch bin ich dich nicht losgeworden, aber ich finde die Lösung. Und wenn ich sie habe, hast du das letzte Mal gelacht. Du siehst aus wie ich und hörst dich an wie ich, aber niemand kann dich leiden. Weder Fitz noch Fee noch ich!"
Avon presste die Lippen aufeinander.
„Deshalb", Nova nickte nachdrücklich, „tust du mir wirklich leid, Avon." Und auf eine seltsame Art war das tatsächlich die Wahrheit.

Und Avon? Die war schon dabei, sich in flimmernde Punkte aufzulösen. Bevor sie ganz verschwand, fasste sich die Doppelgängerin an den Hals. Beim Frühstück hatte Nova gedacht, dass Avon irgendeinen Modeschmuck trug, aber in diesem Moment fiel ihr auf, dass zwischen den Klimperketten eine Schnur mit einem Spiegelstück hing. Eine einzige Scherbe.

Dann war Avon fort – und Nova völlig verblüfft: Wie durch Zauberei hatte sie plötzlich Avons Outfit an. Sogar die Frisur hatte mitgewechselt, so als hätte sie bei einem Theaterstück Avons Zweitbesetzung gespielt.

Da fiel ihr Blick auf die Freundschaftskette am Boden. Fee! Sie schnappte die Kette und rannte, so schnell sie ihre Beine trugen, den Flur hinunter, um Fee einzuholen. Sie erreichte ihre Freundin gerade noch rechtzeitig vor dem Musiksaal.

„Fee! Warte!"

Fee blieb eine Sekunde vor der Tür stehen, dann drehte sie sich um. „Willst du mich weiter beleidigen?"

„Nein, Fee! Das war nicht ich!", sagte Nova. „Das war Avon gerade eben! Ich würde doch nie …"

„Nette Ausrede", schnitt Fee ihr das Wort ab. „War dein böser Zwilling etwa dabei, als ich dir mein Geheimnis erzählt habe? Nein, Nova. Wir waren ganz allein, nur du und

ich." Sie schnaubte. „Und ich habe dir auch noch mit Fitz geholfen. So eine Freundin bin ich."
„Fee, bitte!", versuchte Nova es erneut.
„Vergiss es!", sagte Fee. „Wir sind keine Freundinnen mehr. Mit dir will ich auch nicht befreundet sein. Du bist eine Lügnerin und hast mich ausgenutzt. War sicher ein schönes Experiment, oder? Du hast Viola bestimmt alles erzählt, was wir so gemacht haben."
„Nein, Fee, das würde ich niemals tun!"
„Ich muss in den Unterricht", sagte Fee kühl. „Lass mich in Ruhe und sprich mich nie wieder an, Nova Stark."
Fee ging in die Klasse und Nova war wieder allein.
Ihre Freundin war weg.
Novas Herz zersprang in tausend Stücke.

25

VOM Unterricht bekam Nova an diesem Tag rein gar nichts mehr mit. Sie fühlte sich elend. In der Pause war sie so deprimiert, dass sie sich sogar automatisch zu Viola und ihren Bewunderern an den Tisch setzte, als diese Nova zu sich rief. Nova stocherte bedrückt in ihrem Essen herum und hörte Violas Gequassel nur mit halbem Ohr zu. Hatte sie sich das nicht immer gewünscht? Am Tisch der Coolen zu sitzen? Violas Freundin zu werden, sie bewundern zu dürfen?

Aber alles fühlte sich falsch an. Nova konnte nicht aufhören, an Fee zu denken. Um ihren Hals hingen nun zwei Hälften einer Freundschaftskette. Als es draußen anfing zu regnen, dachte Nova daran, dass die Wolken wohl genauso viel Lust zum Weinen hatten wie sie.

***

Der Dienstag lief auch nicht rosiger. Nova hatte ohnehin noch schlechte Laune, weil sie gestern Abend Avons Chaos in ihrem Zimmer hatte beseitigen müssen. Aber – heute keine Avon weit und breit. Leider galt das Gleiche auch für Fee. Sie war nicht im Schulbus, nicht bei ihrem Spind, nicht am Schulkiosk. Sie ging Nova aus dem Weg.

Nova fühlte sich immer kränker. Traurig schleppte sie sich durch den Unterricht und saß in der nächsten Pause wieder bei Viola, um nicht allein zu sein. Nova wurde dabei immer klarer, dass es ganz und gar nicht so toll war, Viola als Freundin zu haben, wie alle dachten. Sie redete immer nur über sich selbst und fragte kein einziges Mal, wie es Emma, Caillie oder Nova ging.

Als der schrecklich lange Schultag endlich endete, wollte Nova nur noch nach Hause und sich im Bett verkriechen. Sie drängte sich durch den Schülerpulk, der Richtung Ausgang strömte, als eine Hand sie von hinten berührte: „Miss Stark, hätten Sie einen Moment Zeit?"

Miss Moore. Na wunderbar! Wahrscheinlich hatte sie den Aufsatz gelesen, den Nova heute Morgen kurz vor der Schule lieblos hingeklatscht hatte. „Überflüssige Orte: der Jahrmarkt". Inzwischen hasste sie das Thema nur noch – damit hatte doch alles erst angefangen!

Ohne große Lust folgte sie Miss Moore in das leere Klas-

senzimmer und setzte sich auf einen Stuhl in der ersten Reihe. Die Lehrerin lehnte am Lehrerpult, Novas Aufsatz in den Händen und die Augen auf Nova gerichtet.
„Ich wollte mit Ihnen über den Aufsatz reden, Miss Stark", begann Miss Moore. „Heute in der Mittagspause habe ich angefangen, einige der Aufsätze zu lesen, und dieser hier war dabei. Können Sie mir sagen, wie das Thema lautete, das ich vorgegeben habe?"
Nova runzelte die Stirn. War das eine Fangfrage?
„Jeder in der Klasse sollte über einen besonderen Ort der Stadt schreiben", antwortete Nova. „Ich hatte den Jahrmarkt und genau darüber habe ich geschrieben."
Miss Moore räusperte sich und blickte aufs Papier.
„Der Jahrmarkt ist der schrecklichste Ort der Welt, denn er verändert das Leben der Menschen", las Miss Moore vor. *„Das einzige Besondere daran ist, wie besonders dumm die Leute sind, die dorthin gehen. Ich wurde dort ausgelacht und verflucht und danach ging alles den Bach runter. Der Jahrmarkt sieht von weitem vielleicht schön aus, aber aus der Nähe betrachtet ist er nur ein Haufen Müll."*
Miss Moore sah Nova kurz an und las dann weiter vor.
„Eine alte Hexe lebt dort, der es Freude macht, Menschen zu quälen. Wer denkt, die Schule wäre die Hölle, sollte niemals Madame Esmeralda begegnen. Meine Eltern sind verrückt nach

dem Übernatürlichen und ich hätte nicht gedacht, dass es etwas gibt, was ich mehr hasse als mein Zuhause. Doch der Besuch auf dem Jahrmarkt hat mich umgestimmt. Dieser Ort ist so besonders wie der Dreck unter meinen Schuhen."
Die Lehrerin seufzte und legte Novas Aufsatz neben sich auf das Pult. Für einen Moment herrschte vollkommene Stille.
„Möchten Sie etwas dazu sagen, Miss Stark?"
„Es ist alles wahr", antwortete Nova missmutig.
„Sie schreiben doch eigentlich gute Aufsätze", sagte Miss Moore freundlich. „Aber jeder Satz auf diesem Papier klingt fürchterlich zornig. Da frage ich mich ..."
„Ich sagte doch, es ist wahr!" Nova sprang auf. Eine Welle aus unbändiger Wut flutete über sie hinweg. „Madame Esmeralda ist eine Hexe und hat mich verflucht! Deshalb ist nun plötzlich Avon da und Fee ist weg und ..." Novas Stimme wurde immer leiser. Dann hielt sie es nicht mehr aus und begann zu weinen. Sie sackte auf den Stuhl zurück und vergrub das Gesicht in den Händen. Tränen liefen ihr über die Wangen bis zum Kinn. „Ich weiß einfach nicht mehr weiter, Miss Moore."
Die Lehrerin zog einen Stuhl heran und setzte sich neben Nova. Sanft tätschelte sie ihr den Rücken.
Als Nova sich etwas beruhigt hatte, reichte Miss Moore ihr

ein altmodisches, besticktes Stofftaschentuch. Nova nahm es dankbar an, putzte sich die Nase und atmete tief durch.
„Das klingt alles recht verzwickt", sagte Miss Moore.
„Es ist schrecklich", schniefte Nova. „Miss Moore … Was soll ich denn jetzt nur machen?"
„Möchtest du mir die ganze Geschichte erzählen? Von Anfang an?"
Nova dachte kurz nach. Eine Seite in ihr sehnte sich danach, sich einem Erwachsenen anzuvertrauen und Hilfe zu bekommen. Aber gleichzeitig wusste sie, wie gefährlich das war. Es brachte Miss Moore in Gefahr. Avon war unberechenbar.
„Ich kann nicht", sagte Nova leise.
„Na gut", antwortete Miss Moore. „Stellen wir eine Theorie auf: Wenn da also rein theoretisch ein Mädchen wäre. Und sie wäre rein theoretisch auf dem Jahrmarkt verflucht worden. Dann hätte dieses Mädchen rein theoretisch ein riesiges Problem. Verstehe ich das richtig, Nova?"
„Rein theoretisch schon", sagte Nova und ein mattes Lächeln stahl sich auf ihre Lippen. „Was dann?"
„Das Mädchen bräuchte natürlich Hilfe."
„Das kommt mir bekannt vor", murmelte Nova.
„Wo würde das Mädchen denn Hilfe finden?" Miss Moore sah Nova fragend an.

„Bei ihrer Freundin", antwortete Nova.
„Dann sollte sie sich mit ihrer Freundin vertragen, oder? Das wäre der erste logische Schritt."
„Haben Sie schon mal jemanden ganz schlimm verletzt, ohne dass es Ihre Schuld war, Miss Moore?", fragte Nova.
„Leider schon", sagte die Lehrerin. „Da gibt es nur eins: sich erklären. Sich entschuldigen."
„Aber das hab ich doch!", rief Nova. „Fee will nichts mehr von mir wissen!" Schon wieder stiegen Tränen in ihr hoch.
„Dann gib auf und suche dir einen neuen Verbündeten."
Nova starrte die Lehrerin entsetzt an, als diese weitersprach: „Oder kämpfe für eure Freundschaft – und entschuldige dich wieder und wieder, so lange, wie es sein muss! Eine beste Freundin wird irgendwann sehen, dass man es ernst meint. Sie wird verzeihen."
Nova wischte sich eine letzte Träne weg. „Glauben Sie das wirklich?"
„Es gibt nichts Stärkeres als Freundschaft."
Nova zog die beiden Freundschaftsketten unter ihrem Shirt hervor. Fee hatte so verletzt ausgesehen, als sie die Kette weggeworfen hatte. Nova bekam eine Gänsehaut. Ob Fee ihr wirklich verzeihen konnte?
„Nichts Stärkeres als Freundschaft", wiederholte Nova ganz leise. Und wiederholte es in Gedanken wieder und

wieder wie eine Beschwörungsformel. Nichts Stärkeres als Freundschaft ...

„Danke, Miss Moore", sagte Nova und stand auf.

„Du kannst den Aufsatz neu schreiben und nächste Woche abgeben", sagte die Lehrerin. „Wenn du möchtest. Weniger Schimpfwörter wären ganz nett." Sie schenkte Nova ein seltenes Lächeln.

Nova nickte dankbar, nahm ihre Tasche und verabschiedete sich. Es gibt nichts Stärkeres als Freundschaft ... Der Satz spukte ihr den ganzen Nachhauseweg im Kopf herum.

***

Immer wieder griff Nova zum Telefon und wählte Fees Nummer, aber jedes Mal legte sie feige wieder auf, ehe es klingelte.

Nova ging die Schritte des Antifluchzaubers wieder und wieder durch. Sie beschäftigte sich mit der Zahl sieben – für die sieben Schritte. Sie grübelte über die Rolle des Spiegels nach und recherchierte über Wahrsagerinnen und Hexen. Stundenlang suchte sie sich im Internet dumm und dämlich – und landete irgendwann wieder auf Fee-tastisch. Reine Ironie, dachte Nova. Das Internet gab nichts Neues her. Sie konnte mit niemandem reden und sie war allein.

Nova vermisste Fee unendlich.

Ihren komischen Aufzug, ihr endloses Gefasel über die Serie von Mr Stark und ihre seltsamen Witze. Sie hatte Fees Stimme im Ohr, die sagte: „Ich bin immerhin eine Expertin, Nova."

Tolle Expertin, die Nova nicht von Avon unterscheiden konnte!

Es war längst Abend, als Nova dann doch auf Fees Blog klickte. Es gab einen neuen Eintrag. Und als Nova die Überschrift las, blieb ihr für eine Sekunde die Luft weg.

Wenn Freunde zu Feinden werden

Nova schluckte schwer und scrollte herunter.

Im Kampf gegen das Übernatürliche braucht man Verbündete. Ohne Freunde ist man ziemlich aufgeschmissen. Doch was ist, wenn ihr jemandem vertraut und sich der dann als Verräter herausstellt? So eine Erfahrung habe ich gemacht. Ich fühle mich ausgenutzt und bin traurig. Wie geht es jetzt weiter? Ich weiß es nicht. Ich wünschte mir, ich könnte die Zeit zurückdrehen. Vielleicht ist das alles auch nur ein weiteres Rätsel, das ich lösen muss? Was denkt ihr? Könnt ihr mir einen Rat geben? Danke, eure Fee!

In Novas Kehle hatte sich ein dicker Kloß gebildet. Sie wollte den Post nicht mehr sehen und ließ die Maus zu dem X oben in der Ecke wandern, um ihn zu schließen. Dann dachte sie an Miss Moores Worte. Nova nahm all ihren Mut zusammen und tippte eilig einen Kommentar unter den neuen Blogeintrag.

Liebe Fee, es tut mir leid. Aber ich wurde genauso ausgetrickst wie du. Das war nicht ICH! Nicht die Nova, die du kennst, es war Avon!!!! Wir müssen das wieder hinbekommen. Bitte, bitte, Fee!!!!!!! Unsere Freundschaft ist stärker als irgendeine dumme Lüge. Das weiß ich. Ich vermisse dich. Denk drüber nach. Du kennst mich doch. Deine Nova.

Senden.
Nova schaltete den Laptop aus. Sie fühlte sich völlig erschöpft und ihr Kopf schmerzte. Vielleicht wurde sie ja richtig krank. Dann konnte sie morgen auch direkt zu Hause bleiben. Hausaufgaben hatte sie eh nicht gemacht – und vor allem würde sie sich einen weiteren Schultag mit Kummer, Viola und einem verärgerten Fitz ersparen. Ja, das war eine wirklich, wirklich gute Idee.

26

Am Mittwoch ließ Nova den Unterricht sausen. Es war nicht leicht gewesen, ihren Eltern klarzumachen, dass sie auch wirklich allein zurechtkam. Mrs Stark war vor Sorge kurz davor gewesen, ebenfalls daheim zu bleiben, und es hatte Nova einiges abverlangt, sie vom Gegenteil zu überzeugen. Dafür rief ihre Mutter nun gefühlt jede halbe Stunde an, um sich nach Novas Wohl zu erkundigen. Erst als Nova meinte, sie müsse nun etwas schlafen, ließ Mrs Stark das Telefon-Stalking endlich sein.

Mit schwerem Herzen lag Nova im Bett, starrte die Zimmerdecke an und dachte an Fee. Sie stand nur zweimal kurz auf, um Wally eine Runde fliegen zu lassen, und später, um den Käfig wieder zu schließen. So zogen sich die Stunden bis in den späten Nachmittag hinein.

Als Mrs Stark ihr am Nachmittag eine Gemüsesuppe brachte, fühlte Nova sich richtig krank vor Kummer und Langeweile. Sie löffelte den Teller in sich hinein, und ob-

wohl die Suppe reichlich fade schmeckte, fühlte Nova sich danach doch etwas besser – vor allem ihr Magen, der sich schon angehört hatte wie ein schlecht gelaunter Grizzlybär. Gerade hatte Nova erfolgreich ihren Vater vertrieben, der ihr unbedingt hatte eine Geschichte vorlesen wollen. Sie ließ sich erschöpft zurück ins Kissen plumpsen, als es – es war kurz nach fünf – unten an der Haustür klingelte.
Nova hörte die Stimme ihrer Eltern, leichte Schritte, die die Treppe hinaufflogen. Dann klopfte es an ihrer Zimmertür. „Hercin", sagte sie zaghaft.
Und herein trat Fee.
Nova klappte der Mund auf. „FEE!", rief sie begeistert. Sie schlug die Bettdecke weg, hüpfte mit einem Satz aus dem Bett – und blieb dann zögernd stehen.
Fees Miene war todernst. „Nova, ich hab deinen Kommentar gelesen", sagte Fee. In ihren Augen glitzerte es.
Und dann hielt die beiden Mädchen nichts mehr davon ab, sich wieder zu vertragen. Nova warf sich in einer stürmischen Umarmung Fee an den Hals und drückte sie ganz fest an sich. Erst nach einer ganzen Weile ließen sie los und setzten sich im Schneidersitz auf den Teppich.
„Ich bin so froh, dass du da bist!"
„Ich fühle mich wie eine Idiotin!", sagte Fee und senkte beschämt den Kopf.

„Sag das nicht, Fee", bat Nova.
„Ich kann Avon nicht mal von dir unterscheiden", meinte Fee bekümmert. „Tolle Expertin bin ich."
Nova bekam ein schlechtes Gewissen, weil sie genau das gestern Abend noch selbst gedacht hatte. Aber Fee war hier und Nova konnte die Dinge wieder zum Guten wenden! Nova packte Fees Hand. „Jetzt wird nicht in Selbstmitleid gebadet", sagte sie energisch. „Avon wird uns nicht mehr trennen."
„Großes Ehrenwort!", versprach Fee.
„Großes Ehrenwort", wiederholte Nova.
Dann gab Nova Fee die Freundschaftskette zurück. Einige Momente verstrichen, die sich ganz komisch anfühlten, aber dann begann Fee zu lächeln und alles schien wieder normal zu werden. Normal-verrückt eben.
„Das mit dem Post tut mir trotzdem leid", sagte Fee. „Ich war nur so traurig und verletzt und wütend."
„Ein bisschen ging es mir genauso", sagte Nova.
„Bist du wirklich krank?"
„Mir geht es wieder besser", antwortete Nova ausweichend. „Vor allem, weil du da bist, Fee."
„Du hast nicht als Einzige auf dem Blog kommentiert", sagte Fee. „Da war noch eine andere Nachricht und die hat mich zum Nachdenken gebracht."

„Endlich ein Hinweis?", fragte Nova.
„Es geht um den Spiegel", erklärte Fee.
„Über den habe ich auch viel nachgedacht."
„Wir haben alles richtig gemacht, nur der Spiegel ist zerbrochen. Genau wie im Zelt von Madame Esmeralda", fasste Fee zusammen. „Wir brauchen einen neuen und müssen den letzten Schritt wiederholen."
„Stand das auf deinem Blog?"
„Der Tipp kam wieder vom ‚mysteriösen M' ... Diese Person hat uns schon einmal geholfen, weißt du noch? Damals, als wir das erste Mal auf meinem Blog um Hilfe gebeten haben. *Es kann nur eine geben* ... und all der Kram."
Nova nickte. „Also kaufen wir einen neuen Spiegel?"
„Ja, aber nicht irgendwo ..."
Nova sah Fee fragend an.
Fee grinste. „Wir gehen in den Zauberladen!"
„Es gibt einen Zauberladen in Richmond?"
„Einen ganz kleinen", meinte Fee. „Ziemlich schwer zu finden, wenn man nicht weiß, wo er ist. Ich bin mal durch Zufall dran vorbeigegangen. Er ist spitze!"
„Gut." Nova war mit allem einverstanden. Hauptsache, Fee war wieder da. „Dann besorgen wir morgen nach der Schule gleich den Spiegel und wiederholen den letzten Schritt."

„Und dann sind wir Avon endgültig los!", fügte Fee hinzu.
„Das glaube ich erst, wenn es geklappt hat", meinte Nova.
„Ich dachte schon so oft, sie wäre weg ... Ich traue mich ja kaum, morgen zur Schule zu fahren."
Fee nahm ihre Hälfte der Freundschaftskette und legte sie sich wieder um den Hals. Der Verschluss klickte. „Du hast es selbst gesagt: Freundschaft ist das Stärkste, was es gibt. Wir werden Avon besiegen."
Nova musste grinsen. Fee klang so dramatisch. „Der Spruch ist übrigens von Miss Moore", sagte sie. „Sie ist eigentlich ganz okay."
„Du musst echt krank sein, wenn du sagst, dass Miss Moore ganz okay ist!", stieß Fee schockiert aus. „Miss Moore ist der Englisch-Teufel."
„Vielleicht", murmelte Nova nachdenklich. „Vielleicht auch nicht."

**

Nova war den ganzen Donnerstag über in Alarmbereitschaft. In der Schule hatte sie das Gefühl, an jeder Ecke würde Avon lauern und sie wieder von der Bildfläche wischen. Das lag vor allem an der silbernen Spur. Schon am Abend zuvor hatte Nova sie schwach glitzern sehen, aber seit heute morgen verfolgte sie Nova. Ein paar Mal hatte Nova versucht, der Spur zu folgen, aber es fühlte sich dabei nur so an, als liefe sie im Kreis. Die kurzen Pausen zwischen den Stunden reichten kaum aus, um nachzuforschen. Angespannt bewegte sich Nova durch die Gänge, immer auf der Hut vor Avon; immer mit der Angst, diese könnte jeden Moment den Platz mit ihr tauschen. In den Pausen wich Fee nicht von Novas Seite, aber daraufhin fühlte sich Nova während der Schulstunden umso schutzloser. Beobachtete Avon sie etwa die ganze Zeit?

Aber nichts passierte – mit Ausnahme einiger giftiger Blicke von Viola, der es gar nicht gefiel, dass Nova in der Pause wieder bei Fee saß. Allerdings war sie viel zu sehr mit Partyplanen beschäftigt, als dass sie sich Nova wirklich widmen konnte.

Kaum hatte die Schulglocke das Ende der letzten Stunde verkündet, saßen Nova und Fee schon im Bus Richtung Stadt auf dem Weg zum Zauberladen. Am Busbahnhof stiegen sie aus. Fee brauchte eine Weile, ehe sie den Laden wiederfand. Drei Mal liefen sie an der unscheinbaren Gasse vorbei, die von der Haupteinkaufsstraße abging, ehe Fee beherzt einbog und Nova durch ein dunkles, schmuddeliges und wenig belebtes Straßengewirr lotste. Nova fand es ziemlich unheimlich in dieser Ecke der Stadt, sagte aber nichts – Fee fürchtete sich schließlich auch nicht. Die meisten Läden hier standen leer, die Fenster waren mit Brettern zugenagelt. Sie liefen an einigen heruntergekommenen Häusern vorbei, bogen um eine Ecke – und standen vor dem Zauberladen.

Nova staunte. Er sah richtig alt aus. Über dem Eingang hing ein breites Holzschild, auf das jemand mit roter Farbe „Hokuspokus – seit 1893" geschrieben hatte. Im Schaufenster lagen seltsame Glasinstrumente auf samtenen Kissen, daneben Pendel, Kristallschmuck und Medaillons.

Fee war schon dabei, an der verstaubten Glastür herumzufummeln.

„Hilf mir mal", sagte sie. „Die klemmt."

Gemeinsam stemmten die Mädchen die Tür auf. Ein helles Glöckchen kündigte sie an. Nova stutzte. Sie hatte sich den Laden rumpelig wie bei ihren Eltern vorgestellt – doch der Verkaufsraum war zu ihrer Verwunderung sauber und überraschend ordentlich. Aus der Mode gekommene Möbel unterteilten den Raum in verschiedene Gänge. In den Regalen an den Wänden standen sorgsam aufgereiht Gläser und Körbe mit allerhand Flüssigkeiten und getrockneten Kräutern. Jede Menge Edelsteine, Federn oder Perlen lagen in flachen Schalen auf kleinen Beistelltischen. An einer anderen Stelle gab es lauter Bücher mit verrückten

Titeln. Ein bisschen sah es aus wie in Fees Sammelsurium – nur dass hier noch deutlich mehr komisches Zeugs aufbewahrt wurde.

Hinter einem großen Tresen aus dunklem Nussholz saß eine junge Frau und blätterte in einem Magazin. Nova runzelte die Stirn. Die Frau hielt die Zeitschrift verkehrt herum.

„Entschuldigen Sie", begann Nova und versuchte, nicht darauf zu achten. „Wir suchen ..." Sie zögerte. Sie konnte ja schlecht sagen: Wir suchen einen magischen Spiegel, der böse Doppelgängerinnen einfängt, oder? Anderseits befand sie sich in einem Zauberladen ...

„Etwas Bestimmtes", meinte die Frau. Langsam legte sie die Zeitschrift aus der Hand und beäugte Nova. „Wusstet ihr, dass es gegen Schluckauf helfen soll, wenn man Sachen auf dem Kopf liest?"

„Davon habe ich noch nie gehört."

„Vielleicht hilft es deshalb nichts." Die Frau hickste und verzog das Gesicht. „So was Dummes."

Plötzlich stürmte Fee zum Tresen, schlug laut mit der Faust auf das Holz und stieß einen Schrei aus. Die Frau erschrak so sehr, dass sie ebenfalls schrie. Nova zuckte zusammen. Dann wurde es wieder totenstill.

„Ein ordentlicher Schrecken hilft", sagte Fee.

Die Frau nickte, als sei es völlig normal, dass junge Mädchen in den Zauberladen kamen und sie zu Tode erschreckten, indem sie wie wild brüllten. „Vielen Dank. Also, was kann ich für euch tun?"
„Wir brauchen einen neuen magischen Spiegel."
Wieder nickte die Frau, als sei auch das normal. „Wir haben keine mehr", antwortete sie.
Nova schaute die Frau enttäuscht an. „Wirklich?"
„Sie haben nicht mal nachgeschaut!", meinte Fee. Dann deutete sie auf Nova. „Es ist ein Notfall."
Die Frau sah Nova stirnrunzelnd an. „Was ist denn los?"
„Ist eine lange Geschichte", sagte Nova und versuchte, sich ihre Ungeduld nicht anmerken zu lassen. „Sehr lang. Könnten Sie nicht bitte einmal nachsehen?"
Die Frau sah Nova einen Moment an, dann nickte sie wieder. „Vielleicht haben wir doch noch einen." Sie stand auf und verschwand hinter einem Vorhang.
Nova und Fee sahen sich an.
„Was, wenn sie keinen mehr haben?", fragte Nova.
„Wir haben wirklich noch einen!" Schwups war die Frau wieder zurück und legte einen Handspiegel auf den Tresen. Nova fand, dass er genauso aussah wie die, die man in der Drogerie kaufen konnte. Aber immerhin sah er auch dem der Wahrsagerin ein bisschen ähnlich.

„Der ist aber besonders teuer, Kinder", sagte die Frau.
„Auf dem Schild steht fünf Pfund", meinte Nova.
Die Frau riss das dünne Papierschild ab, das an einer Kordel um den Griff hing. „Der kostet aber zwanzig Pfund. Wollt ihr ihn haben?"
„Das ist Wucher!", fluchte Fee.
„So viel haben wir nicht", sagte Nova.
„Wie viel habt ihr denn?", fragte die Frau.
Nova und Fee kramten in ihren Taschen und suchten alles Geld zusammen, das sie bei sich trugen. Sie kamen auf genau elf Pfund und sahen die Verkäuferin hilflos an. Diese schnappte sich die Scheine vom Tresen.
„Der Preis ist gerade gefallen. Viel Spaß."
Nova nahm den Spiegel vom Tresen und steckte ihn behutsam in ihre Schultasche.
„Die hat sie doch nicht mehr alle", sagte Nova, als sie die Tür hinter sich zuzogen und wieder hinaus in die schmierige Gasse traten.
„Immerhin haben wir den Spiegel", sagte Fee.
Jetzt hieß es – ran an den neuen Plan!

27

BEI Nova zu Hause überlegten die Mädchen, wie man Avon am besten anlocken konnte. Zuvor hatten sie eine halbe Stunde lang den magischen Spruch eingeübt, den Fee in der vergangenen Nacht noch mit Hilfe alter Hexenbücher erarbeitet hatte.

„Der Antifluchzauber sitzt." Fee war zufrieden. „Jetzt müssen wir nur noch Avon anlocken und dann mit ihr den siebten Schritt wiederholen!" Sie verstreute einen Salzkreis auf dem Boden, der böse Geister bannen sollte. „Leg los …"

Doch das war leichter gesagt als getan. Nova wusste nicht, wie sie anfangen sollte. Fee schlug vor, dass Nova ihre Erinnerungen an Avon durchforstete. Wann tauchte die Doppelgängerin auf? Was passierte vorher? Nova wurde klar, dass es keine schönen Momente waren. Peinliche Lagen, Angst und Unsicherheit … Avon hatte solche Dinge ausgenutzt. „Sie taucht immer dann auf, wenn ich in der Klemme stecke", sagte Nova.

Fee überlegte. „Horche ganz tief in dich hinein! Wie fühlt es sich an, wenn Avon auftaucht? Bewege dich zurück in dieses Gefühl …"

Nova klärte mit Hilfe einiger Meditationssprüche von Fee ihren Kopf und versuchte, negative Gefühle heraufzubeschwören. Nichts passierte.

„Vielleicht mag sie es, wenn du gequält wirst", sagte Fee und zwickte Nova versuchsweise in den Arm.

„Aua, Mensch, Fee!", sagte Nova empört.

Fee trat ihr gegen das Schienbein.

„Was soll das denn?", rief Nova.

„Ich quäle dich."

„Das klappt nicht."

„Vielleicht muss Viola dich ja quälen."

Nova schauderte. „Bitte nicht, Fee."

„Aber du hasst sie, weil sie immer auf dir herumhackt, oder?", bohrte Fee nach. „Weil sie dich Supernova nennt und vor Fitz dumm dastehen lässt."

„Jaja … Das weiß ich selber", grummelte Nova.

„Vielleicht stimmt das ja …"

Nova glotzte Fee an. Sie musste sich verhört haben.

„Na ja, stell dir mal vor …", sprach Fee weiter. „Am Ende hat Viola doch Recht! Und du solltest dir Mühe geben, mehr so zu sein wie sie …"

Nova schluckte. Wie oft hatte Viola ihr gesagt, dass sie hässlich, tollpatschig und dumm war. In ihrem Bauch fing es an zu drücken.

Du bist eben nicht gut genug, flüsterte eine fiese Stimme in ihrem Kopf. Schon gar nicht für Fitz Alcott! Bei dem Gedanken, wie kalt und ablehnend Fitz sie – Avon – angesehen hatte, wurde Nova todtraurig. Fitz hasste sie. Langsam kullerte eine einzelne Träne über Novas Wange.

Doch es blieb keine Zeit, Trübsal zu blasen, denn die silberne Spur leuchtete hell auf …

… und im nächsten Augenblick war Avon da.

Sie landete mitten im Salzkreis. „Was soll das denn bitte sein?"

„Ihr habt die Plätze getauscht!", jubelte Fee. Und im nächsten Moment fixierte sie Avon grimmig. „Du bist also Novas böser Zwilling."

„Mit Losern rede ich nicht", sagte Avon hochnäsig. „Und überhaupt – was soll das hier alles bewirken?"

„Das wirst du gleich sehen", sagte Nova.

„Das wirst du gleich sehen", sagte auch Fee, die Nova nicht hören konnte, und hielt Avon den Spiegel entgegen.

Nova stellte sich an die Seite ihrer Freundin.

„Wir kehren den Fluch jetzt um", verkündete Fee und streckte den Spiegel nach vorne.

„Wie soll das denn funktionieren, wenn zwei Esel am Werk sind?", fragte Avon spöttisch. „Hätte ich jedes Mal einen Schokoriegel bekommen, wenn du versucht hast, mich loszuwerden, wäre ich jetzt kugelrund."
Fee sah verwirrt aus. Natürlich, sie konnte Nova ja nicht hören ...
„Nova, bist du da?", flüsterte Fee unsicher. „Komm zu mir."
„Ich stehe direkt neben dir", antwortete Nova, was natürlich reichlich sinnlos war.
„Ihr seid nicht besonders clever", meinte Avon und lächelte erheitert. „Habt ihr überhaupt einen Plan?"
Die machte sich über sie lustig!
Fee schnaubte empört. „Und Action, Nova." Sie hielt den Spiegel ausgestreckt und schloss die Augen.
„Los geht's", sagte Nova fest entschlossen. Sie legte ihre Hände über Fees, die noch immer den Spiegel festhielt. Dann schloss Nova die Augen. Laut und deutlich sprach sie die Worte für den Antifluchzauber, den sie vorher zusammen mit Fee immer wieder durchgegangen war. Es musste einfach klappen!

„Ich wasche diesen Fluch jetzt rein,
das Böse soll vergangen sein.
Das Doppelte, es soll verschwinden,

*die Macht des Guten soll mich finden
und Dunkelheit soll's nicht mehr geben –
verschwinde nun aus meinem Leben!"*

Avon rührte sich keinen Zentimeter. Sie lachte. „Habt ihr das zusammen gedichtet? Niedlich."
Nova wiederholte die Worte. Nichts passierte.
Auch Fee schien zu warten. Sie hielt noch immer den Spiegel, blinzelte aber, ob Avon noch da war.
Nova zögerte. Sah die silberne Spur schon schwächer aus oder war das nur Einbildung? Aller guten Dinge waren drei, also versuchte Nova es ein weiteres Mal.
Avon krümmte sich vor Lachen und ließ sich auf den Boden sacken. „Wenn Viola euch jetzt sehen könnte!"
„Halt deine blöde Klappe!", zischte Fee.
„Von Miss Expertin lasse ich mir gar nichts sagen. Selten dämlich, dass du Nova eine Nachricht mit deinem Geheimnis schreibst und dich dann wunderst, wenn jemand anderes es mitbekommt. Stell doch gleich dein Tagebuch ins Internet – ach, Sekunde, das tust du schon."
„Das ist ein Blog, kein Tagebuch!"
„Blog steht wohl für *B*löder *l*ahmer *o*ller *G*eek?" Avon grinste. „Du bist genauso armselig wie Nova. Oder, Moment, noch armseliger?"

„Wage es nicht, Fee zu beleidigen!", brauste Nova hoch. Avons Gestalt flackerte kurz wie ein Fernsehbild mit Empfangsstörung. Nova riss die Augen auf. Was war das? Zeigte der Antifluchzauber nun doch Wirkung? Das silberne Band zwischen Avon und Nova glitzerte schwächer.
„Nova?", fragte Fee. Anscheinend hatte sie Nova für eine Sekunde neben sich stehen sehen. „Ich kann deine Hände spüren!" Fee grinste. „Nimm das, du blöde Kopie!"
Avon sah tatsächlich etwas blass aus. Auf einmal griff sie sich an die Kehle und wimmerte schrill. „Was ist das nur? Macht, dass es aufhört!"
Nova und Fee starrten Avon erwartungsvoll an. Avon ging in die Knie und fasste sich stöhnend am Kopf. Dann rollte sich die Doppelgängerin laut keuchend am Boden zusammen. Ihr Abbild flackerte erneut – dieses Mal konnte auch Fee es ganz deutlich sehen.
„Sie löst sich auf!", rief Fee triumphierend. „Der Spiegelzauber funktioniert!"
Nova bekam ein flaues Gefühl im Magen – lag das daran, dass sie gerade wieder in ihren echten Körper zurückkehrte? Avon flackerte immer stärker. Und – plopp! – sie war verschwunden. Und Fee fiel ihr jubelnd um den Hals.
„Da bist du ja wieder, Nova! Wir haben es geschafft! Avon ist weg!"

Nova lächelte Fee erleichtert an. Doch ein merkwürdiges Gefühl blieb. Denn kurz bevor ihre Doppelgängerin verschwunden war, hatte sie Nova in die Augen geblickt – und für eine Nanosekunde hatte es ausgesehen, als würde Avon lächeln.

***

Nova verschluckte sich beinahe an ihrer Pizza, als sie sah, dass Viola auf ihren Tisch zulief. Es war Freitagvormittag und sie hatten gerade große Lunchpause.
„Mein Bruder will dich nicht mehr dabeihaben!", rief Viola triumphierend.
„Wieso sagt er ihr das nicht selber?", fragte Fee, dann flüsterte sie Nova zu: „Worum geht es eigentlich?"
Nova konnte es sich schon denken: die Party.
Sie ließ ihren Blick zu Violas Tisch hinüberschnellen. Dort saßen Fitz, Leo und die anderen Jungs – und wie immer dachte Fitz gar nicht daran, in ihre Richtung zu schauen. Seit Avons Auftritt war Nova Luft für ihn. Aber dass er jetzt sogar seine Schwester vorschickte, um Nova zu schikanieren ... Das war eigentlich nicht seine Art.
Wahrscheinlich steigerte sich Viola wieder in alles rein. Sie war echt die totale Dramaqueen. Was würde Avon wohl

tun?, musste Nova plötzlich denken. Die hätte sich von Viola auf jeden Fall nicht so von der Seite anquatschen lassen ...

„Bist du jetzt Botschafterin für Fitz?", fragte Nova und sah Viola direkt in die Augen. „Das letzte Mal, als ich mit ihm gesprochen habe, war er noch sehr gut in der Lage, mir selbst die Meinung zu geigen."

Viola gab ein empörtes Geräusch von sich. „Wie redest du denn mit mir?"

„So wie es mir in den Kram passt", antwortete Nova und biss extra gemütlich von ihrer Pizza ab.

Fee kicherte, als Violas Miene endgültig entgleiste. „Mach besser den Mund zu, Viola, sonst bleibt der noch so", sagte sie.

Viola schnappte nach Luft. „Mit dir ...", sie ließ den Blick abfällig über Fee gleiten, „rede ich gar nicht, Freak. Und du", sie wandte sich wieder Nova zu, „du bist so was von ausgeladen, Supernova!"

„Wer will schon auf deine dumme Party ...?" Fee zuckte mit den Schultern.

„Genau, wer will das schon?", sagte Nova. „Da kommandierst du doch sowieso nur jeden herum. Und tschüss."

Nova wusste selbst nicht, woher sie diesen Mut genommen hatte.

Viola bekam rote Flecken im Gesicht. „Du kleine Kröte!", schimpfte sie. Sie stampfte mit dem Fuß auf und hob drohend einen Finger. „Wenn ihr euch auch nur in die Nähe meiner megacoolen Party begebt, dann kille ich euch höchstpersönlich." Viola machte kehrt und ging zurück zu ihren Freundinnen.

Fitz hatte die ganze Zeit herübergesehen. Nova sah kurz zurück, dann drehte sie sich zu Fee. Sollte Fitz doch machen, was er wollte! Nova hatte es satt, sich zu verbiegen und anderen gerecht zu werden.

Ihre beste Freundin hielt eine Hand hoch. „High five! Wir sind ein unschlagbares Team!"

„Das sind wir wirklich", sagte Nova und schlug ein.

Mit einer Freundin wie Fee brauchte Nova die Alcotts nun wirklich nicht mehr. Noch nicht mal den blöden Fitz.

28

BEIM Abendessen mit ihren Eltern war Nova seit langer Zeit wieder einmal entspannt. Es kam ihr wie eine Ewigkeit vor, dass sie einfach nur so gemütlich zu dritt dagesessen hatten. Einfach nur zusammensitzen und reden.
Sogar das Thema Homestory war okay. Morgen war es so weit – und Monty Stark konnte es kaum erwarten. Er freute sich wie ein kleines Kind und Nova konnte nicht anders – sie musste sich ein kleines bisschen mitfreuen.
Aufgeregt sagte ihr Vater die Sätze auf, die er sich zurechtgelegt hatte. „Was findet ihr besser? Soll ich mit ‚verehrte Zuschauer' oder doch lieber ‚meine treuen Fans' beginnen?", grübelte er. „Ich finde beides sehr gut, aber für eine Homestory wäre etwas Persönliches schon angebracht, findet ihr nicht?"
„Entscheide doch einfach spontan", sagte Nova.
„Spontan entscheiden? Nein, nein – das muss geplant werden", meinte Mr Stark. „Wie alles andere auch."

„Dad, das ist albern!", rief Nova. „Du hast schon tausend Fernsehshows gemacht! Wieso bist du so furchtbar nervös?"
„So eine Homestory ist etwas ganz anderes", entgegnete Mr Stark. „Bei der Serie moderiere ich Fakten für meine treuen Fans, aber das morgen ist eine ganz andere Liga. Das halbe Land wird zusehen und es ist mir wichtig, dass wir das richtige Bild vermitteln. Als Familie."
Nova schluckte. Allmählich wurde auch sie nervös. „Was, wenn ich dir alles versaue?", fragte sie.
„Das wirst du nicht", antwortete ihr Vater. „Ich könnte nicht stolzer auf dich sein. Was auch immer man dich fragt, du wirst die richtige Antwort finden. Und wenn du nichts sagen möchtest, lass es."
Mrs Stark, die dabei war, eine Liste abzuhaken, mischte sich ins Gespräch ein. „Wir haben genug zu essen und zu trinken da", murmelte sie, „der Garten ist auf Vordermann und die Bude blitzblank." Erleichtert sah sie auf und schob den Block weg. „Ich glaube, wir sind fertig!"
„Toll", sagte Nova mit schlechtem Gewissen. Ihre Eltern hatten die ganze Woche über geackert, während sie nur mit ihren eigenen Problemen beschäftigt war. „Kann ich denn auch noch etwas tun?"
„Du kannst mich meine Karteikarten abfragen!", rief Mr Stark eifrig. „Ich habe ein paar historische Geschichten

über das Haus zusammengetragen und wollte sie morgen einbauen. Für den Flair."
„Gern", sagte Nova gutmütig. „Für den Flair."
Ihre Mutter legte ihr eine Hand auf die Schulter. „Ich bin froh, dass du wieder die Alte bist, Schätzchen. Zwischendurch hast du dich wirklich seltsam benommen, Nova, äh ... Avon, meine ich natürlich ..."
„Avon ist Geschichte", sagte Nova schnell. „Bitte nennt mich wieder mit meinem richtigen Namen."
Ihr Vater lachte. „Sehr gern! Avon hat mir ehrlich gesagt nicht besonders gefallen."
„Mir auch nicht." Nova strahlte ihre Eltern an.
Ihre Mutter lächelte. „Vielleicht möchte Felicitas morgen Abend vorbeikommen und wir feiern eine Runde?"
Bei dem Wort feiern dachte Nova an die Party. Tief drinnen wäre sie gern hingegangen, um sich endlich mit Fitz auszusprechen ...
Ihre Mutter schien Gedanken lesen zu können. „Du, Nova? Wenn morgen alles glattläuft und du dich gut benimmst", sie zwinkerte, „geht doch noch auf die Party!"
„Meinst du das ernst?", fragte Nova strahlend.
„Wir standen in letzter Zeit alle ziemlich unter Strom", meinte Mrs Stark entschuldigend. „Und ich glaube, morgen Abend haben wir uns eine Belohnung verdient."

Nova juchzte glücklich. „Dann frage ich Dad auch hundert Karten ab!", rief sie. Dass Viola sie ausgeladen hatte, war ihr so was von egal. Sie würde sich nichts mehr verbieten lassen.

Nach dem Essen gingen Nova und ihr Vater über eine Stunde die Karteikarten durch. Und zu Novas Überraschung machte es ihr sogar Spaß! Ihr Vater leierte seine Geschichten herunter wie ein Schüler und Nova spielte die strenge Lehrerin. Als Nova dann noch zwischen ihren Eltern saß, sie gemeinsam einen Film im Abendprogramm ansahen und Popcorn futterten, war sie ziemlich zufrieden mit sich selbst. Sie würde den Samstag durchhalten. Sie würde mit Fee zur Party gehen. Sie würde sich mit Fitz versöhnen!

Das Glück war wieder auf ihrer Seite!

***

Der Samstag startete sehr früh für die Familie Stark. Novas Mutter weckte sie gegen halb sieben, damit sie gemeinsam frühstücken konnten, ehe die Leute vom Sender kamen. Anschließend verwandelte sie die Küche in ein einziges Buffet, als gälte es, 77 Menschen zu füttern und kein Fernsehteam von sieben Leuten. Pünktlich um neun standen die Fernsehleute vor der Tür.

Und für Nova begann ein langer Tag, an dem sie vor allem eins tun musste: lächeln. Es war anstrengend, aber verglichen mit dem, was sie während der letzten Tage hatte aushalten müssen, regelrecht ein Klacks.

Sie trug ein schlichtes dunkelblaues Kleid und hatte sich die Haare in zwei Zöpfen nach hinten weggesteckt.

Keine Sekunde wich sie von der Seite ihrer Eltern. Stolz gab Mr Stark der strahlenden Reporterin eine Führung durch das Haus und plauderte aus dem Nähkästchen. Nova hielt hinter der Kamera einen Daumen hoch, als ihr Vater die Fakten der Karteikarten perfekt in seine Erzählung einflocht, und ein kleines Lächeln flog über sein Gesicht.

Hin und wieder wurden auch Mrs Stark und Nova ein paar Sachen gefragt. Zum Beispiel zu der ungewöhnlichen Einrichtung oder über den Tagesablauf der Familie. Wie gemeinsame Wochenenden aussahen oder der Familienurlaub. Während die Kameraleute den Keller filmten, wartete Nova im Flur. Sie tippte Fee gerade eine SMS ins Handy: „Läuft super ☺", als ihr Vater zu ihr kam. „Wir sind jetzt fast durch." Er lächelte unsicher. „Zum Abschluss würden sie gern noch Einzelinterviews machen. Hast du Lust?"

Nova steckte ihr Handy weg. „Klar, das schaffe ich", sagte sie mutig. Und mit einem aufgeregten Gefühl im Bauch begab sie sich ins Wohnzimmer.

Dort wartete die Reporterin schon auf sie, während ein Kameramann das Stativ aufbaute. Ein anderer Techniker steckte Nova ein kleines Mikrofon an. Dann nickte er.
Nova nahm auf dem Sofa Platz, die Reporterin setzte sich neben sie, sie plauderten kurz über den bisherigen Tagesverlauf und dann ging es auch schon los. Nova konnte kaum glauben, wie leicht es ihr fiel. Es war, als hätte sie in ihrem Leben nichts anderes gemacht, als Interviews zu geben. Die Reporterin befragte sie zur Schule, zu ihren Freunden, zu ihren Hobbys – und Nova sprach offen und entspannt über alles, was sie so ausmachte. Bald störte sie sich nicht mehr an der starren Linse, die sie beim Reden filmte.
„Dann sag uns doch einmal", fragte die Reporterin mit ihrem immer gleichen Strahlelächeln, „hast du auch schon mal etwas absolut Übernatürliches erlebt, Nova?"
Novas Haut begann zu prickeln. Aber hallo! „Wenn Sie wüssten!", meinte Nova. „Erst gestern habe ich meine fiese Doppelgängerin vertrieben. Die wollte nämlich mein ganzes Leben umkrempeln."
Die Reporterin lachte, weil sie das Ganze für einen Scherz hielt. „Im Ernst, Nova: Was hältst du von deinem Vater? Wie ist es, einen Vater zu haben, der einem so außergewöhnlichen Beruf nachgeht?"

Nova stockte. *Es ist schrecklich,* hätte sie noch vor wenigen Tagen geantwortet. Das war Unsinn, so viel war Nova inzwischen klar. Aber trotzdem ... Ein Fan des Übernatürlichen war sie deswegen noch lange nicht...

Nova überlegte. „Ich finde die Jobs meiner Eltern gut", sagte sie dann. „Weil es manchmal mehr auf der Welt gibt, als wir mit unseren bloßen Augen sehen können. Mum und Dad wissen das und versuchen, anderen Leuten diese Sichtweise näherzubringen. Sie lieben, was sie tun. Und darauf bin ich stolz."

Und in dem Moment spürte Nova, dass es die Wahrheit war. Sie war nicht zu hundert Prozent mit allem einverstanden, was ihre Eltern taten. Aber ihre Eltern waren etwas Besonderes. Und sie selbst war es auch.

„Und – cuuuut!", rief der Kameramann.

„Hast du super gemacht, Nova!", lobte die Reporterin sie. „Wir haben alles im Kasten. Danke!"

Als das Kamerateam endlich verschwunden war, ließ sich Mr Stark erschöpft, aber glücklich auf die Couch plumpsen. Er strahlte bis über beide Ohren. „Das war einer der besten Tage meines Lebens!"

„Alles lief wunderbar!", bestätigte Mrs Stark und gab ihm einen Kuss.

„Es war wirklich ... okay", meinte Nova.

„Okay? Wir waren alle spitze!", sagte Novas Vater glücklich. „Ich kann es kaum erwarten, wenn sie die Homestory ausstrahlen. Das schauen wir dann gemeinsam."
In dem Moment vibrierte Novas Handy. Fee!

Und, seid ihr fertig?

Gerade eben. Endlich! War megaanstrengend, aber gut! Ich wurde interviewt!!!

Wow, wie cool!

„Ist das Felicitas?", fragte Novas Mutter.
„Jup." Nova grinste und sagte gedehnt: „Muuum ..."
Mrs Stark lächelte. „Natürlich. Die Party." Sie zwinkerte. „Ab mit dir!"
„Du hast so toll mitgemacht, Nova! Danke!" Novas Vater rappelte sich auf und drückte Nova an sich. „Soll ich euch zur Party fahren? Ich hab auch noch Autogramme, die könntest du wieder verteilen. Das kam doch so gut an."
Nova schüttelte energisch den Kopf. Ob ihr Vater jemals mit diesen unsinnigen Autogrammkarten aufhören würde?
„Nein, danke", wehrte sie wie immer ab und stürmte in ihr Zimmer, wo Wally sie glücklich erwartete.

Sie musste sich umziehen.

Bevor Nova in ihren Kleiderschrank abtauchte, schrieb sie Fee eine Nachricht:

Mach dich bereit. Wir gehen zur Party!

Viola Alcott würde sich noch wundern.

29

WIE immer übernahm Fees Mutter den Fahrdienst – und so standen die beiden Freundinnen wenig später vor dem Haus der Alcotts. Und staunten nicht schlecht. Das Haus war gigantisch! Die Familie Alcott wohnte in einer der besten Gegenden der Stadt und alles hier war luxuriöser als andernorts. Die Gebäude waren eindrucksvoller, die Gärten waren größer und die Autos waren fette Markenkarren. Viola und Fitz waren stinkreich!
Nova war froh, dass sie für die Party noch mal das Outfit gewechselt hatte. Alle waren total schick gekleidet. Sie hatte das schlichte blaue Kleid gegen ein schwarzes mit wallendem Rock eingetauscht. Es hatte sich ganz hinten in ihrem Schrank versteckt und siehe da – die richtige Wahl! Genau wie ihre Frisur – an ihr hatte Nova nichts verändert. Wie Fee zuvor mehrmals betont hatte, hielt sie nicht viel von Dresscodes. Trotzdem hatte sie sich, wenn auch widerwillig, von ihren schrägen Klamotten getrennt. Mit

dem weißen Rock und der gemusterten Bluse sah Fee richtig brav aus.

Die Party war schon in vollem Gang, als sich Nova und Fee unbemerkt unter die Gäste mischten. Die halbe Schule schien da zu sein – von wegen, eine Party für die Coolsten der Coolen!

Fee zupfte Nova am Arm, um auf sich aufmerksam zu machen. „Ich muss total dringend aufs Klo", sagte sie.

Novas Augen suchten noch die Menge ab. „Mmmh", machte sie abwesend.

„Schon verstanden", murrte Fee. „Du willst lieber nach Fitz suchen."

Nova sah ihre beste Freundin schuldbewusst an. „Quatsch, ich gehe mit dir."

„Schon okay", sagte Fee und grinste wissend. „Sagen wir, in zwanzig Minuten unten in der Küche? Dann gehe ich aufs Klo und du hältst nach Fitz Ausschau?"

„Fee, mein Schatz, du bist die Beste!", bedankte Nova sich überschwänglich.

Die beiden Mädchen trennten sich. Die Musik war laut und dröhnte Nova schmerzhaft in den Ohren. Sie lugte in alle möglichen Räume, tauchte schnell ab, als sie Viola im Wohnzimmer entdeckte, und fand Fitz schließlich draußen – an einem ovalen, lagunenartigen Pool.

Fitz saß mit einer Dose Cola in der Hand am Rand des Beckens und hielt die Beine ins Wasser. Im Gegensatz zu den anderen schien er sich nicht besonders gut zu amüsieren. Nova setzte sich neben ihn und winkelte die Beine an, damit ihre Schuhe nicht nass wurden.

„Nova?", fragte Fitz überrascht.

„Bitte lass es mich erklären", sagte Nova. „Wegen ..." Sie zögerte und holte Luft: „Neulich in der Schule. Du hast mich total ignoriert."

Fitz kickte ins Wasser und löste eine Welle aus.

„Ich war genervt", sagte er. „Alle Freundinnen von Viola sind gleich. Sie tun immer so, als wären sie anders, damit ich sie mag, und dann kommt raus, dass sie alle dieselbe Sorte blöde Kuh sind. Du auch. Das hat mich eiskalt erwischt, ich geb's zu." Wieder trat er ins Wasser.

„Aber das war nicht ich, Fitz", sagte Nova leise.

„Wer denn dann? Deine zickige Doppelgängerin?"

Nova sagte nichts dazu.

„Du hast dich so benommen, als wärst du ein ganz anderer Mensch", meinte Fitz. Er schien fast angewidert. „Alles fake. Da hab ich keinen Bock drauf. Weißt du, meine Eltern sind ganz wild auf Äußerlichkeiten. Alles soll perfekt sein, damit die Leute denken, wir wären perfekt. Aber das sind wir nicht. Alles so oberflächlich. Ich hasse das!"

„Dann frag mich etwas", sagte Nova. „Irgendetwas."
„Und du antwortest dann ganz ehrlich?"
„Das verspreche ich hoch und heilig."
„Hast du wirklich vorher noch nie Billard gespielt?", fragte Fitz und vor Überraschung musste Nova laut anfangen loszuprusten. Das wollte Fitz wissen?
„Lach nicht", sagte Fitz und sah Nova an. „Ich mein's ernst: Du warst echt gut und ich habe mich einfach gefragt, ob ..."
Nova wartete. „Ob was ...?"
„Ob du mich angelogen hast, um mich zu beeindrucken", sagte Fitz rasch und ohne Luft zu holen.
Nova spürte, wie sie rote Wangen bekam.
Fitz räusperte sich. „Ich will einfach nur wissen, woran ich bin, weißt du?" Schnell sah er wieder auf den Pool.
Novas Herz begann, wild in ihrer Brust zu flattern. „Das habe ich wirklich nicht", sagte sie.
„Billard gespielt oder mich beeindrucken wollen?"
„Das Erste", sagte Nova leise.
Fitz drehte den Kopf zu Nova und lächelte.
Nova schmolz sofort dahin, als sich Grübchen um Fitz' Mundwinkel bildeten. Er war aber auch verflucht süß!
„Beeindruckt hast du mich trotzdem", sagte er.
„Fitz", sagte Nova aufgeregt. „Es tut mir leid."

„Dass du mich beeindruckt hast?"
„Nein, die ganze Sache in der Schule. Auf dem Flur."
„Versprichst du mir, dass das nicht noch mal passiert?", fragte Fitz ernst und sah Nova in die Augen.
Nova blieb fast die Luft weg. Wenn er sie so ansah, wollte sie ihm alles versprechen! Gott, diese blauen Augen waren wirklich ein Stück Sommerhimmel. Ob Fitz wusste, dass er damit weiche Knie zaubern konnte?
„Versprochen", sagte Nova etwas atemlos.
„Vielleicht ... spielen wir dann wirklich bald mal wieder Billard zusammen", murmelte Fitz verlegen.
Nova konnte es kaum glauben. Hatte Fee Recht? Mochte Fitz sie vielleicht wirklich auch ein bisschen und war darum nervös?
Ihr Handyton riss sie aus der kurzen Träumerei. Nova nuschelte ein „Sorry", dann holte sie das Handy hervor und las die eingegangene Nachricht.
Sie war von Fee.
Allerdings klang der Text merkwürdig. Überhaupt nicht nach Fee.

Komm zum Dachboden, sofort! Ich hasse Warten.

Nova schwante nichts Gutes. „Fitz, ich muss mal ... aufs Klo", flunkerte sie. „Ich bin gleich wieder da."

Unter Fitz' verwundertem Blick stemmte sich Nova hoch und eilte ins Haus, die Treppe hinauf. Der Dachboden? Was sollte Fee denn bitte da oben wollen?

Und schon im nächsten Moment hatte Nova die Antwort. Vor ihr zeichnete sich deutlich die silberne Spur ab.

Avon war zurück – und sie hatte Fee in ihrer Gewalt!

Eine Welle der Panik überkam Nova und für einen Moment war sie wie gelähmt.

Der Antifluchzauber mit dem Spiegel hatte nicht gewirkt! Es war alles umsonst gewesen. Egal was Nova unternahm – Avon kam zurück, wieder und wieder und wieder. Nichts hatte geholfen und nichts würde jemals helfen!

Die Verzweiflung überkam Nova mit voller Wucht. Zitternd klammerte sie sich am Treppengeländer fest, ihr Herz raste. Was sollte sie nur tun? Sie würde Avon niemals besiegen können. Niemals! Aber ...

Fee.

Nova schloss eine Sekunde die Augen. Bilder schossen ihr durch den Kopf, wie ihre Freundin für sie da gewesen war, wie sie ihr immer wieder beigestanden hatte. Wie Fee nie aufgab und immer an das Gute glaubte. Wenn es einen gab, der nun kämpfen würde, dann war das Fee.

Nova riss sich zusammen. „Ich gebe nicht auf", flüsterte sie. „Ich hol dich da raus."
Sie nahm all ihren Mut zusammen und stieg weiter nach oben. Sie tappte durch den Flur im zweiten Stock. Am Ende des Ganges war eine weiße Tür, hinter der sich eine Treppe befand. Sie führte zum Dachboden hinauf. Die silberne Spur ebenfalls.
Nova tastete nach dem Lichtschalter. Wo war der denn bloß?
Auf einmal hörte sie ein Wimmern. Fee!
Sie musste da jetzt hin, sofort! Nova nahm die erste Stufe und tastete sich im Finstern Stück für Stück die Treppe hoch, deren Ende sie von unten nicht erkennen konnte.
Ihr ganzer Körper spannte sich an, während sie Stufe um Stufe nach oben stieg. Ihr Puls raste. Vor ihr flimmerte das silberne Band. Nova wurde beinahe schlecht. Was würde sie da oben vorfinden?
Im ersten Moment sah Nova nur eine Menge Krempel. Der Dachboden, ein großzügiger Raum unter Schrägen, war überraschend staubig und vollgestellt mit Möbeln, Fitnessgeräten, Skiausrüstung und altem Kinderspielzeug. Es gab nur ein einziges rundes Fenster, durch das von außen der volle Mond hineinschien und die Szenerie wie ein Scheinwerfer beleuchtete.

Die Silberspur ihres Fluchs glitzerte im Mondlicht, führte quer durch den ganzen Raum in eine Ecke und endete genau bei Avon. Die Doppelgängerin hatte Novas Ankunft noch gar nicht bemerkt. Sie stand mit dem Rücken zu ihr und blickte auf jemanden hinab.
Fee. Novas Freundin saß zusammengekauert in die Ecke gedrückt und weinte. Um sie herum lagen in einem Halbkreis unzählige Kordeln und Schnüre.
Was war da los?
Fee wimmerte und hielt sich die Augen zu. „Bitte!", flehte sie. „Bitte, Avon! Mach die Schlangen weg!"
Schlangen? Das waren doch nur irgendwelche Seile! Fee schien Halluzinationen zu haben ... Hatte Avon sie irgendwie verhext?
„Ich werde ihnen befehlen, dich zu beißen, wenn du nicht deinen Mund hältst", zischte Avon. „Hör auf zu heulen! Wenn Nova da ist, geht's erst richtig los! Spar dir deine Tränen lieber dafür auf, wenn Nova für immer verschwunden ist."
„Bitte, bitte!", schluchzte Fee völlig aufgelöst und nahm die Hände vors Gesicht.
„Fee, das sind keine Schlangen!", rief Nova von hinten. Sie hielt es keine Sekunde länger aus.
„Nova!", japste Fee.

Mit Tränen in den Augen stürzte Nova auf ihre Freundin zu, aber Avon stellte sich in den Weg. Kaum standen Nova und Avon einander gegenüber, begann die silberne Spur, zu knistern und Funken zu sprühen, als habe man einen Feuerwerkskörper gezündet. Das war noch nie passiert!
„Da bist du ja. Wir haben genug geredet." Avon stürzte sich ohne Vorwarnung auf Nova und warf sie um. Die Mädchen gingen polternd zu Boden. Avon drückte Nova mit ihrem Gewicht herunter und versuchte, nach ihren Handgelenken zu greifen, aber Nova wehrte sich.
Was war nur los? Wieso waren sie und Avon zeitgleich sichtbar? Wieso war Avon so stark? Novas Angst wuchs. Mit aller Kraft stemmte sie Avon von sich und hievte sich auf die Füße. Wahllos griff Nova nach der erstbesten Sache, die ihr zwischen die Finger kam. Es war eines dieser Dinger, mit denen man Teppiche ausklopfen konnte. Ein Holzstock mit Fächer am Ende.
„Fee! Avon lügt! Da sind keine Schlangen! Komm doch zu dir!"
Fee drückte sich immer noch panisch gegen die Wand. Sie schien Nova kaum wahrzunehmen. Nova hatte ihre Freundin nie so starr erlebt, ihr Blick war ganz glasig und leer. Das machte Nova nur noch mehr Angst und es wurde immer schwerer, das bisschen Mut in ihrer Brust festzuhalten.

Avon ging wieder auf Nova los, weshalb Nova ihr einen Schlag mit Holzstab verpasste. Avon wich fauchend zurück und fuhr sich mit den Fingern über das Gesicht. Nova hatte sie ganz schön erwischt. Avons Wange blutete.

„Was hast du mit Fee gemacht?", rief Nova.

„Du solltest dich lieber um dich selbst sorgen!"

Zum dritten Mal kam Avon näher und machte einen unerwarteten Sprung nach vorn. Sie schlug Nova mit der Handkante so fest gegen das Handgelenk, dass Nova ihre Behelfswaffe losließ und zurücktaumelte.

Fee schluchzte laut aus der Ecke. Für eine Sekunde war Nova abgelenkt und Avon nutzte die Gelegenheit, um Nova so heftig durch den Raum zu schleudern, dass diese nach hinten flog und einen Stapel Kartons umwarf. Nova landete auf den Dielen und wurde unter einem Haufen Pappe begraben. Einen Moment lang lag sie ganz benommen da, als Avon sich über sie beugte und über den Boden zerrte. „Bleib besser liegen!", zischte die Doppelgängerin. „Gleich ist es vorbei."

Nova brummte der Kopf. Sie blinzelte. Über ihren Augen, um Avons Hals, baumelte eine Spiegelscherbe. Genau ... die hatte sie schon einmal gesehen. Die Scherbe musste ein Teil des Spiegels sein – von Madame Esmeraldas Spiegel vielleicht. Oder von Fees.

Nova richtete sich langsam wieder auf. Das Licht des aufgehenden Mondes, das durch das runde Dachbodenfenster fiel, spiegelte sich nicht nur in der Scherbe um Avons Hals. Hinten in der Ecke stand ein weiterer Spiegel. Ein sehr großer Standspiegel. Nova zwang sich zum Nachdenken. Mit einem Spiegel hatten sie es schon versucht. Das konnte nicht die alleinige Lösung sein. Was hatte sie nur übersehen? Ihr Blick glitt an dem Spiegel vorbei. Daneben lehnte ein Ölgemälde. Es zeigte eine große Sanduhr, die verlaufen gemalt worden war und an eine Acht erinnerte.

Nova hatte das Gefühl, ihre Zeit würde plötzlich genauso stillstehen wie der Sand in der Sanduhr. Eine Acht – das war es! Was hatte ihr Vater noch bei diesem Frühstück zu Avon gesagt: „Zahlenmagie hat mit Symmetrie und Gleichgewicht zu tun ... Man muss alle Schritte beachten."

Fee und sie hatten aber doch alle sieben Schritte befolgt. Oder? Sieben Schritte. Gab es vielleicht einen letzten, einen achten Schritt? Eine gerade Zahl, die das Gleichgewicht wiederherstellte und die Magie erst wirksam machte? Die Acht.

Zwei Kreise, die sich schlossen und dicht beieinanderlagen. Zwei Gegensätze, die gleich blieben, die die gleiche Form hatten. Wie Doppelgänger.

Auf einmal war sich Nova ganz sicher.

Wie hatte sie das nur übersehen können?
Es schien ihr, als seien ihr während der letzten Wochen überall Achten begegnet. Auf Fitz' Fußballshirt. Am Billardtisch. Acht Blutstropfen bei Fees Umkehrzauber ...
Nova rappelte sich hoch, um zum Spiegel zu kommen. Das Bild, in das sie blickte, wirkte ziemlich hilflos.
„Willst du etwa weglaufen?", fragte Avon.
Nova schnellte herum. Avon stand vor ihr. In ihren Augen loderten Hass und Zorn. Um ihren Hals blitzte die gläserne Scherbe.
Nova nickte grimmig. Mit einem Spiegel hatte alles angefangen, mit einem Spiegel sollte es enden. Hastig drehte sie sich wieder um, malte mit den Fingern eine große Acht in den Staub auf der Scheibe und sprang aus dem Weg.
Avon stand nun genau vor dem großen Spiegel. Und erstarrte. Die staubige Acht wurde an Avons Hals reflektiert. Und Nova erhob die Stimme.

„Ich wasche diesen Fluch jetzt rein,
das Böse soll vergangen sein.
Das Doppelte, es soll verschwinden,
die Macht des Guten soll mich finden,
und Dunkelheit soll's nicht mehr geben –
verschwinde nun aus meinem Leben!"

Kaum hatte Nova die letzten Worte ausgesprochen, wusste sie, dass es dieses Mal funktioniert hatte. Etwas tief in ihrem Herzen spürte, dass sie gewonnen hatte.

Avons Gesicht erstarrte, sie sah Nova ungläubig an. Ihre Haut bekam langsam Sprünge wie eine Porzellanpuppe, die man fallen gelassen hatte. Es knackte leise, als sich die Risse auf Avons Armen und Händen fortsetzen. Avon stieß einen heiseren Schrei aus – und zerfiel.

Übrig blieb nichts als ein Häuflein flirrender Staub. Einen Augenblick später hatte auch der sich in Luft aufgelöst.

Novas Herz raste unverändert. Noch immer spürte sie die Schmerzen von ihrem Sturz mit jeder Faser ihres Körpers. Aber die Übelkeit verschwand und mit letzter Kraft schleifte sie sich zu Fee.

Ihre Freundin war offenbar wieder zu Sinnen gekommen und starrte verwirrt auf die vielen Kordeln und Bänder, die vor ihr lagen. Sie wirkte, als wäre sie soeben aus einem bösen Traum erwacht.

Dann sah Fee Nova an.

Keine der beiden sagte etwas. Das mussten sie auch nicht. Für das, was gerade passiert war, gab es keine Worte. Nicht einmal von einer Expertin wie Fee.

30

WAS tut man, wenn man seinen bösen Zwilling besiegt und seine beste Freundin gerettet hat? Man schläft am nächsten Tag erst einmal so richtig aus. Nach all der Aufregung waren Nova und Fee einfach von der Party verschwunden. Mr Stark hatte die Mädchen abgeholt und Fee hatte bei Nova übernachtet. In dieser Nacht wollte keine der beiden allein sein. Und auch nach dem Aufstehen sagten die Mädchen lange Zeit kaum ein Wort.

Erst gegen Mittag tauten Nova und Fee wieder auf.

„Heute spielt unsere Mannschaft", sagte Nova.

„Dann sollten wir unbedingt zusehen", sagte Fee.

Das Thema Avon ließen sie ruhen. Vielleicht war es normal, dass nach so viel Schrecken eine Art Verdrängungsmechanismus einsetzte. Fee jedenfalls wollte zum ersten Mal einfach nur etwas ganz Normales tun. Und Nova? Die sowieso. Was gab es Schöneres, als mit der besten Freundin dem süßesten Typen der Schule zuzugucken?

Und so saßen die Freundinnen an diesem Nachmittag unter den Zuschauern auf der Tribüne der Richmond School und feuerten ihre Schulmannschaft an. Es war ein gutes Spiel.

Ab und zu trafen sich Novas und Fitz' Blicke und Nova hatte das Gefühl, Fitz habe ihr verziehen, dass sie die Party ohne Abschied verlassen hatte. Wenn man den Gerüchten glaubte, war der Abend in einem Desaster geendet. Die liebe Viola war nämlich gestolpert und mit dem Gesicht voran in ihrer eigenen Geburtstagstorte gelandet. Vielleicht war Viola deshalb heute lieber zu Hause geblieben.

Nova und Fee feuerten die Mannschaft an, und auch wenn sie am Ende nicht gewann, wussten die Freundinnen, dass eine Niederlage nichts bedeutete. Wenn man am Ball blieb, dann konnte man immer wieder gewinnen. So war das im Leben.

***

Am Montag ging wieder alles seinen gewohnten Gang. Novas Eltern redeten immer noch über die Homestory. Fee plapperte in der Pause verrücktes Zeug. Viola zickte alles und jeden an. Miss Moore, ganz die strenge Lehrerin, brummte ihnen Unmengen an Hausaufgaben auf.

Und Fitz? Der lächelte Nova jedes Mal an, wenn sie sich in den Fluren der Schule sahen. Fee hatte Fitz sogar gesagt, dass Nova die Party wegen eines Freundinnennotfalls verlassen hatte, und Nova danach schwören müssen, dass das die letzte Flunkerei gewesen sei. Man musste eben in besonderen Fällen besondere Ausnahmen machen.

Am Nachmittag besuchten Nova und Fee den Zauberladen, um den gekauften Spiegel zurückzubringen. Irgendwie hatten sie das Gefühl, auf diese Weise mit der Sache abschließen zu können. Vor dem „Hokuspokus" tauschten Nova und Fee einen letzten Blick, dann gingen sie hinein. Der Zauberladen sah genauso aus wie bei dem ersten Besuch der Freundinnen. Es saß auch dieselbe Frau hinter dem Tresen, nur dass sie dieses Mal ein Buch las – und das sogar richtig herum.

„An euch erinnere ich mich", sagte sie.

„Wir wollen etwas umtauschen", sagte Nova.

„Doch nicht etwa den Zauberspiegel?"

„Genau den. Er hat nicht geholfen."

Die Frau runzelte die Stirn. „Da muss ich die Chefin mal fragen. Wir hatten noch nie einen Umtausch."

Während Nova vor der Kasse stehen blieb, stöberte Fee begeistert die Regale durch. Der Laden war ein einziges Paradies für sie.

„Chefin, das ist die Kundin."
Die Besitzerin des Ladens kam hinter dem Vorhang heraus, der den separaten Raum vom Ladenbereich trennte. Und Nova staunte nicht schlecht, als sie auf einmal Madame Esmeralda gegenüberstand. Der Wahrsagerin vom Jahrmarkt. Sie wusste gar nicht recht, was sie sagen sollte. Die alte Dame musterte sie. „Wir kennen uns doch, nicht wahr?"
Nova nickte. Sie sah sich kurz nach Fee um. Diese stand vor einem Regal und hatte sich in einem Buch festgelesen. Nova fasste Mut. „Wir kennen uns vom Jahrmarkt", sagte sie. „Die Tarotkarte."
Madame Esmeralda machte große Augen.
„Es tut mir leid, was passiert ist!", fuhr Nova fort. „Ehrlich, ich hoffe, Sie verzeihen mir irgendwann. Aber glauben Sie mir, Madame Esmeralda, ich habe meine Lektion gelernt."
Die Wahrsagerin hielt den Kopf schräg. „Das klingt nach einem Abenteuer."
„Sie haben ja keine Ahnung."
Nova reichte der Wahrsagerin den Spiegel. „Der gehört Ihnen. Bitte nehmen Sie ihn zurück."
„Du hast dich verändert", sagte Madame Esmeralda und musterte Nova eindringlich. „Du bist vollkommen anders. Deine Aura sieht außergewöhnlich aus, meine Liebe." Die

Wahrsagerin nahm den Spiegel aus Novas Händen, und als sich die Finger der alten Dame und des Mädchens streiften, bekamen beide einen kleinen Schlag ab.
„Außergewöhnlich", murmelte die Wahrsagerin.
„Behalten Sie das Geld einfach", sagte Nova. „Einen schönen Tag noch", fügte sie höflich hinzu. „Fee!"
Fee eilte zu Nova und beide verließen den Laden.
„Wieso wolltest du denn so schnell weg?", fragte Fee. „Ich wollte mir vielleicht was kaufen ..."
Nova erzählte Fee, wer die Ladenbesitzerin gewesen war.
„Was für ein krasser Zufall!", rief Fee. „Falsch – Schicksal!"
Nova hakte sich bei ihrer Freundin ein, als sie wieder auf die Hauptstraße abbogen. Das Wetter heute war wirklich schön. Hell und sonnig.
„Ich hab genug von Zufällen", murmelte Nova.
Fee lachte. „Lass uns ein Eis essen gehen, ja?"
„Wir sollten das zur Tradition machen", sagte Nova. „Jeden Montag ein Eis. Fände ich gut!"
Eine schwarze Katze kreuzte ihren Weg. Nova sah sie nicht. Sie blickte zum strahlenden Himmel. Und mit einem Mal wusste sie, dass – ob mit oder ohne Eis – mit einer Freundin wie Fee von nun an jede Woche ganz wundervoll anfangen würde.

Das war der erste Band von „Nova und Avon".

Im zweiten Band freut sich Nova aufs Schulfest, aufs Herumalbern mit Fee und ein bisschen (aber nur ganz, ganz heimlich!) auf eine zweite Partie Billard mit Fitz ... Doch alles kommt anders als gedacht: Ein geheimnisvolles Amulett stellt die Stadt auf den Kopf. Und auf einmal verschwinden Novas Eltern – spurlos! Dunkle Magie ist im Spiel – und Nova ist verzweifelt. Nur eine kann ihr jetzt noch helfen: Avon, ihr böser, böser Zwilling ...

Lies auch das nächste Abenteuer
„Nova und Avon – Avons Rückkehr"

Dieses Buch erscheint im Frühjahr 2018.

Danksagung

Hinter den Kulissen zur Entstehung eines Buches arbeiten viele Menschen mit, deren Namen nicht auf dem Cover stehen, die aber eine Erwähnung verdient haben. Allen voran möchte ich meiner Lektorin Claudia danken. Wir haben uns gemeinsam mit Nova ins Abenteuer gestürzt und ohne dich würde es dieses Buch nicht geben. Ich brauche kein drittes Auge, um zu erkennen, wie magisch unsere Zusammenarbeit war! Ein großer Dank gilt auch den lieben Mitarbeitern von Carlsen, die, unsichtbar wie Hauselfen, an diesem Projekt mitgewirkt haben. Herzlichen Dank an Petra Hämmerleinova für das wahnsinnig schöne Cover.

Danke an Fabian, der mir damals Mut gemacht hat, zum Telefon zu greifen. An Amelie für einfach alles. Danke auch an den Rest der Bande: Carina, Lisa, Mandy und Mazu. Ich bin froh, euch meine Freundinnen nennen zu dürfen.

Zum Schluss möchte ich meiner Mutter danken. Sie ist zwar keine durchgeknallte (und megapeinliche) Anhängerin des Paranormalen, aber wie jede gute Mutter hat sie mir beigebracht, meinen eigenen Weg zu gehen. Bitte versprich mir, dass du niemals fremden Menschen meine Autogrammkarten aufzwingen wirst. Und danke an alle Leser, die dieses Buch in die Hände genommen haben!

TANJA VOOSEN

© Stefanie Voosen

wurde 1989 in Köln geboren. Das Stadtleben wurde ihr schnell zu langweilig, also zog sie in die Eifel, wo sie auf der Suche nach übernatürlichen Ereignissen durch verwunschene Wälder spaziert und sich in dem Magieladen ihres Vertrauens gegen böse Flüche ausrüstet. Neben dem Schreiben ist sie als Buchbloggerin neuem Lesestoff auf der Spur oder geht ihrem Traumjob als Dosenöffnerin für ihren dicken Kater nach.

PETRA HÄMMERLEINOVA

© Tim Hufnagl

ist in Prag geboren. Sie ist Modedesignerin mit einer besonderen Vorliebe für Schuhe – Novas grüne Glitzerballerinas findet sie darum auch ziemlich interessant. Die Buchumschläge, die sie illustriert, erkennt man sofort: Es sind bezaubernd schöne Kunstwerke. Petra Hämmerleinova liebt Apfelkuchen mit Tee und lebt mit ihrer Familie in Erlangen.

Weitere „Nova und Avon"-Bände sind in Vorbereitung.
Carlsen-Bücher gibt es überall im Buchhandel
und auf www.carlsen.de

© Carlsen Verlag GmbH, Hamburg 2017
Umschlagillustration: Petra Hämmerleinova
Umschlaggrafik: Sabine Reddig
Lektorat: Claudia Scharf
Satz und Herstellung: Constanze Hinz
Lithografie: Margit Dittes Media, Hamburg
ISBN 978-3-551-65381-9